"तुम्हारे कल ने मेरी बात को बचपने की फितरत कहा—मैंने सुन लिया। तुम्हारा आज मेरी बात को नौजवानी का उन्माद कह रहा है, मैं वह भी सुन रहा हूँ। लेकिन मेरा कल, मेरी जो भी बात कहेगा—वह तुम सबको सुनना पड़ेगा।"

(28 अप्रैल, 1971 की डायरी के पन्ने से)

श्री कैलाश सत्यार्थी की पुस्तकें

सपनों की रोशनी

कैलाश सत्यार्थी

प्रकाशक

प्रभात प्रकाशन प्रा. लि.

4/19 आसफ अली रोड, नई दिल्ली-110002

फोन : 011-23289777 • हेल्पलाइन नं. : 7827007777

इ-मेल : prabhatbooks@gmail.com ❖ वेब ठिकाना : www.prabhatbooks.com

संस्करण

2026

पेपरबैक मूल्य

चार सौ रुपए

आवरण फोटो

श्री कपिल देव

डिजाइन

श्री विजय कुमार सिंह

रेखांकन

श्री संदीप राशिनकर

मुद्रक

आर-टेक ऑफसेट प्रिंटर्स, दिल्ली

SAPANON KI ROSHANI

by Shri Kailash Satyarthi

Published by **PRABHAT PRAKASHAN PVT. LTD.**

4/19 Asaf Ali Road, New Delhi-110002

ISBN 978-93-5521-730-1

₹ 400.00 (PB)

भूमिका

मैं अपनी किशोरावस्था में कभी-कभार डायरियाँ लिखा करता था। उनमें से 1971 की डायरी में काफी कुछ लिखा गया था। तब मेरी उम्र 17 साल थी, रंग-बिरंगे सपने देखने की उम्र। मेरी ही उम्र की एक लड़की मेरी अच्छी दोस्त हुआ करती थी। एक बार मैंने यों ही या फिर उसे इंप्रेस करने के लिए अपनी डायरी के कुछ पन्ने पढ़ा दिए। उसने जवाब में एक पन्ने पर लिख दिया, "भाईसाहब, मैं कामना करती हूँ कि आपका उज्ज्वल चरित्र उज्ज्वलतम बना रहे।" एक तो उसने बिना माँगे मुझे चरित्र प्रमाणपत्र दे दिया, वह भी पहली बार 'भाईसाहब' कहकर।

चलिए, जो हुआ, अच्छा ही हुआ! लेकिन तब से मैंने किसी और लड़की को वह डायरी नहीं पढ़वाई, यहाँ तक कि सुमेधाजी को भी नहीं। मुझे डर था कि कहीं वे भी वैसा ही न करें, जो मेरी उस दोस्त ने किया था। शायद, इसलिए बाद में वे मेरे सपनों, संघर्षों और जीवन की संगिनी बन सकीं।

मैं पक्के तौर पर नहीं कह सकता कि डायरी में लिखी बातें मेरे सपनों के बीज थीं या उसमें से फूट चुके अंकुर! बीज का मतलब ही अनंत संभावनाएँ होता है और सपने का भी। छोटे से बीज में बड़े-से-बड़ा पेड़, उसकी शाखाएँ, पत्ते, फूल, फल और अनगिनत बीज छुपे रहते हैं। उसी तरह सपनों में से संसार जन्म लेता है।

मेरे सपने भी रोशनी से भरे हुए थे। वह ऐसी रोशनी थी, जो मन को ऊर्जा और उत्साह से भर देती थी। वे सपने ऐसे थे, जो न तो दिन में आराम से बैठने देते थे, न ही रात को चैन से सोने देते थे। सपनों से फूटा उजाला निराशा और

हताशा के अँधेरे को चीरते हुए बीहड़ों में भी रास्ता बना सकता है। उस उजाले में बाहरी खतरों और अवसरों की जानकारी मिलने के साथ-साथ मन की मजबूती और कमजोरियों का अहसास भी होता रहता है।

मेरे सपने कोरी कल्पनाएँ नहीं थे। कल्पनाएँ ज्यादा देर तक नहीं ठहरतीं, वे अपने रंग-रूप बदलती रहती हैं। आमतौर पर स्पष्ट भी नहीं होतीं। इससे उलट जब सपना आकार ले लेता है तो उसी में से वास्तविकता जन्म लेने लगती है। सपनों में ऐसी वास्तविकताओं की अनंत संभावनाएँ छुपी होती हैं।

जिंदा आदमी तो एक-न-एक दिन मर जाता है, लेकिन जिंदा सपने कभी नहीं मरते। इसलिए हमारी दुनिया चलती रहती है। सपनों के बीजों को वृक्ष बनने के लिए जिस मिट्टी, पानी, खाद और हवा की जरूरत होती है, वे हैं— आत्मविश्वास, आशा, दृढ़ निश्चय, भरपूर उत्साह, सकारात्मक सोच आदि। जो जितने बड़े और अच्छे सपने देखकर उनका पीछा करता है, वह उतना ही अच्छा और बड़ा इंसान बन सकता है। इसके उलट, बुराई और छोटेपन के सपने भी वैसा ही बना देते हैं। वे चाहे अपने लिए हों या समाज की बेहतरी के लिए।

यह पुस्तक 17 साल से लेकर 70 साल की उम्र तक मेरे द्वारा की गई सपनों की खेती के अनुभवों और सीखों पर आधारित है, जो अब प्रकाशित हो रही है। इसका मतलब यह हुआ कि यह हर उम्र के पाठकों के काम आ सकती है। यह उनके लिए तो है ही, जो सपने देख सकते हैं, परंतु ऐसे लोगों के लिए भी है, जिन्हें सपना देखने का मौका तक नहीं मिला। उनके लिए भी, जो लोग सपने पूरे हो जाने पर जाने-अनजाने घमंड में चूर होकर खुद का नुकसान कर बैठते हैं, और जो उनके टूट जाने पर निराशा के अँधेरे में डूब जाते हैं, सभी को पीछे छोड़ तेजी से भागकर सफलता की सबसे ऊँची चोटी पर पहुँचकर बिल्कुल अकेले पड़ गए लोग भी शायद इसमें लिखी बातों का लाभ उठा सकते हैं, साथ ही वे भी, जो मैदान में उतरने से घबराते हैं।

इस पुस्तक में कोई उपदेश नहीं लिखे गए। इसमें मेरी और मेरे आसपास के लोगों की ऐसी ढेरों कहानियाँ हैं, जिनमें आशा-निराशा, स्पष्टता-असमंजस, सफलता-असफलता, खुशी-दुःख, आसानी-मुश्किलें, चिंताएँ और मस्ती जैसे सारे अनुभव शामिल हैं।

सपनों का उजाला किस तरह मंजिल तक का रास्ता दिखाता है तथा उस पर आनेवाली अड़चनों और साथ-साथ अवसरों की पहचान कैसे कराता चलता है। खुद को अच्छा इंसान और दुनिया को बेहतर कैसे बनाया जा सकता है? ऐसा करने में क्या अड़चनें आ सकती हैं तथा उन्हें हटाने के क्या असरदार उपाय हो सकते हैं? आज की वास्तविकताओं तथा चुनौतियों के संदर्भ में लगभग आधी शताब्दी पहले के मेरे विचार और परिकल्पनाएँ कितनी प्रासंगिक हैं? तब से अब तक क्या बुनियादी बदलाव आए या नहीं आए? इन सबकी चर्चा ज्यादा से ज्यादा निजी अनुभवों के आधार पर की गई है।

आपको इस पुस्तक की कुछ बातें अटपटी लग सकती हैं, जैसे सृजन और शांति के लिए गुस्सा होना क्यों महत्त्वपूर्ण है, खुद को पहचानने के लिए बाकी पहचानों के पिंजरों को तोड़ना क्यों जरूरी है, कहानियों से बाहर की कहानी कैसे बनें आदि।

एक और मजेदार बात बता दूँ। कोरोना महामारी के दौरान हमने ज्यादातर वक्त अपने बाल-आश्रम में गुजारा था। एक दिन अचानक वहीं हमारे सहयोगी अरविंद को पुरानी रद्दी में फोटो-कॉपी किए गए कागजों का एक बंडल मिला। उसके आश्चर्य और हैरानी का ठिकाना नहीं रहा, जब उसने देखा कि वे कागज लगभग 50 साल पुरानी मेरी डायरी के पन्नों की फोटो-कॉपी थे। वह उन्हें लेकर हमारे पास आया। जहाँ तक मुझे याद है, मैंने वह डायरी अपनी शादी के बाद, यानी 40-42 साल पहले सुमेधाजी के साथ पढ़ी थी। उस बीच कई बार हमें अपना घर और ऑफिस बदलना पड़ा था। उनमें लूटपाट भी हुई थी। इसलिए इतने सालों के बाद अपनी ही लिखी बातों को पढ़कर, जो उत्साह, प्रेरणा और खुशी मिली, वह बताना मुश्किल है।

उसी उत्साह में सुमेधाजी ने हमारे बेटे भुवन और बेटी अस्मिता को कुछ पन्ने पढ़कर सुनाए। वे सचमुच चकित रह गए। मेरे बच्चों और कुछ साथियों का सुझाव था कि उन पन्नों की चुनिंदा बातों की व्याख्या आज के संदर्भ में करते हुए एक पुस्तक लिखूँ। फुरसत मिलने पर मैंने वही किया। महामारी के बाद दिल्ली लौटने पर सुमेधाजी ने पुराने सामान में से डायरी ढूँढ़ निकाली।

भले ही उस डायरी के पन्ने पुराने पड़ गए हों, लेकिन मुझे भरोसा है कि वे

आज भी नौजवानों को नई ऊर्जा और ताजगी से भर देंगे।

आज निजी जीवन में तेजी से बढ़ रहे एकाकीपन, सूचनाओं के भँवरजाल में गहराती उलझनें और अंतर्द्वंद्व, विचारों और विश्वासों में बढ़ रही अतिवादिता व ध्रुवीकरण, विश्व-व्यवस्था में टूटन, बिखराव, हिंसा, राजनीति में सिकुड़ती नैतिक जिम्मेदारी और जवाबदेही, आर्थिक गैर-बराबरी, पर्यावरण का विनाश, असंतुलन और अन्याय जैसे गंभीर संकटों से जूझ रही मानवता दुनिया के यौवन की तरफ निहार रही है। सदियों पुराने घिसे-पिटे और स्वार्थों से भरे जवाबों के द्वारा मनुष्यता को नहीं बचाया जा सकता। आत्मविश्वास, उमंग, उत्साह और करुणा से भरे हुए नौजवानों को नए प्रश्न खड़े करने होंगे, और नए उत्तरों की तलाश भी उन्हीं को करनी पड़ेगी।

आप आनंद, ऊर्जा और रोशनी की संतानें हैं। यही सच्चाई है। खुद के प्रति भरोसे की कमी और फालतू चिंताएँ, भविष्य के प्रति असुरक्षा की भावना और कई तरह का असमंजस ऐसा अँधेरा है, जो कई बार जबरदस्ती आपके मन पर कब्जा जमा लेता है। इस अँधेरे का अंत तो होगा ही, जो आप खुद करेंगे। मुझे भरोसा है कि यह पुस्तक आपकी इस कोशिश में मददगार साबित होगी।

अनुक्रम

सपनों की रोशनी

कई साल पुरानी बात है। मैं पाकिस्तान में अपने स्थानीय सहयोगियों के साथ सियालकोट नामक शहर में घूम रहा था। वहाँ एक बड़ा पुराना मोहल्ला है, जिसकी गलियाँ बहुत सँकरी हैं। उस मोहल्ले के घर-घर में फुटबॉल सिलाई का काम होता था। उन दिनों हम भारत और पाकिस्तान के खेल सामग्री उद्योग से बाल मजदूरी खत्म करने का अभियान चला रहे थे। हम एक पुराने मकान में चले गए, जहाँ 10-12 बच्चे बैठकर फुटबॉलें सिल रहे थे। हम उनसे और कारखानेदार से बातें करने लगे। तभी मेरी नजर आठ-नौ साल की एक मासूम बच्ची पर पड़ी। वह एक पतली लंबी सूई से चमड़े के टुकडों को सिलते हुए बार-बार अपनी उँगली मुँह में डाल रही थी। मैं उसके पास जाकर बैठ गया।

मैंने देखा कि सिलाई करते वक्त उसकी उँगलियों में सूई चुभ जाती थी। वह खून की बूँदों को जल्दी से मुँह में चूस लेती थी, ताकि फुटबॉल पर धब्बे न लग जाएँ। मैं उसके पास बैठकर बातें करने लगा। मैंने उसे भरोसा दिलाया कि हमारा संगठन उन सभी बच्चों को इस काम से छुटकारा दिलाकर स्कूल में दाखिला कराने की कोशिश करेगा। फिर थोड़ी देर के बाद उससे पूछा, 'बेटी, एक बात बताओ, तुम्हारी जिंदगी का सबसे बड़ा ख्वाब क्या है?' उसने मुझे जवाब देने की बजाय पास में काम कर रहे एक थोड़े से बड़े लड़के से पूछा, 'ये क्या कह रहे हैं, ख्वाब क्या होता है?' उस लड़के ने भी बड़ी मासूमियत से 'ना' में अपना सिर हिला दिया।

मैंने दोबारा वही सवाल दूसरे तरीके से पूछा कि वह बड़ी होकर क्या बनना चाहेगी? वह बच्ची अपना सिर नीचे झुकाकर नाखूनों से टूटे हुए फर्श को कुरेदने

लगी। मैंने उसके सिर पर हाथ फेरते हुए बड़े लाड़ से पूछा, "चलो कोई बात नहीं। सोचो कि कोई फरिश्ता अचानक आसमान से आकर तुमसे पूछे, बोलो क्या चाहती हो, तो क्या कहोगी?" कुछ क्षणों के बाद उसने सिर उठाकर मेरी तरफ देखते हुए कहा, "पहले तो कभी इस बारे में सोचा नहीं, लेकिन आपके पूछने से अभी एक बात दिल में आई है, बताऊँ?" मैंने कहा, "हाँ, जरूर बताओ।" वह सकुचाते हुए अपना सिर नीचे झुकाकर धीरे से बोली, "मैं एक बार अपने पैरों से एक भरी हुई फुटबॉल को किक मारकर देखूँगी।" मेरा भी सिर झुक गया था, लेकिन दु:ख और शर्म से। उन बच्चों को सपने देखने तक की आजादी नहीं थी। बच्चों के सपनों की हत्या से बड़ा और कोई पाप नहीं हो सकता।

हमारे संगठन ने कई ऐसे बच्चों को गुलामी से छुड़ाया है, जो दिन-रात मेहनत करके फैक्टरियों में खिलौने बनाते थे, लेकिन उन्होंने कभी खुद उन खिलौने से खेलने का सपना नहीं देखा था। मैं एक बार अफ्रीकी देश कोत्तेवा में कोकोआ के खेतों में काम करने वाले बच्चों से मिला था। कोकोआ के बीजों के पाउडर से चॉकलेट बनाई जाती है। उन बच्चों ने कभी चॉकलेट नहीं देखी थी। उसे खाने का सपना देख पाना तो बहुत दूर की बात है। आपको भी अपने आसपास ऐसे अनगिनत बच्चे, स्त्री और पुरुष मिल जाएँगे, जिन्होंने अपनी जिंदगी में कभी कोई सपना नहीं देखा।

इसलिए आप सचमुच बड़े सौभाग्यशाली हैं, जिन्हें सपने देखने की आजादी, मौका और वातावरण मिला है। इतना ही नहीं, अगर एक सपना पूरा न हो पाए तो दूसरा या तीसरा सपना देखने की भी संभावनाएँ बनी रहती हैं। नींद में सोते हुए आने वाले सपने तो बिन बुलाए मेहमान की तरह होते हैं। वे कब, कैसे और किस रूप में आ जाएँ, या फिर कब चले जाएँ, इस पर आपका कोई वश नहीं है। उल्टा वे ही कुछ घंटों के लिए हमें अंदर समेटकर अपने कब्जे में कर लेते हैं। इसलिए मैं बात कर रहा हूँ उन सपनों की, जो जागते हुए जानबूझकर बुलाए जाते हैं। जिन्हें खुली आँखों के साथ-साथ मजबूत दिल और दिमाग से देखा जाता है। जिन्हें हमें अपने भीतर सहेजकर रखना पड़ता है। शुरू-शुरू में उन सपनों को पालना-पोसना पड़ता है, बाद में वे ही हमें पालने-पोसने लगते हैं।

मुझे और मेरे साथ प्राइमरी कक्षाओं में पढ़ने वाले विद्यार्थियों को अपने बचपन में भविष्य के सपने देखने की आजादी थी। यहाँ मैं ऐसे ही चार लड़कों की कहानी लिख रहा हूँ, जिनमें से चौथा मैं खुद ही था। हम सभी दोस्त पढ़ाई में बहुत अच्छे थे। पहले लड़के का परिवार बेहद निर्धन था। उसकी विधवा माँ और छोटी बहन अगरबत्ती के कारखानों में मजदूरी करके परिवार का गुजारा चलाती थीं। बाद में वह खुद भी छोटे बच्चों को ट्यूशन देकर कुछ पैसे कमा लेता था। वह गली में लगी लालटेनों की रोशनी में बैठकर आधी-आधी रात तक पढ़ाई करता था। बचपन में उसका सपना था कि वह माँ-बहन को मजदूरी और जलालत से निकालकर सुख-चैन की जिंदगी दे सके। इसके लिए वह अच्छी पढ़ाई करके शिक्षक बनना चाहता था। बाद में उम्र बढ़ने के साथ-साथ उसका सपना भी बड़ा हो गया। वह परिवार के सुखी, संपन्न और सम्मानजनक भविष्य के बारे में सोचने लगा था। इसलिए उसने इंजीनियर बनने की ठान ली थी। इसमें उसे हमारे मोहल्ले के एक ऐसे युवा इंजीनियर से बड़ी प्रेरणा मिली, जिसने खुद का बचपन बड़ी गरीबी में गुजारा था।

दूसरा दोस्त एक अमीर वकील का बेटा था। वह पढ़ाई खत्म करके बड़ा वकील और एक प्रसिद्ध पत्रकार बनना चाहता था। वह बाकी सभी बच्चों से बहुत चिढ़ता था, इसलिए दूसरों को पीछे धकेलकर हर चीज में खुद को आगे दिखाना चाहता था। वह स्कूल में सुगंधित इत्र लगे हुए महँगे कपड़े पहनकर आता था और शान बघारता रहता था। हममें से ज्यादातर बच्चे तो इत्र के बारे में जानते तक नहीं थे।

तीसरा लड़का एक सामान्य परिवार से था। गणित में बहुत प्रतिभाशाली होने के कारण उसका सपना एक गणितज्ञ बनने का था। कई बच्चे उसे कुरूप कहकर उसका बड़ा मजाक उड़ाते थे। शायद इसीलिए वह बड़ा होकर किसी सुंदर लड़की से शादी करके अपने आप को साबित करना चाहता था। वही उसका दूसरा बड़ा सपना था।

पहला दोस्त इरादों का बहुत पक्का था। वह जीवन में कड़ी मेहनत, लगन और ईमानदारी से भारत की सबसे बड़ी बिजली उत्पादक कंपनी में जनरल

मैनेजर के ओहदे तक पहुँचकर रिटायर हुआ है। हालाँकि ईमानदारी की नौकरी करना उसके लिए आसान नहीं था। हमेशा भ्रष्ट अफसर और नेता उसके रास्ते में रोड़े अटकाते रहे, लेकिन वह झुके या रुके बगैर कछुए की चाल से आगे बढ़ता रहा। हमारी किशोरावस्था में वह मेरे साथ कुछ सामाजिक कार्यों में सक्रिय रहता था। उसने जीवन भर अपनी माँ को साथ रखकर खूब इज्जत और हर तरह की सुख-सुविधाएँ दीं। अपने दोनों बेटों को खूब पढ़ाया-लिखाया और उनके लिए दिल्ली में अच्छे मकान बनाकर दिए। इस तरह से उसने अपना सपना पूरा किया।

दूसरे दोस्त ने वकील बनकर अपने पिता का कारोबार आगे बढ़ाया। वह कई पत्र-पत्रिकाओं का प्रतिष्ठित संवाददाता भी बन गया था। लेकिन शहर का सबसे बड़ा वकील और पत्रकार बनने के चक्कर में वह झूठ, फरेब और तिकड़मबाजी का सहारा लेता था। एक बार उसने एक प्रसिद्ध पत्रिका में किसी धर्म के खिलाफ अनर्गल और अपमानजनक बातें लिख दी थीं। उस धर्म के अनुयायियों ने उसकी बड़ी फजीहत की थी। उसके साथ बुरी तरह मारपीट करके पूरे शहर में निर्वस्त्र घुमाया। वह उस सदमे को बरदाश्त नहीं कर सका और बीमार रहने लगा था। आखिर उसकी वकालत और पत्रकारिता, दोनों ही चौपट हो गईं। सौभाग्य से, उसकी पत्नी बहुत भली और मेहनती है, जिसने अपनी दोनों संतानों को अच्छे संस्कार दिए।

तीसरे लड़के के साथ एक ऐसी घटना घटी, जिससे उसकी पढ़ाई और सपने पूरी तरह से धराशायी हो गए थे। वह अकसर हमारे स्कूल में पढ़ने वाली सबसे सुंदर लड़की को घूरता रहता था। इत्तेफाक से एक दिन उसने नदी के घाट पर उस लड़की को नहाते हुए देख लिया था। वह तभी से बहकी-बहकी बातें करने लगा था। आखिर में वह पूरी तरह पागल हो गया था। किशोरावस्था में उसे कई साल मानसिक रोगी-घर, यानी पागलखाने में गुजारने पड़े थे। वहाँ से स्वस्थ होकर लौटने के बाद उसे बड़ी मुश्किल से एक छोटी सी नौकरी मिल पाई थी। उसके माता-पिता को किसी रिश्तेदारी में उसका विवाह कराने के लिए और भी ज्यादा कठिनाई झेलनी पड़ी थी। उसने भी अपने बच्चों को खूब पढ़ाया-लिखाया। अब वे अच्छी जिंदगी जी रहे हैं।

चौथा मैं था, जो न्यूटन और आइंस्टाइन जैसे महान् वैज्ञानिकों से बहुत प्रभावित था और वैसा ही बनने के सपने देखता था। फिर कुछ सालों के बाद ओजस्वी संन्यासी स्वामी विवेकानंद और समाज-सुधारक स्वामी दयानंद सरस्वती से प्रेरित होकर खुद संन्यासी बनकर समाज में फैली बुराइयाँ मिटाने की सोचता था। किशोर होते-होते मुझ पर महात्मा गांधी के जीवन और विचारों का गहरा असर हुआ। उसके बाद समाज के आखिरी व्यक्ति की भलाई ही मेरा सपना बन गया था। मेरे विचार से मजदूरी और गुलामी करने वाले बच्चे ही अंतिम व्यक्ति थे। उसकी एक वजह यह भी थी कि मैंने स्कूल जाने के पहले दिन ही एक मोची बच्चे को बाहर काम करते देखा। उसी समय से मेरे मन में उन बच्चों के लिए बहुत उथल-पुथल शुरू हो गई थी, जो मजबूरी के कारण हमारी तरह स्कूल नहीं जा सकते थे। शायद उन्हीं मन:स्थितियों के कारण मैं अपने निजी जीवन में कॅरियर और उपलब्धियों जैसी चीजों के बारे में कोई सपना नहीं बुन सका।

इतने बड़े सपने को पूरा करने के लिए क्या काम करना होगा और कैसे करना होगा, इसके बारे में शुरुआती दौर में मेरे दिमाग में कोई स्पष्टता नहीं थी। दूसरी तरफ यह माना जाता था कि बच्चों से मजदूरी और गुलामी कराना समाज में एक सामान्य सा रिवाज या जरूरत है। इसलिए मेरा सपना किसी पागलपन से कम नहीं था।

आम तौर पर लोग पहले से बने-बनाए सरल रास्तों या टेढ़ी-मेढ़ी पगडंडियों पर चलते हुए उन्हीं रास्तों पर आगे अपनी मंजिल ढूँढ़ते हैं। यह इसलिए होता है, क्योंकि मन में सुरक्षा का एक अहसास बना रहता है। इस पर चलते हुए भले ही कितनी मुश्किलें आएँ, लेकिन इतना अंदाज तो रहता ही है कि कभी-न-कभी मंजिल पर पहुँच ही जाएँगे।

उदाहरण के लिए आपको इंजीनियर, डॉक्टर, वकील, अफसर या कुछ भी बनना है, तो आपको पता है कि एक कॉलेज में दाखिला लेकर एक खास परीक्षा पास कर लें और चयन प्रक्रिया में सफल हो जाएँ, तो अपनी मंजिल पर पहुँच सकते हैं। इसका रास्ता आपको दिख रहा होता है। ये कॅरियर की बनी-बनाई मंजिलें हैं। इस तरह से रेडिमेड रास्ते और मंजिलों

की परिकल्पना हमारे मन-मस्तिष्क में सुविधा और सुरक्षा का एक कंफर्ट जोन बना देते हैं।

लेकिन अगर आप इन बने-बनाए रास्तों से अलग हटकर कुछ नया करने की सोच रहे हैं तो पहला कदम उठाना सबसे मुश्किल है। यहाँ आपको रास्ता भी खुद ही बनाना होता है और बाधाओं को पार कर उस पर चलते हुए मील के पत्थर तय करने होते हैं। यह किसी उफनती नदी में लहरों के विपरीत तैरने के लिए लगाई गई छलाँग जितना जोखिम भरा हो सकता है, जिसमें हर पल डूबने का भय बना रहता है।

मेरे लिए भी अपना पहला कदम उठाना आसान नहीं था। कतई नहीं। मेरा परिवार साधारण था। किशोरावस्था में ही पिता की मृत्यु हो जाने का मुझ पर बहुत गहरा भावनात्मक असर पड़ा था। बड़े भाइयों की मेहरबानी के अलावा मेरी माँ ने अपने गहने बेचकर इंजीनियरिंग की पढ़ाई का खर्चा उठाया था। इसलिए उनकी भी मुझसे कुछ अपेक्षाएँ थीं, मेरे बारे में उनके भी कुछ सपने थे। मेरे अज्ञात भविष्य को लेकर उन सबको बहुत चिंता थी। कई बार मैं आधी-आधी रात को उस वक्त नींद से जाग उठता था, जब चारपाई पर बैठकर मेरा सिर या पैर सहला रही माँ की अचानक सिसकी निकल पड़ती थी। उसके बाद मैं कई रातों तक नहीं सो पाता था।

यदि हमारे माता-पिता या प्रियजन किसी कारण से हमारे बारे में चिंतित या दुःखी होते हैं, तो हमारा भावुक होना स्वाभाविक है। उसी तरह अपने दिल के नजदीकी लोगों के लिए हमारी चिंता भी हमें भावुक बनाती है। आमतौर पर ऐसे रिश्ते एक-दूसरे को बहुत बड़ा मानसिक सहारा देते हैं और भावनात्मक सुरक्षा का अहसास बनाए रखते हैं। लेकिन जब परंपरा से हटकर किसी बड़े सपने के लिए फैसला लेना पड़ता है तो वही भावनात्मक सुरक्षाचक्र पहले कदम की पहली रुकावट बन जाता है। तब ऐसे लोगों को याद करना पड़ता है, जिन्होंने फैसले के तराजू पर भावुकता के पलड़े के मुकाबले दूसरे पलड़े पर दुनिया की बेहतरी के अपने बड़े सपने को रखकर तौला, और सपने का पलड़ा झुका दिया। किसी भी नए प्रयोग या नई पहल के लिए जोखिम उठाने वालों में शायद ही कोई ऐसा हो, जिसे इस हालात से न गुजरना पड़ा हो। वे जीते या हारे, लेकिन इतिहास उन्हीं ने बनाया।

दूसरी अड़चन दोस्तों, शुभचिंतकों और रिश्तेदारों वगैरह के सलाह-मशविरे या फिर मजाक और ताने थे। तब यह विचार करने की जरूरत होती है कि क्या उन लोगों के पास पुराने ढर्रे, रीति-रिवाज, नफा-नुकसान और सफलता या सुविधा की सोच से बाहर निकलकर कुछ अलग करने का अनुभव है? बस, उस अड़चन के बादल छँटने शुरू हो जाएँगे।

अन्याय और असमानता को बढ़ावा देने वाली कोई भी बुराई, जिसकी जड़ें परंपरा से जुड़ी हों, और जिसे सामाजिक मान्यता प्राप्त हो, उसे चुनौती देने में सबसे बड़ी रुकावट सामाजिक मानसिकता है। जैसे भेदभाव, ऊँच-नीच, जात-पाँत, सांप्रदायिकता, पुरुषों की प्रधानता, धार्मिक पाखंड, बाल विवाह, बाल दासता आदि। यही तीसरी रुकावट है। जितना भी हो सके, इन चीजों के खिलाफ सामाजिक चेतना ही इनके अंत की शुरुआत होती है। लेकिन यह काम बड़ी समझदारी और धीरज के साथ करना पड़ता है।

मेरे खयाल से अपने सपने को हासिल करने के लिए किए जाने वाले संघर्ष से बड़ी कोई दूसरी पाठशाला नहीं होती। क्योंकि केवल इसी में उतार-चढ़ाव, नफा-नुकसान, यश-अपयश, मान-अपमान तथा जीत-हार की पढ़ाई, इम्तिहान और रिजल्ट साथ-साथ चलते हैं।

मैंने सत्रह साल की उम्र में 13 फरवरी, 1971 की डायरी में अपना एक सपना लिखा था। यह आपको पढ़ने में थोड़ा अटपटा और मुश्किल जरूर लगेगा। क्योंकि इसकी भाषा थोड़ी कठिन है। उन दिनों इसी प्रकार के शुद्ध और मुश्किल शब्द प्रयोग में लाए जाते थे। आजकल की लिखाई में आम बोलचाल की भाषा का इस्तेमाल होने लगा है। फिर भी, मुझे यकीन है कि आप इसे समझ जाएँगे।

"मैं माली हूँ मेरे सुंदर, सुखद, शांतिदायक, पवित्र उपवन का। मैंने मेरे बाग की मस्त सुगंध सूँघी है। कश्मीर से कन्याकुमारी ही तो मेरे बाग के दो छोर हैं। मैंने कैलाश के दर्शन किए हैं, योगीराज शिव की तपोभूमि के। मानसरोवर स्वर्ग भी देखा है। माँ गंगा के कंठ से मधुर गीत सुने हैं, मेरे ही बगीचे में, उपवन में पुष्पों को देखकर इंद्रधनुषों को पहचानना सीखा है। स्वर्णिम मृगों की कल्पना मेरे अपने उपवन की ही तो है। भौंरों के गीत सुने हैं, और रंग-बिरंगी तितलियों को देखा है। जाग्रत् में न सही तो स्वप्न में ही। वास्तव में नहीं तो कल्पना में। पर मैंने निश्चय ही मेरे बाग का पूर्ण आनंद प्राप्त किया है।

"मेरे हाथ में उसी बाग की बागडोर है, जिसमें लगे जामुन, आम्र, रसाल, तमाल और वट वृक्षों के नीचे साधारणता सिद्धि में बदल गई, और आज भी जिनके नीचे मानवत्व ईश्वरत्व में बदल सकता है।

"लेकिन अफसोस है कि बाग के कुछ वृक्षों के पत्ते पीले पड़ते दिखाई देते हैं। इन्हें देखकर कुछ लोगों के साथ मैं भी सोचने लगता हूँ कि मुझे क्या करना है? मेरा क्या उत्तरदायित्व है? मेरी एकमात्र अभिलाषा यही है कि मेरे उपवन के वृक्षों के पत्ते फिर से हरे-भरे हो जाएँ। मेरे बाग में पीले चादर में हरे ताने-बाने बुनने शुरू हो जाएँ। मैं औरों की तरह एक बाँस लेकर इन पीले पत्तों को गिराना शुरू करने की सोचता हूँ, जो वास्तव में दुःखदायक लगता है।

"मैं इसके विपरीत कुछ और ही सोचने बैठ गया हूँ। क्या मेरे जीवन का अंत इन पीले पत्तों को तोड़ने में ही होगा? क्या मानव जीवन का मूल्य अपने ही भाई, अज्ञानांधकार से युक्त मानव को नष्ट करने में है? क्या यह पीले पत्तों का कसूर केवल यह था कि वे पीले पड़ गए? मैं उन्हें दोष दूँ या प्रकृति को?

"नहीं। मैं अपने बाग के पत्तों को नष्ट करने में अपना जीवन नष्ट नहीं करूँगा। माना, अगर मैं पत्तों को तोड़ने में सफल हो गया, तो भी आने वाली पीढ़ी के लिए अपने बगीचे में कचरा नहीं फैलाऊँगा। कदापि नहीं। नहीं, मैं विध्वंस नहीं करूँगा। और यदि वह किया भी जाए तो परिणामात्मक होगा, आधारभूत नहीं। न ही गुणात्मक होगा। मुझे विध्वंस में विश्वास नहीं। मैं तो सृजन का विश्वासी हूँ। लेकिन मैं यह भी तो नहीं देख सकता कि मेरे ही सामने मेरे बाग के सभी वृक्षों के पत्ते पीले पड़ते चले जाएँ।

"अब मुझे ऐसा प्रतीत होता है कि कोई रोग मेरे बगीचे के वृक्षों में लगना शुरू हो गया है। यदि आज के सारे पीले पत्ते तोड़ दिए जाएँ तो भी आने वाले पत्ते पीले ही पड़ते जाएँगे। और अंत में, वृक्ष भी उखड़ने लगेंगे।

"नहीं। मैं ऐसा नहीं होने दूँगा, कम-से-कम अपने जीवनकाल में। अच्छा तो मैं एक परीक्षण शुरू किए देता हूँ। पत्तों का नहीं, जड़ों का। मेरे परीक्षण से बगीचे का रोग ज्ञात हो सकेगा। निश्चय ही ऐसा होगा। मैं हवा के भयंकर झोंके चलते हुए स्पष्ट देख रहा हूँ। मैं हवा से उसकी दिशाएँ बदलने की मिन्नतें कभी नहीं करूँगा। वह तो किसी भी दिशा में बहे, स्वयमेव सहायक होगी। और उन सभी सूखे पत्तों को धराशायी कर देगी। इस रोग के परीक्षण काल में तूफान भी आएँगे। और मैं जानता हूँ कि तुम सब उन आने वाले तूफानों से भयभीत हो।

"डरो मत। मेरे वृक्षों की जड़ें दुनिया में सबसे गहरी हैं। भले ही वे रोगी हों, लेकिन एक नहीं, सौ-सौ तूफान भी उन्हें उखाड़ने में समर्थ नहीं। विश्वास रखो! मेरे, आपके अपने वृक्षों की जड़ें हिलने से समूचा भूमंडल डोल जाएगा। धरती फट जाएगी। विश्वास रखो, मेरे वृक्षों का उपचार कभी-न-कभी ठीक प्रकार से होगा, मेरे और आपके जीवनकाल में ही। हमारी अपनी आँखों के सामने ही। हम सभी त्याग, तप, ज्ञान और कर्म के खाद तथा जल से फिर समूचे बाग को सिंचित करेंगे।

"मैं यह भी अच्छी तरह समझ गया हूँ कि मेरे परीक्षण काल के दौरान तुम में से कुछ लोग मुझे स्वार्थी, बेईमान या ढोंगी भी समझेंगे। या इससे भी बढ़कर पागल कहने लगेंगे। लेकिन विश्वास रखो, मेरा परीक्षण पूरा होगा और मैं रोग और उसका उपचार ढूँढ़ निकालूँगा।

"यदि धोखे से परीक्षण काल के दौरान जीवन का अंत हो जाए, तो भी आने वाली पीढ़ी, जो (इस) रोग को खत्म करना चाहेगी, वह मेरे परीक्षण काल के दौरान लिखे इन कागज-पत्रों को ढूँढ़ लेगी। और शायद ये फटे-पुराने कागज उसकी सफलता की राह में काम आ सकें। यदि दुर्भाग्य से हवा द्वारा गिराए गए पत्तों के साथ मेरे ये कागज जल गए, तो भी मैं विश्वास के साथ कहता हूँ कि ये जलते-जलते मेरे उपवन के अंधकार से प्रकाश प्रदीप्त करेंगे। और उनसे भस्म-औषधियुक्त खाद बनेगा, जो मेरे उपवन की पावन पुण्य मिट्टी के साथ मिल जाएगा। कभी-न-कभी अवश्य फिर मेरा पीला उपवन इंद्रधनुषी हो जाएगा।"

डायरी के इस अंश में मुख्य रूप से पाँच बातें या विचार रखे गए हैं। ये पाँचों बातें बाग, पेड़ और माली के माध्यम से कही गई हैं। इसे संक्षिप्त रूप में और अधिक सरल शब्दों में कुछ यों भी कहा जा सकता है—पहली बात, अपने देश के भूगोल, इतिहास, संस्कृति और सौंदर्य के प्रति गहरा प्रेम और आस्था। जाहिर है कि जहाँ हम पैदा हुए या रह रहे हैं, उस जगह के बारे में अच्छा सकारात्मक नजरिया रखा जाए। साथ ही, उस जगह में छुपी हुई अनंत संभावनाओं और शक्तियों पर भी उतना ही भरोसा हो। लेकिन यहीं से दूसरी बात शुरू होती है।

देशभक्ति और इतिहास की तारीफों के पुल बाँधते रहने और उसी में चिपककर रह जाने से न तो अपना भला होगा और न देश का। इसलिए जरूरी है कि अपनी आँखों और संवेदनाओं को जिंदा रखा जाए, ताकि आसपास फैल रही बुराइयों, खामियों और कमजोरियों को गहराई से महसूस किया जा सके। लगातार बढ़ रही गैर-बराबरी, अन्याय, पाखंड, झूठ और मक्कारी अगर समाज

के सौंदर्य तथा संभावनाओं को नष्ट करने लगे, तो मात्र दर्शक बने रहना एक तरह से उस पतन में भागीदार हो जाना है। जिस बगीचे से आपको ऐसा गहरा प्रेम हो, अगर उसके पत्ते पीले पड़ने लगें तो समझिए कि कोई गंभीर रोग पेड़ों की जड़ों में लग गया है। यही समझना तीसरी बात है।

चौथी और महत्त्वपूर्ण बात है, बाग की बदहाली के लिए मालियों को दोष देते रहने की बजाय रोग को दूर करने के लिए खुद माली बनने का संकल्प उठाना।

पाँचवीं जरूरी बात यह है कि समाज में फैली बुराइयों को जड़ से मिटाने के लिए खुद पर और समाज पर गहरा भरोसा, धैर्य और कभी न मरने वाली आशा को बनाए रखना। डायरी में लिखे गए इस विचार में मेरा सपना, संकल्प, रास्ता और खुद की भूमिका शामिल है।

हमें आज जो कुछ भी दिखाई देता है, वह सब कभी-न-कभी किसी का सपना रहा था। क्या आपने कभी यह सोचा है कि हम जो कुछ खाते-पीते हैं, पहनते हैं, जिन घरों में रहते हैं, सड़कों पर जिन वाहनों में चलते हैं, जिस बिजली, टेलीफोन, इंटरनेट और कंप्यूटर के बिना जीने की कल्पना तक नहीं कर सकते, बीमार पड़ने पर जिन दवाओं से इलाज होता है, अथवा जिस शासन व्यवस्था में रहते हैं, वे सभी किसी-न-किसी सपने से उपजे हैं। सपनों में से ही संसार जन्म लेता है।

आज जो चीज नहीं है, उसकी खोज करने, बनाने, बेहतर करने या हासिल करने के विचार से सपने का जन्म होता है। फिर चाहे वह खुद के लिए हो या सभी के लिए। जैसे एक छोटे से बीज में बहुत बड़ा वृक्ष और अनगिनत फल छुपे रहते हैं, उसी तरह हमारे सपने में ढेर सारी संभावनाएँ, उपलब्धियाँ और सफलताएँ छुपी होती हैं। यह इसलिए हो पाता है कि सपनों के अंदर बहुत ऊर्जा भरी रहती है। वही ऊर्जा हमें रफ्तार, उत्साह और रोशनी देती है। जो लोग अपने या दूसरों के लिए कोई सपना नहीं देखते, वे अपनी जिंदगी अँधेरे में ही गुजार देते हैं। सपना देखने वाला अपने सपने की रोशनी में चाहे जितनी दूरी और ऊँचाई तक देख सकता है। वह अपनी मंजिल तय करके उस तक पहुँच सकता है। सपने का उजाला उसे न केवल वहाँ तक पहुँचने का रास्ता दिखाता है, बल्कि

उसमें आने वाली अड़चनों और आसानियों का भी अहसास कराता है। इतना ही नहीं, वह सपनों के उजालों में अपने भीतर की कमजोरियों और मजबूतियों को भी ठीक से देख सकता है।

सपने के लिए तड़प

सपने भी अजीब होते हैं। एक तरफ तो उनमें बड़ी गुदगुदाहट होती है तो दूसरी तरफ इतनी तड़प कि चैन से सोना तो दूर, उठने-बैठने न दें। इतनी ठंडी रोशनी कि शरद पूर्णिमा का चाँद भी शरमा जाए और आग भी ऐसी, जैसे सौ-सौ सूरज एकसाथ निकल आए हों। जो सिर्फ सपनों की गुदगुदाहट और ठंडक में चैन से बैठ जाते हैं, सपने भी उनसे रूठकर दूर चले जाते हैं। एक पुरानी कहानी है—

एक बार सुकरात के पास एक नौजवान आया और बोला कि मेरे मन में बहुत सारे सपने लहरों की तरह आते हैं और फिर कहीं गुम हो जाते हैं। मन किसी एक पर टिकता ही नहीं। सुकरात ने उसे यह कहते हुए वापस लौटा दिया कि कल सुबह आना।

नौजवान सोचता रहा कि वह अकेले फुर्सत में बैठे थे, फिर भी मेरे सवाल का जवाब क्यों नहीं दिया। आखिर दूसरे दिन सुबह वह फिर आ पहुँचा। सुकरात ने काफी देर तक उसे बाहर बिठाए रखा। फिर जब वे नदी की तरफ स्नान के लिए जाने लगे तो उस नौजवान को भी साथ कर लिया। वे नदी में उतरे तो उन्होंने नौजवान को भी अंदर बुलाया। दोनों घुटने भर पानी में खड़े थे। सुकरात ने उसे कंधे से मजबूती से पकड़ा और नदी में और गहरे में लेकर जाने लगे। पानी छाती तक पहुँचा, फिर कंधे तक और धीरे-धीरे गरदन तक पहुँच गया। नौजवान अचंभित था। सुकरात ने उसे पानी में और आगे की तरह धकेलना जारी रखा। अब वह थोड़ा डरने लगा था।

अचानक सुकरात ने उसकी गरदन को कसकर पकड़ा और नौजवान का सिर पानी में डुबो दिया। वह बुरी तरह छटपटाने लगा। तभी सुकरात ने पकड़ ढीली कर दी। वह उछलकर पानी से बाहर आया। सुकरात ने पूछा, "जब मैंने तुम्हें पानी में डुबोया था, तो तुम किस एक चीज के लिए तड़प रहे थे?" नौजवान ने कहा, "बस एक साँस के लिए। मुझे बस एक साँस चाहिए थी।"

सुकरात ने कहा कि तुम्हारे सारे सपनों में से किस सपने के लिए उतनी ही छटपटाहट है, जितनी कि एक साँस के लिए? जिसके बगैर तुम जी नहीं सकते, बस उसी पर टिक जाना और उसे लेकर आगे बढ़ जाना। उसी से तुम्हें तुम्हारी मंजिल मिल जाएगी।

करना है या बनना है?

सपने के साथ-साथ अकसर एक सवाल चलता रहता है। मुझे क्या बनना है? या मुझे क्या करना है? ये दोनों एक जैसे लगते हैं, लेकिन होते बिल्कुल अलग हैं। बनने और करने का सपना और कोशिशें साथ चलते रहना कोई कमजोरी या पाप नहीं है। अकसर होता भी यही है। फिर भी इनके बीच के फर्क को जानना अच्छा है।

एक बहुत निर्धन और पिछड़ा गाँव था। उसमें स्कूल न होने से वहाँ के कुछ बच्चे पास के एक शहर में पढ़ने जाते थे। शहरी विद्यार्थी उनके बोल-चाल और रहन-सहन का मखौल उड़ाया करते थे। गाँव वाले बच्चों में से एक अपने गाँव के नाम, इज्जत और तरक्की के सपने देखता रहता था और अपने दोस्तों के साथ भी उसी तरह की बातें करता था। वे शेखचिल्ली कहकर उसका मजाक उड़ाते थे। फिर भी वह उनके मन में डॉक्टर, इंजीनियर, प्रोफेसर, वकील आदि बनने के सपने जगाने की कोशिश करता रहता था, क्योंकि वह मानता था कि गाँव की तरक्की के लिए कई नौजवानों का आगे बढ़ना जरूरी है। आखिर उसके दो-चार साथी बड़े बनने के सपने देखने लगे। लेकिन सोचने भर से तो भला कुछ होने से रहा। उस नौजवान को एक तरकीब सूझी। उसने रोज स्कूल के बाद शहर की लाइब्रेरी में जाना शुरू कर दिया। वह वहाँ घंटों बैठकर ऐसी जानकारियाँ जुटाने लगा, जिनसे उसके दोस्त अपने सपने पूरे कर सकें।

कुछ सालों के बाद वे लोग कामयाब हो गए। ऊँचे-ऊँचे ओहदों पर पहुँचकर उन्होंने गाँव का नाम रोशन किया। उनसे सभी को प्रेरणा मिली। इस तरह गाँव की तरक्की होने लगी। आप सोच रहे होंगे कि जिस नौजवान ने खुद के लिए कुछ बनने की बजाय करने का सपना देखा और पूरा किया। आखिर वह क्या बना? वह अपने देश का एक प्रसिद्ध लेखक बना। उसकी लिखी किताबों

से हजारों युवाओं की आँखों में सपने जगे, रास्ते मिले और वे अपनी मंजिल पर पहुँच सके।

जब कोई सोचता है कि उसे क्या बनना है, तो वह जाहिर तौर पर नतीजे के बारे में सोच रहा होता है। इसलिए वह जैसा सोचता है, वैसा ही बन जाने के बाद उसे पूरा संतोष और आनंद मिल सकता है। मन के मुताबिक न बन पाने पर निराश होना पड़ता है, क्योंकि बन जाना एक परिणाम है। परिणाम तो अच्छे या बुरे कैसे भी हो सकते हैं।

दूसरी तरफ जब मन में इस बात की स्पष्टता हो कि 'क्या करना है', तो उसी के माफिक काम करते हुए हर वक्त मजा आता है और संतुष्टि मिलती है। आम तौर पर 'मुझे क्या बनना है' के सवाल के पीछे एकदम निजी महत्त्वाकांक्षा, कल्पना या संकल्प होता है, जबकि 'जीवन में मुझे क्या करना है' के साथ रुचि, स्पष्टता, व्यावहारिकता और उद्देश्य साथ-साथ चलता है। बनने पर तो किसी का बस नहीं, लेकिन करना अपने हाथ में होता है। अगर मैं अपने बारे में कहूँ तो 'मुझे क्या बनना है' इस पर मैंने कभी ध्यान नहीं दिया। लेकिन 'क्या करना है' इसकी जद्दोजहद हमेशा बनी रहती है।

□

अपने सपने-सबके सपने

यह कहानी एक अमरीकी आदमी मोंन्टी रॉबर्ट्स की है। सेन इसिड्रो नाम की जगह पर उसका दो सौ हेक्टेयर जमीन में फैला हुआ बहुत सुंदर घुड़साल था। वहाँ उसने कई महँगे घोड़े पाल रखे थे। उनके दौड़ने का ट्रैक और रहने के लिए बेहतरीन जगह थी। वहीं पर उसने अपने लिए चार हजार वर्गफुट की एक आलीशान कोठी बनवा रखी थी। एक बार उसके किसी दोस्त ने वहाँ ऐसे कुछ नौजवानों का शिविर लगाया, जो जोखिम उठाकर नए काम करने का हौसला रखते थे।

मोंटी ने उन्हें अपनी कहानी सुनाई। वह दूसरों के घोड़ों को ट्रेनिंग देने वाले एक साधारण आदमी का बेटा था। बचपन में एक बार स्कूल की टीचर ने अपनी क्लास के बच्चों से अपने-अपने भविष्य के सपनों के बारे में लिखकर लाने को कहा। सभी बच्चे कुछ-न-कुछ लिखकर ले गए थे, परंतु मोंटी बड़े से कागज पर एक नक्शा बनाकर ले गया था। टीचर ने उसे देखकर पूछा, "यह क्या है? तुम अपना सपना लिखकर क्यों नहीं लाए?" वह बोला, "यही मेरा सपना है।" टीचर ने उसे समझाकर बताने के लिए कहा। उस बच्चे ने उस नक्शे पर अलग-अलग हाथ रखकर बताया, "मैडम, यह मेरा 200 हेक्टेयर का घुड़साल है। इस जगह पर घोड़े रहेंगे, यह उनके दौड़ने का ट्रैक होगा और यहाँ उनकी देखरेख की दूसरी सुविधाएँ होंगी और वहीं पर मेरा चार हजार वर्गफुट का घर भी होगा।"

टीचर ने उस नक्शे पर 'एफ' यानी 'फेल' लिख दिया और उससे कहा कि ऐसा कोई सपना लिखकर लाए, जिसे पूरा किया जा सकता हो। एक गरीब आदमी के बेटे के लिए यह संभव नहीं है। घर जाकर उसने वही कागज अपने

पिता को दिखाया। पिता ने उससे कहा कि मुझसे क्यों पूछ रहे हो? यह सपना तो तुम्हारा होना चाहिए, तुम्हारी टीचर का भी नहीं। मोंटी स्कूल जाकर फिर से वही कागज अपनी टीचर को थमाकर बोला, "मेरा सपना तो यही रहेगा। इस पर आपके हाथ का 'एफ' लिखा रहने दीजिए। परंतु मैंने उसके ऊपर 'डी', यानी 'ड्रीम' लिख दिया है और वही सच है।"

मोंटी ने शिविर में आए नौजवानों को बताया, "कई सालों के बाद एक दिन बहुत बड़ा इत्तेफाक हुआ। स्कूली बच्चों की एक टोली मेरा घुड़साल देखने आई थी। मेरी वही पुरानी शिक्षिका उन्हें लाई थीं। वे नहीं जानती थीं कि मैं ही इसका मालिक हूँ। मेरे घर पर वही नक्शा काँच में मढ़ा हुआ टँगा था। वे उस नक्शे को देखकर बहुत शर्मिंदा होकर बोलीं कि उन्होंने न जाने कितने बच्चों के सपनों को कुचल दिया था।"

आज का सपना कल की सच्चाई बन जाता है, बशर्ते पूरी ईमानदारी से उसका पीछा किया जाए। मतलब यह है कि छोटे या बड़े सपने देखने से व्यक्ति उतना ही छोटा या बड़ा बन सकता है और अच्छे या बुरे सपने देखने से उतना ही अच्छा या बुरा। इसलिए बड़े और अच्छे सपने देखना उपयोगी ही नहीं, जरूरी भी है। इतिहास ऐसे लोगों की कहानियों से भरा पड़ा है, जिन्होंने बड़े सपने देखे, उनका पीछा किया और उन्हें पूरा किया। समाज को बनाने, बदलने और नई दिशा देने में उनका बड़ा हाथ है।

आजकल के युवक-युवतियों में, खासकर सन् 2000 के बाद जन्म लेने वाली मिलेनियल पीढ़ी में सपने देखने वालों की संख्या जितनी तेजी से बढ़ रही है, उतनी पिछली पीढ़ियों में नहीं थी। जितनी तेजी से नए-नए विषयों की पढ़ाई, नई तरह के नौकरी-पेशे, खुद को साबित करने के नए-नए क्षेत्र और तरक्की के अवसर बढ़ रहे हैं, उतनी ही तेजी से सपनों का संसार भी फैल रहा है। यह बहुत शुभ संकेत है। एक और अच्छी बात यह है कि कुछ किशोर और युवा अपने अलावा दूसरों की भलाई के सपने भी देखते हैं। भले ही उनकी संख्या ज्यादा न हो, लेकिन उनकी सच्चाई, ईमानदारी और जोश में बहुत ऊर्जा होती है।

स्कूलों और विश्वविद्यालयों के विद्यार्थियों और युवाओं से मैं अकसर कुछ सवाल पूछता हूँ, जैसे—"तुम दस वर्षों के बाद अपने आप को कहाँ देखते हो?

यानी तुम्हारा क्या सपना है?" उनमें से कुछ ठीकठाक जवाब दे देते हैं, जैसे कि अच्छी नौकरी, ऊँचा पद, इज्जतदार व्यवसाय, निजी उद्योग-धंधा या किसी खास विषय की ऊँची पढ़ाई के बाद शोध या अनुसंधान करना वगैरह। उनके सपनों में पसंद का जीवनसाथी, महँगी गाड़ियाँ, आधुनिक घर और विदेशों में बसकर संपन्न व प्रतिष्ठित जीवन आदि भी शामिल रहते हैं। दूसरी तरफ ऐसे किशोरों और युवाओं की कमी नहीं है, जो दस वर्ष बाद के अपने भविष्य का कोई सपना नहीं देख पाए हैं। ऐसे युवक-युवती अकसर अपने परिवार, दोस्तों या बाहर के वातावरण से ज्यादा प्रभावित होते हैं। या फिर खुद की क्षमता और योग्यता की पहचान नहीं कर पाते हैं। कई बार उन्हें खुद पर और दूसरों पर भरोसा नहीं होता। इनके अलावा एक और बात हो सकती है। सुविधाओं और संसाधनों से संपन्न परिवारों के बच्चों के सामने ढेरों विकल्प खुले रहते हैं। इसलिए वे जल्दी से किसी एक का चुनाव नहीं कर पाते।

उन लोगों से मेरा एक दोहरा सवाल रहता है, "यह बताओ कि दस साल के बाद अपने देश और पूरी दुनिया के बारे में तुम्हारा क्या सपना है? और क्या उसमें तुम्हारी भी कोई भागीदारी है?"

मुझे उनके उत्तर सुनकर ज्यादा हैरानी नहीं होती। ज्यादातर युवाओं का अपने देश और दुनिया के भविष्य के बारे में कोई सपना नहीं होता। और अगर होता भी है तो बहुत अस्पष्ट या घिसपिटा। जैसे—दस साल के बाद उनका देश तेजी से तरक्की करके बहुत संपन्न, शिक्षित और ताकतवर राष्ट्र बन जाएगा। थोड़ा और कुरेदने पर इतना समझ में आ जाता है कि देश और दुनिया के भविष्य के बारे में तो इक्का-दुक्का ही कोई स्पष्ट सपने देखता हो। सवाल के दूसरे हिस्से में, यानी देश और दुनिया के सपने में उनके योगदान के बारे में और भी कम बच्चे कुछ बता पाते हैं। इससे पता चलता है कि ज्यादातर युवाओं के सपने सिकुड़कर खुद तक सीमित होते जा रहे हैं।

दूसरी ओर कुछ उत्साहजनक चीजें देखने को भी मिल रही है। इसमें सोशल मीडिया और समाज में कई तरह के एक्सपोजर का बड़ा रोल हो सकता है। कई युवक-युवतियाँ जल, जंगल, जमीन और पर्यावरण बचाना, किसी सामाजिक बुराई, जैसे जात-पाँत, सांप्रदायिकता वगैरह का खात्मा, गरीब बच्चों

को पढ़ाना, समाज में किन्हीं पीड़ित व वंचित समूहों के अधिकारों की रक्षा, टेक्नोलॉजी या इंटरनेट के जरिए किसी मुद्दे पर जागरूकता फैलाना अथवा दूसरों के विकास और भलाई के बारे में सोचते हुए मिल जाते हैं। उनमें से कुछ अपने-अपने तरीकों से कहीं पर इंटर्न या वॉलंटियर की तरह इन मुद्दों पर काम करने में भी जुट पड़ते हैं।

ऐसी कोई शर्त या नियम नहीं है कि कोई व्यक्ति अपने और समाज के लिए साथ-साथ सपने नहीं देख सकता। लेकिन इन दोनों ही तरह के सपनों के बारे में स्पष्ट रहने और प्राथमिकताएँ तय कर लेने से उन्हें हासिल करना आसान हो जाता है।

आज जीवन के हर क्षेत्र में नए-नए विकल्प खुल जाने से दुविधाएँ और प्रतियोगिता की मारामारी से उलझनें भी बढ़ती जा रही हैं। पढ़ाई-लिखाई करने वाले ज्यादातर किशोरों और युवाओं को कई तरह के सवालों से जूझना पड़ता है। जैसे अपने सपनों को हासिल करने के लिए किन विषयों की पढ़ाई की जाए, और कौन से कॉलेजों में कैसे एडमिशन लिया जाए? क्या परिवार उसका खर्चा उठा सकेगा? स्कॉलरशिप या बैंक लोन किस तरह मिल सकता है? वह पढ़ाई पूरी कर लेने के बाद नौकरी और अच्छा पैकेज मिलने की क्या संभावना है? यह उलझन सिर्फ अपने देश में पढ़ाई करने तक ही सीमित नहीं रहती, बल्कि यूरोप, ऑस्ट्रेलिया, न्यूजीलैंड और अमेरिका की अच्छी यूनिवर्सिटियों में जाने की भी होती है।

बाहरी लोगों के प्रभाव या दबाव से बुने गए सपने पूरे कर लिए जाएँ, तो भी मन को संतोष और शांति नहीं मिलती। दिल में कुछ-न-कुछ खालीपन बना ही रहता है। परिजनों और मित्रों की भावनाएँ, आशाएँ और अपेक्षाएँ या किसी की नकल, होड़ और ईर्ष्या हमारे भविष्य के फैसलों में बड़ा असर डालती हैं। इसका एक ही उपाय है। हम खुद अकेले में बैठकर सोचें कि वह कौन सा विचार है, कौन सा काम है, कौन सी पसंदें और कौन सी रुचियाँ हैं, जो हमें सबसे ज्यादा खुशी देती हैं? उन्हीं के आधार पर देखा गया सपना हमारा अपना होता है। अपने लिए अपना सपना ही बुना जाए तो बेहतर होता है।

पुरानी और नई पीढ़ी के बीच हमेशा कुछ-न-कुछ तनातनी चलती रहती है, जो कि बहुत स्वाभाविक है। इसी तरह से समाज तरक्की करता है। लेकिन

आज के जमाने में दो या तीन पीढ़ियों के बीच जो द्वंद्व बढ़ रहा है, उतना शायद पहले कभी नहीं रहा। उसके कई कारण हैं। हमारे नौजवान सूचना तकनीक, सोशल मीडिया और हथेलियों पर रखे फोन पर उँगलियाँ चला लेने भर से ज्ञान और मनोरंजन के अथाह समुद्र में गोते लगाने लगते हैं। उससे उनके भीतर आजादी की अकुलाहट बढ़ती है। कुछ नया और अलग करने की इच्छा भी जगती है। युवाओं में आपस के मेल-मिलाप और आवाजाही वगैरह तेजी से बढ़े हैं। उनके मन में पुरानी मान्यताओं, परंपराओं और रीति-रिवाजों के खिलाफ सवाल उठने लगते हैं। दूसरी ओर सैकड़ों सालों के संस्कार इतने गहरे हैं कि या तो उनसे छुटकारा पाने में डर लगता है अथवा अपराध-बोध सा होने लगता है। इन बातों का सपनों और फैसलों पर गहरा असर पड़ता है।

एक मजेदार वाकया याद आ रहा है। कुछ वर्षों पहले मुझे इंदौर विश्वविद्यालय के छात्रों और अध्यापकों के बीच एक व्याख्यान देने का मौका मिला था। अन्य विषयों के अलावा मैंने छात्र-छात्राओं को अपनी पसंद का जीवनसाथी चुनने और दहेज तथा फिजूलखर्ची के बगैर शादी करने के लिए प्रोत्साहित किया। अगर वे हिम्मत करके जाति और मजहब से बाहर निकलकर शादियाँ करेंगे, तो सामाजिक समरसता और एकता बढ़ सकेगी। उन्हें यहाँ तक कह दिया कि अगर किसी के परिवार वाले या जाति अथवा धर्म के ठेकेदार उसमें अड़ंगा डालें तो मैं उनसे बात करके समझाने की कोशिश करूँगा। मैंने उन्हें बताया कि परेशानियाँ और अड़चनें तो सुमेधाजी और मेरे प्रेम-विवाह में भी कम नहीं आई थीं, लेकिन हमारे मन में कभी कोई असमंजसता नहीं थी। हमारे बेटे और बेटी ने भी अपनी मरजी से शादियाँ की हैं। जात-पाँत के बारे में सोचने का तो कभी कोई सवाल ही नहीं था।

मेरा भाषण खत्म भी नहीं हो पाया था कि मेरा मेलबॉक्स एक के बाद एक ढेरों शिकायतों से भरने लगा था। कई दिनों तक मेरे फोन और सोशल मीडिया पर सहायता माँगने वाले युवक-युवतियों का ताँता लगा रहा था। आमतौर पर उनकी शिकायत रहती थी कि वे जिससे प्रेम करते हैं, और साथ-साथ जिंदगी बिताने के सपने देखते हैं, उन्हें पूरा करने में कितनी अड़चनें आ रही हैं। विज्ञान विषय में पी-एच.डी. कर रही एक युवती ने लिखा "मेरे मन में कई तरह के

असमंजस हैं, अपनी मरजी से शादी करना अनैतिक तो नहीं है? मेरे माँ-बाप यह बरदाश्त कर भी पाएँगे या नहीं?"

एक अन्य युवक ने लिखा "दूसरे धर्म की लड़की से शादी करना पाप तो नहीं? मुझे डर है कि हमारी शादी से कहीं सांप्रदायिक दंगे न हो जाएँ?" किसी युवती ने लिखा था—"जिस लड़के से मैं प्रेम करती हूँ, वह उम्र में मुझसे थोड़ा छोटा है और एक पैर से लँगड़ाकर चलता है। उससे शादी करने पर कहीं हमारी बदनामी तो नहीं हो जाएगी? क्या ऐसा करने से परिवार का मुँह तो काला नहीं हो जाएगा?" दो युवा जोड़े तो इतनी बुरी तरह मेरे पीछे पड़ गए थे कि उनकी शादी कराने के लिए मुझे उनके माता-पिता तक से बात करनी पड़ी थी। अच्छी बात यह हुई कि वे राजी हो गए थे। मेरे ऑफिस के सहयोगी मजाक करने लगे थे कि अब हमें एक मैरिज ब्यूरो चलाना पड़ेगा। युवतियों और युवाओं की दोस्ती, प्रेम-संबंधों और अपना जीवनसाथी चुनने की कशमकशें बाकी सपनों को भी धुँधला करती रहती हैं। ऐसे सपने टूट जाने का असर कॅरियर और भविष्य के सपनों पर भी पड़ता है।

हौसले के पंख

आज हम जहाँ हैं या जैसे भी हैं, हमारे सपने हमें वहाँ से आगे ले जाते हैं या ऊपर उठाते हैं। आगे बढ़ना या ऊपर उठना मुश्किलों और चुनौतियों से खाली नहीं होता। हवाई जहाज की उड़ानों को ही लीजिए। कई बार घना कोहरा और काले बादल आ जाते हैं, जो उड़ानों में बाधा डालते हैं। अब तो जहाजों के भीतर बहुत तेज और सूक्ष्म यंत्र लगे रहते हैं, लेकिन फिर भी कभी खराब मौसम को नजरअंदाज नहीं किया जा सकता। बहुत सी दुर्घटनाएँ इसी वजह से होती हैं। उड़ान के बीच में कई बार काले घने बादल उजाले को रोक देते हैं। बादलों की ऊँचाई या लंबाई-चौड़ाई आसमान जैसी नहीं होती, जबकि जहाज को तो आसमान में उड़ना है। इसलिए पायलट की कोशिश होती है कि वह उसे बादलों के पार ले जाकर उड़ाता रहे। ज्यादातर बादल धरती से तीन से सात किलोमीटर की ऊँचाई के बीच में रहते हैं। हवाई जहाज अकसर उससे ज्यादा ऊँचाई पर उड़ाए जाते हैं। कई बार तेज बारिश, घने बादल और तूफान की हालत में जहाज

को गंतव्य स्थान पर उतारने की बजाय किसी दूसरे एयरपोर्ट पर ले जाकर उतारा जाता है।

सपनों की उड़ानों के मामले में भी कोहरा, बादल, बारिश और तूफान आ सकते हैं। अच्छी तरह से सोच-विचार करके अपने लक्ष्य तय करना फायदेमंद होता है, लेकिन बहुत देर तक का असमंजस सपनों के उजाले को रोकने वाली धुंध या काले बादलों की तरह बन जाता है। 'यह करें या वह करें? अब करें, कि कब करें? इस तरह से करें या उस तरह से करें? ऐसा करें भी या न करें?' जैसे सवाल जब तक रास्ते के साइनबोर्ड की तरह होते हैं, तभी तक ठीक हैं। लेकिन अगर वे पैरों की बेड़ियाँ बन जाएँ, तो उन्हें तोड़कर आगे बढ़ जाना बेहतर है। फिर भले ही बाद में ठोकरें लगें या रास्ता भटक जाएँ। आमतौर पर इस तरह की दुविधाएँ आसपास के लोग ही पैदा करते हैं, क्योंकि किसी भी मामले में ज्ञान बाँटने वालों, उपदेशकों और सलाहकारों की कमी नहीं होती।

मैंने 8 मई, 1971 को अपनी डायरी के पन्नों पर लिखा था—

"आज यदि हम एक अच्छाई को साथ लेकर सफलता प्राप्त करना चाहते हैं, तो दस बुराइयाँ हमारी (उस) अच्छाई को निगल जाने के लिए तैयार रहती हैं और इनका उपयोग करने वालों को सफलता और लाभ प्राप्त कराती हैं। परिणामस्वरूप हम स्पष्ट देखते हैं, बुराइयाँ चक्रवृद्धि गति से बढ़ रही हैं। हम अच्छाइयों को लगातार भूमिसात होते देखते हैं।

"...बुराइयों की विजय और अच्छाइयों की पराजय सामान्य व्यक्ति को बड़ी आसानी से विचलित कर देती है। (यहाँ तक कि) विचारवादी (बुद्धिमान) लोगों तक के मस्तिष्क में भलाई के आदर्श मूल्यों के प्रति संशय उत्पन्न करा देती है।

"जब हम कहते हैं, अच्छाई की पराजय हुई, तब मानो हमारी अच्छाई या पराजय की परिभाषा में त्रुटि है या (फिर) अच्छाई के मापदंड में। हमारी सबसे बड़ी बुराई (कमी) है—आत्म-निर्बलता। ...आत्म-निर्बलता के कारण बाहरी (दूसरी) बुराइयाँ स्वाभाविक रूपेण ही हमको गिरा देती हैं। परिणामस्वरूप अच्छाई हमारे हाथ से तत्काल छूट जाती है।"

"हम (अपनी ही) निराशा, हतोत्साह जैसी अनेक बुराइयों (कमजोरियों) के नीचे दबकर कहते हैं कि बुराइयों के सामने भलाई हार गई। ...इसलिए हम मस्तिष्क में किसी बुराई (कमजोरी) की कल्पना ही क्यों लाएँ? हमें, हमारे या दूसरे के अंदर जो भी बुराई दिखती है, वह ऋणात्मक है, अतः उसे तत्काल निकाल फेंकने का प्रयत्न किया जाए, परंतु केवल भलाई के द्वारा ही।"

इस बात के मायने ये हैं कि अच्छाई या नैतिकता के रास्ते पर चलने वाले लोग भी जब असफल हो जाते हैं तो उन्हें अपनी वह अच्छाई कमजोरी लगने लगती है। वे मानने लगते हैं कि नैतिकता के रास्ते पर चलकर मंजिल हासिल नहीं की जा सकती। इसलिए या तो हारकर बैठ जाते हैं या फिर गलत रास्ता अपना लेते हैं। ऐसे में जरूरी है कि पूरा जोर लगाकर अपने भीतर की अच्छाई को पकड़े रखें।

लक्ष्य और फोकस

अपनी पसंद का कोई भी ऐसा काम, जिसमें खुद को खुशी मिलती हो और जिससे किसी दूसरे का कोई नुकसान न होता हो, उसे करने में असमंजस नहीं होना चाहिए। वह चाहे अपने सपने पूरे करने का हो, या फिर संबंध निभाने का। हाँ, जो काम किसी लालच, धोखे, झूठ, स्वार्थ और सिर्फ विपरीत सेक्स के प्रति क्षणिक आकर्षण से किया जाए, या जिसे सभी से छुपाकर चोरी-चोरी करना पड़े, उसे ठीक नहीं कहा जा सकता। फिर भी अगर ऐसा कुछ होता है, तो आत्मग्लानि या हीनता में घुटते रहने की बजाय उसे अपनी भूल मानकर सुधार कर लेना बेहतर है।

युवाओं और परिवार वालों के सपनों के बीच की टकराहट कोई नई बात नहीं है। मैं टेलीविजन के लिए विज्ञापन फिल्में बनाने वाले एक प्रतिभाशाली और सफल नौजवान को उसके बचपन से जानता हूँ। हमेशा से उसकी रुचि कला, साहित्य और थियेटर में थी। फिर भी उसके दोस्तों, रिश्तेदारों और माँ का दबाव था कि उसे इंजीनियर बनना चाहिए। पिता का सपना सिविल सर्विसेज में भेजने का था। वे देश के एक जाने-माने इंजीनियरिंग संस्थान में भेजने के लिए सिर्फ इस बात पर राजी हुए कि लड़का बी.टेक. करने के बाद आई.ए.एस. की तैयारी करेगा।

आखिर उसने इंजीनियरिंग की डिग्री हासिल कर ली। फिर घर के दबाव में आई.ए.एस. की कोचिंग और परीक्षाओं का दौर शुरू हुआ। वह उसे पास नहीं कर सका। उसके भीतर निराशा, असमंजस और घुटन बढ़ती गई। घर में भी बहुत तनाव रहने लगा था। बेटे के भविष्य को लेकर माँ-बाप आपस में खूब

झगड़ते रहते थे। आखिर उसने अपने दिल की बात मानकर कठोर फैसला ले लिया। वह फिल्म निर्देशन के कॅरियर की तलाश में मुंबई चला गया। खुद के सपने की डोर थामते ही उसका पूरा व्यक्तित्व बदल गया था। भले ही उसे कुछ सालों तक संघर्ष करना पड़ा हो, लेकिन अब सफलता उसके कदम चूमने लगी है। इससे उसका खुद पर भरोसा लौट आया। उसने अपनी मरजी से पसंद की लड़की से शादी भी कर ली। हालाँकि शुरू-शुरू में माँ-बाप को जरूर बड़ा झटका लगा था, लेकिन अब सबकुछ ठीक है।

कॉर्पोरेट, शिक्षा, प्रशासन और सामाजिक क्षेत्र तक में काम करने वाले ऐसे कई प्रतिभावान युवक-युवतियाँ मिलते हैं, जो तरह-तरह की मानसिक बीमारियों से ग्रस्त हैं। उनमें से ज्यादातर देश-विदेश की ऊँची-ऊँची डिग्रियाँ लेकर आते हैं। किसी का नया उद्योग-धंधा कामयाब नहीं हो पाया, तो कोई प्रेम में असफल हो गया था। किसी को मनमाफिक नौकरी नहीं मिल सकी, तो किसी के ऑफिस का वातावरण उसके स्वभाव के अनुकूल नहीं है। कुछ ऐसे हैं, जो बराबर की योग्यता रखने वाले साथी को ऊँची नौकरी या ज्यादा वेतन मिलने से डिप्रेशन के शिकार हो गए। कइयों ने एक साथ कई सपने पाल रखे थे, परंतु अपनी प्राथमिकताएँ तय नहीं कर पाने से किसी खास उद्देश्य पर फोकस नहीं कर सके। अब पछतावे और हीनभावना में जी रहे हैं। उनमें से बहुत से लोग मनोचिकित्सकों से इलाज और काउंसलिंग लेकर एक-एक सेशन की हजारों रुपए फीस देते हैं। हालाँकि यह कोई शर्म, ग्लानि या छुपाने की बात नहीं है। लेकिन ऐसी नौबत ही क्यों आने दी जाए? और आ भी जाए तो उससे जल्दी से छुटकारा पाने की कोशिश की जाए।

असफलता की कोख में

कम-से-कम मुझे तो ऐसा कोई व्यक्ति नहीं मिला, जिसने जीवन में कभी किसी असफलता का सामना न किया हो। मैं यह नहीं मानता कि असफलता और पराजय के बावजूद संतुलित बने रहने वाले कोई साधु-संत होते हैं। या फिर नाकामयाबियों से लगे धक्कों से उबर जाने वाले लोग किसी अलग मिट्टी के बने होते हैं। उनमें और जल्दी से हताश होकर बैठ जाने वालों में ज्यादा फर्क

नहीं होता, इसलिए उसे मिटाना उतना मुश्किल नहीं है, जितना कि लोग सोचते हैं।

यहाँ मैं ऐसी ही एक परिचित युवती की बात कर रहा हूँ। वह बहुत सुंदर, अपने काम में होशियार और सामाजिक मुद्दों पर बड़ी जागरूक है। बहुत पहले नशीले पदार्थों का सेवन करने से उसके पिता की मृत्यु हो गई थी। इससे उसके मन में बहुत गहरा सदमा लगा, जिसका असर अब तक है। कुछ वर्ष पहले उसकी मित्रता एक प्रतिभावान नौजवान से हो गई थी। मैं उस युवक को भी अच्छी तरह जानता था। मुझे मालूम था कि अपने कॅरियर संबंधी सपनों के अलावा उस लड़की का एक और खास सपना था। वह एक दिन दुलहन की तरह सज-धजकर पूरे रीति-रिवाजों के साथ धूमधाम से शादी करके अपने पति के साथ घर बसाना चाहती थी। इसका अर्थ यह नहीं कि शादी में फिजूलखर्ची, जात-पाँत या दहेज में उसका जरा भी भरोसा था। स्त्री-पुरुष के भेदभाव को मानने का तो सवाल ही नहीं उठता था।

सामाजिक मुद्दों पर उन दोनों के विचार बहुत मेल खाते थे। परंतु वह युवक शादी-विवाह को एक गैर-जरूरी बंधन समझता था। वह बिना शादी के साथ-साथ रहने, यानी लिव-इन रिलेशनशिप में भरोसा करता था। उन दोनों ने मिलकर एक साझा कंपनी बना ली थी। उनके बीच बढ़ती घनिष्ठता को देखकर उस युवती के सभी परिजनों और दोस्तों ने यह समझाने की कोशिश की कि उनका वह रिश्ता एकदम बेमेल है, जो ज्यादा दिन तक नहीं टिक सकता। हालाँकि उसे पूरा भरोसा था कि कभी-न-कभी उसका दोस्त विवाह जैसी संस्था में भरोसा करने लगेगा और वे अच्छा गृहस्थ जीवन जी सकेंगे। लेकिन दो-तीन साल तक साथ-साथ रहने के बाद आखिर वे अलग हो गए। वह नौजवान किसी दूसरी महिला के साथ रहने लगा। उस युवती को संबंध टूटने के अलावा कंपनी और कॅरियर में भी बहुत झटका लगा। वह शुरू-शुरू में तो कई दिनों तक बहुत बीमार रही, लेकिन धीरे-धीरे उसके भीतर आत्मविश्वास और सामाजिक काम करने का सपना लौट आया। इसका सबसे बड़ा कारण उस लड़की के मन में पर्यावरण बचाने की गहरी तड़प थी। वह आजकल पर्यावरण के क्षेत्र में एक नया रिसर्च करने में जुट पड़ी है।

मुझे अपने ज्यादातर नोबेल पुरस्कार विजेता मित्रों में कई समानताएँ देखने और सीखने को मिलती हैं, चाहे वह विज्ञान या चिकित्सा के क्षेत्र के हों, या फिर शांति और मानवता के लिए काम करने वाले हों। उन्हीं में से एक यह है कि उन्होंने अपने अनूठे आविष्कारों या समाज की बेहतरी के लिए दूसरों से अलग सपने देखे थे और उन सपनों में गहरी स्पष्टता थी। उनकी अपने सपनों में उतनी ही आस्था थी, जितनी कि खुद में।

किसी सपने को सार्थक बनाने के लिए कुछ बातें जरूरी होती हैं। सबसे पहली शर्त है, अपने सपने के बारे में स्पष्टता। यानी, वह सपना इतना स्पष्ट होना चाहिए कि खुद के मन में एक वास्तविकता की तरह दिखने लगे। ऐसा होने से सपनों को वास्तविकता में बदलने का भरोसा बढ़ता जाता है। इसके लिए अपने सपनों में बहुत गहरी आस्था होना जरूरी है। जैसे कोई कहता है कि मैं एक बड़ा अमीर आदमी बनना चाहता हूँ, या एक अच्छी इंसान बनना चाहती हूँ, अथवा समाज की भलाई या सेवा का काम करना चाहती हूँ। लेकिन इतने भर से काम नहीं चलेगा। इसके लिए अपने दिल में भविष्य के उस अमीर आदमी, अच्छे इंसान या समाज-सेविका की साफ छवि दिखनी शुरू हो जाए तो उस सपने में आस्था बढ़ने लगती है।

निजी सपनों की सफलता की ऐसी ढेरों कहानियाँ हैं। परंतु अगर वह सपना दूसरों के लिए देखा जा रहा है, तो जरूरी है कि उनके अंदर भी उस सपने के लिए गहरी आस्था पैदा की जाए। यह बात भारत के स्वतंत्रता आंदोलन में आसानी से देखने को मिलती है। चाहे सशस्त्र क्रांतिकारी हों, या अहिंसा और शांति के रास्ते पर चलने वाले महात्मा गांधी और उनके अनुयायी हों, सभी ने आजादी के सपने को अपने दिलो-दिमाग में एक वास्तविकता की तरह बसा रखा था। उन्होंने अपना सपना सिर्फ खुद तक सीमित नहीं रखा, बल्कि बहुत लोगों का साझा सपना बनाया। सभी को उस सपने में पूरा भरोसा हो गया था। दुनिया भर में सफल क्रांतियों और समाज-परिवर्तन तथा बेहतरी के लिए होने वाले जन-आंदोलनों में यही देखने को मिलता है।

देश और दुनिया की बेहतरी के सपने देखने वालों में कई संवेदनशील युवा आज की राजनीति, कानून-व्यवस्था, विचारधाराओं में बढ़ रहे अतिवाद

और सांप्रदायिक ध्रुवीकरण या संस्थाओं-संगठनों के भीतर की कमियों जैसी समस्याओं से परेशान होकर निराशा में डूब रहे हैं। इस तरह निजी और बाहरी कारणों से बहुत से युवाओं में डिप्रेशन, निराशा, झुँझलाहट, खुद पर भरोसे की कमी, उकताहट, मानसिक थकान, किसी काम में एकाग्र न रह पाना और असंतोष जैसी समस्याएँ तेजी से बढ़ रही हैं।

आज की लोकतांत्रिक व्यवस्थाओं में चुने जाने वाले ज्यादातर राजनेता जनता को सपने दिखाने में बहुत माहिर होते हैं। हालाँकि उनका निजी सपना सत्ता हासिल करना होता है। फिर भी वे लोगों की भलाई के ऐसे सपनों का ताना-बाना बुनते हैं, जिन पर आम जनता भरोसा करके अपना सपना मानने लगती है। बहुत कम राजनेता ऐसे होते हैं, जिनका खुद का सपना वही होता है, जो वे लोगों को दिखाते हैं। इसी तरह से धर्मगुरु अपने हजारों-लाखों अनुयायी बना लेते हैं। उद्योगपति उत्पादन और मुनाफे के सपनों में अपने बोर्ड के सदस्यों, मैनेजरों, कर्मचारियों और मजदूरों को शामिल करके ही सफल होते हैं। लेकिन यहाँ एक बात जरूर ध्यान देने की है। जब अच्छी फसल का सपना साझा हो, और उसे उगाने की मेहनत साझी हो, तो पैदावार का फायदा भी साझा होना चाहिए। अगर मतदाता अनुयायी और भक्त इस बात का ध्यान रखें तो झूठे और नकली सपनों के मायाजाल से बचा जा सकता है।

किशोरावस्था में मुझे अपने देश से जितना प्यार था, उसकी हालत देखकर उतना ही असंतोष और गुस्सा भी था।

भारत के स्वतंत्रता दिवस, 15 अगस्त, 1971 को लिखी गई डायरी के अंश—

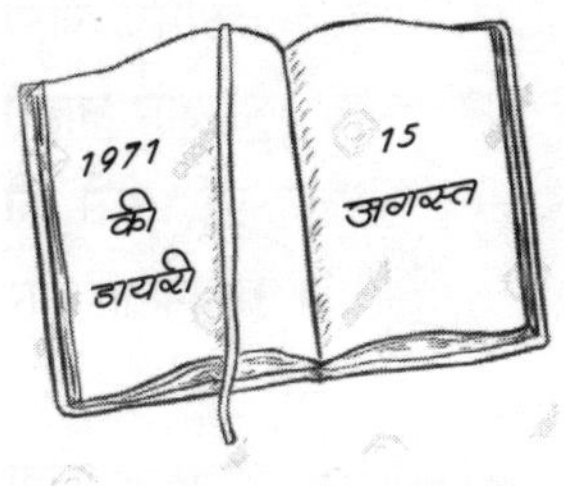

"आजादी की हर साँस में उन फूलों की सुगंध है, जो जिंदा जलाए गए शहीदों की राख पर उगे हैं। आज भारी जरूरत है कि हम इस आजादी के मूल्य को पहचान लें। तभी हम इसका सही उपभोग और उपयोग कर सकेंगे। आज हमें आजादी पाए 24 वर्ष पूरे हो चुके हैं, परंतु शासक और अधिकारी वर्ग ही संपूर्ण राष्ट्र के नैतिक चरित्र के पतन के लिए जिम्मेदार से प्रतीत होते हैं। इन्होंने जो भ्रष्टाचार, चरित्रहीनता और अन्याय भारत में पनपाए, वैसी मिसाल बड़ी मुश्किल से ही मिलती है। परिणामस्वरूप ये भारत की मूल जीवनधारा से अलग बहते हुए प्रतीत होते हैं।"

"आज भारतीय मस्तिष्क गुलाम है। बुद्धिजीवी वर्ग जब परंपराओं, रूढ़ियों और दकियानूसी जीवन में रहने का आदी सा लगता है, वहीं बहुतायत अनपढ़ों की और भी दुर्दशा है। वर्तमान अन्यायपूर्ण (सामाजिक) जीवन में सामान्य लोगों के जीने का ढंग निराशावादी हो गया है। एन केन (प्रकारेन) ठोकरें खाकर लोग सत्ता और धन के आगे झुक रहे हैं। सभी लोग धनवान बनना चाहते हैं। संचय की प्रवृत्ति का विकास हुआ है। यह सब परंपरावादी जीवन जीने का परिणाम है। सामान्य वर्ग में भविष्य की चिंता जहाँ वर्तमान की असुरक्षा की भावना स्पष्ट कराती है, वहाँ आत्महीनता का भी परिचय कराती है।"

"कम-से-कम मैं तथाकथित सभ्य समाज (गुलाम मस्तिष्क के बुद्धिवादी, लुटेरे धनिक और आडंबर, वैभव की चमक तथा फैशनपरस्ती में जीने वाले शहरी लोगों के समुदाय) में लेशमात्र भी भारतमाता को नहीं देख पाता। भले ही ये सब भारत माता के शरीर के अंग क्यों न हों। मैं तो मेरी माँ की अंतरात्मा को निर्धनों में, श्रमिकों में, ग्रामीणों में, किसानों में, समाज द्वारा ठुकराए गए दलितों, पतितों और निम्न जाति के लोगों में पाता हूँ। इन सभी

की खुशी, सुख और आनंद में मेरी खुशी, मेरा सुख, मेरा आनंद निहित है।

"भारतीय मानस में साम्यवाद आदि नितांत भौतिकवादी व्यवस्थाएँ लागू नहीं हो सकतीं। प्रत्येक देश की जीवनशक्ति सदैव से अलग-अलग रही है, जो वहाँ का इतिहास बताता है।

"...भारतीय आदर्श भोग नहीं, त्याग है। आज हम स्वयं को भूलकर (अपना) मार्ग भटक गए हैं।

"अब भारत में निश्चित ही एक क्रांति की जरूरत है। ऐसी क्रांति, जो इन सब खराबियों को समूल नष्ट कर दे; ऐसी क्रांति, जो सत्य के ऊपर छा रहे असत्य के संपूर्ण आवरण को आग लगा दे, और फिर से भारत का भारत से साक्षात्कार करा दे। फिर हमें हम तक पहुँचा दे। इन सब जीर्ण-शीर्ण सामाजिक और आर्थिक विषमताओं को भस्मसात् कर दे। मानव और मानव के बीच की सभी दीवारों को ढहाकर समतल कर दे।...बस, अब जरूरत एक चिनगारी ही की है, जो बुराइयों के इस ईंधन में आग जगा दे।...क्यों न हम कुछ लोग ही कुछ नवयुवक-नवयुवतियाँ ही, स्वयं को जलाने के लिए कटिबद्ध होकर वह...चिनगारी बन जाएँ, और नवीन वैचारिक क्रांति की आग को प्रज्वलित कर दें।"

यह आधी शताब्दी से ज्यादा पहले लिखी गई बात है। इसमें देश की दुर्दशा के साथ एक नौजवान का गुस्सा भी है। इतने सालों की तरक्की के बावजूद दुर्दशा और युवाओं के भीतर का ईमानदार गुस्सा उसी तरह मौजूद है। मेरी एक सहयोगी है। वह जितनी बुद्धिमान और संवेदनशील तथा मेहनती है, उतनी ही न्यायप्रिय, ईमानदार और स्पष्टवादी भी। उसके मन में सत्ता और समाज की हर गड़बड़ी के खिलाफ बहुत गुस्सा, बेचैनी और झुंझलाहट बनी रहती है। वह उन्हें दुरुस्त करने के लिए अपने लिए तरह-तरह की भूमिकाओं की कल्पना करती है। इसलिए भविष्य का कोई स्पष्ट सपना नहीं बना पाती। इसके अलावा वह ऐसे सहकर्मी को जरा भी सहन नहीं कर सकती, जिसके बात या काम करने का तरीका उसे अच्छा न लगे। दूसरों की योग्यता और क्षमता नापने के बारे में उसके

अपने पैमाने हैं। जो उन पर खरा नहीं उतरता, वह उसके साथ खुशी-खुशी मिलकर काम नहीं कर सकती।

एक बार उसने मुझसे कहा, "मैं किसी दूसरे के सपनों के पीछे भागने की बजाय एक नया सपना देखकर उसे पूरा करना चाहती हूँ, ताकि खुद के फैसले लेकर पूरी आजादी से काम कर सकूँ।" मैंने कहा, "यह बड़ी अच्छी बात है। अगर तुम सिर्फ खुद के बारे में सोचती हो, तो कोई ऐसा पेशा चुनो, जिसमें ज्यादा-से-ज्यादा आजादी, इंडिपेंडेंस और संतुष्टि मिल सके, जैसे; स्वतंत्र लेखन, काउंसलिंग, संगीत, कला, फोटोग्राफी, एथलेटिक्स, निजी व्यवसाय, उद्योग-धंधा आदि। परंतु अगर समाज में बदलाव और बेहतरी के बड़े सपने देखती हो तो वह अपनी मनमर्जी से या अकेले-अकेले चलकर नहीं हो सकता। दूसरों के साथ मिलकर या साथ लेकर ही ऐसा कर पाना संभव है। तुम्हारी तरह के सपने देखने वालों की कमी नहीं है। अगर कोई कमी है, तो वह है उस सपने को पूरा करने के लिए उद्‌देश्य, रास्ते और सहयोगियों के बारे में स्पष्टता की।"

मैंने उससे कहा कि यह जरूरी नहीं कि एक सरीखे सपने देखने वाले सभी लोगों का मानसिक, बौद्धिक और नैतिक स्तर एक जैसा हो, या फिर वे हर बात पर तुम से, और तुम उनसे सहमत हो। इसलिए सहयोगियों के साथ सपनों, उद्‌देश्यों, रणनीतियों और कार्यक्रमों में साझापन बनाना जरूरी है, जो केवल मिल-जुलकर ही हो सकता है। अच्छा टीम लीडर वही बन सकता है, जो अच्छा टीममेट हो। यह कोई अकेला उदाहरण नहीं है। ऐसा ही मानसिक झंझावात बहुत सारे युवाओं में देखा जा सकता है।

अगर अपनी बातचीत में एक दूसरे के गुणों, उपलब्धियों और अच्छाइयों को याद दिलाया जाए तो परिवार, संगठन या टीम के भीतर आत्मविश्वास का माहौल बनने लगता है। किसी की कमियों और असफलताओं की याद दिलाते रहने से उसका मनोबल टूटता है और भीतर के जख्म हरे बने रहते हैं। बाहर के लोग असफलताओं और नाकामयाबियों को ज्यादा दिनों तक याद नहीं रख पाते। उससे उलट सफलता के पदचिह्न बाहर बन जाते हैं। लोग उन्हीं को देखते और याद रखते हैं।

साझा सपनों को पूरा करने के लिए एक जरूरी शर्त होती है—वह है साथ-साथ चलना। यह अपने आप में एक बहुत बड़ी तपस्या है। सभी साथ चलने वाले लोगों की रफ्तार एक नहीं हो सकती। कोई बहुत तेज चल सकता है तो कोई धीरे-धीरे ही चल पाता है। दिमागों और दिलों के तालमेल से सपने तो साझा बन सकते हैं, लेकिन सभी के पैरों की रफ्तार मिलाकर साथ-साथ चल पाना बहुत मुश्किल काम है। इसके लिए तेज चलने वालों को खुद में संयम और धीरे चलने वालों को अपनी क्षमता बढ़ाना जरूरी होता है। साझा सपनों की यात्रा का नेतृत्व करने वालों में तो बहुत धैर्य, त्याग और कौशल की जरूरत होती है।

अपना सपना साफ-साफ दिखाई देने लगने के बाद उसे पूरा करने की कोशिशों में देर लगाना खुद के और उस सपने के साथ नाइनसाफी है। वह 'कैसे पूरा किया जा सकता है' का जवाब ढूँढ़ने की तड़प पैदा हो जानी चाहिए। इसका मतलब जल्दी-से-जल्दी उसे हासिल करने के उपाय खोजने लगना। उसी तड़प से दिमाग के भीतर रास्ते, पड़ाव और मंजिलों आदि का नक्शा बनने लगता है। वहीं से और भी कई जरूरी सवाल उठते हैं, और उनका उत्तर मिलना शुरू हो जाता है। जैसे कि अपनी मंजिल को हासिल करने के लिए क्या रणनीति अपनानी चाहिए? किस तरह की योजनाएँ कारगर हो सकती हैं? किन-किन संसाधनों की जरूरत पड़ेगी और वे कहाँ से जुटाए जा सकते हैं? उसे पूरा करने में ज्यादा-से-ज्यादा कितना समय लगना चाहिए? रास्ते में कितनी-कितनी दूरी पर पड़ाव बनाए जाएँ, जहाँ थोड़ी देर के लिए सुस्ताकर पार हो चुके रास्ते की समीक्षा और अगले पड़ाव तक जाने की तैयारी की जा सके? उस काम में कौन-कौन सहयोगी बन सकता है? निजी उपलब्धियों से लगाकर बड़े-बड़े कॉर्पोरेट और उद्योगों तथा सामाजिक आंदोलनों तक की सफलता में यही 'कैसे?' की तड़प ईंधन का काम करती है।

मुझे अपनी एक घटना याद आ रही है। सन् 1996 की बात है। एक बार मैं मुक्त हुए बच्चों के पुनर्वास और शिक्षा के केंद्र, मुक्ति आश्रम में कुछ बच्चों और कार्यकर्ताओं के साथ बैठकर गपशप कर रहा था। हम लोग खूब खुशी के मूड में थे, क्योंकि कुछ दिनों पहले ही हमने बच्चों के शोषण के खिलाफ दक्षिण एशिया

की सफल यात्रा की थी। उस दिन ऐसे कुछ बच्चे भी साथ में बैठे थे, जिन्होंने उस यात्रा में बहुत जोर-शोर से भाग लिया था। मजाक-मजाक में उन लोगों से पूछा, "हम लोग भारत यात्रा और दक्षिण एशिया की यात्रा तो कर चुके हैं, जिनमें लाखों लोग शामिल हुए हैं। अब बताओ, इसके बाद क्या करना चाहिए?" एक बच्चा तपाक से बोला, "भाईसाहब जी, अब तो दुनिया भर की यात्रा निकालनी पड़ेगी।" सुनकर सभी ने तालियाँ बजा दीं। मेरे मन में बहुत दिनों से वह विचार घूम रहा था, लेकिन किसी बच्चे के मुँह से इतनी बड़ी बात सुनकर लगा, जैसे अब सपनों का लोकतंत्रीकरण होने लगा है। उससे ज्यादा उत्साहजनक बात भला क्या हो सकती थी?

इस पर थोड़ी देर तक सवाल-जवाब चलते रहे। थोड़ी देर के बाद एक कार्यकर्ता से विश्व का नक्शा मँगाकर एक खंभे पर टाँग दिया। फिर मैंने उस नक्शे पर गाढ़ी स्याही से अलग-अलग देशों से यात्रा के गुजरने का एक रूट मैप बना दिया और उसके ऊपर अंग्रेजी और हिंदी में लिख दिया, 'ग्लोबल मार्च अगेंस्ट चाइल्ड लेबर-बाल श्रम विरोधी विश्व यात्रा।' उसके बाद लगभग पूरी रात आँखों में कटी। उस सपने ने मुझे सोने नहीं दिया। उस सपने में इतना उजाला था कि नींद आ कैसे सकती थी? मैंने रात में बैठकर सबसे पहले ऐसे खास मित्रों और संगठनों की लिस्ट बनाई, जो इतनी महत्त्वाकांक्षी योजना में शामिल हो सकते थे, या आर्थिक सहयोग कर सकते थे। उनमें से ज्यादातर वे थे, जो हमारे पिछले अभियानों में शामिल हो चुके थे या जिन्होंने अपने देश में मुझे कोई पुरस्कार या सम्मान दिया था।

मैंने सोचा कि कल ही उन सबको फैक्स भेजकर अपना विचार बताऊँगा। सोचते-सोचते मेरी समझ में आया कि यह तरीका ठीक नहीं रहेगा। बेहतर होगा कि मैं अकेले अपनी तरफ से मेल भेजने के बजाय विश्व के दो ऐसे प्रतिष्ठित संगठनों के साथ मिलकर दूसरी संस्थाओं को चिट्ठी भेजूँ, जिनपर मुझे पूरा भरोसा था। मैंने उसी समय अपने दोस्त और इंटरनेशनल लेबर राइट्स फोरम के अध्यक्ष फैरिस हार्वी को अमेरिका में और एंटी स्लेवरी इंटरनेशनल के डायरेक्टर माइक डॉट्रिज को फोन करके सारी योजना बताई। उनके मन में कई सवाल थे। आखिर लंबी बातचीत के बाद वे राजी हो गए। दूसरे दिन मैंने एक संयुक्त

पत्र का ड्राफ्ट बनाकर उन दोनों को भिजवा दिया। उनकी सलाह से थोड़े-बहुत सुधार करके वह पत्र बहुत सी संस्थाओं को भेजा गया था।

जवाब में और कुछ लोग अभियान में शामिल होने के लिए राजी हो गए थे। कई लोगों ने हमारा मजाक उड़ाया। हमारे विचार को शेखचिल्ली का खयाली पुलाव बताया। बालश्रम के समर्थक संगठनों ने पुरजोर विरोध किया। शुरू में इस तरह की जोखिम भरी और इतने बड़े स्केल पर बनाई गई योजना में पैसा लगाने के लिए आसानी से कोई तैयार नहीं हुआ। बाद में कुछ संस्थाएँ उसके लिए तैयार हुईं। धीरे-धीरे हजारों संगठन विश्व यात्रा के लिए सहमत हो गए। हमने हर एक महाद्वीप में क्षेत्रीय समन्वयक समिति बनाई और उनके चुने हुए नेताओं के साथ अंतरराष्ट्रीय अभियान समिति बनाई गई। इस तरह से 'ग्लोबल मार्च अगेंस्ट चाइल्ड लेबर' की शुरुआत हुई थी।

वह पूरा साल और सन् 1997 का साल तैयारियों में बीता। आखिरकार सन् 1998 में हमारी बाल श्रम विरोधी विश्व यात्रा 103 देशों से गुजरते हुए 80 हजार किलोमीटर की दूरी तय करके जिनेवा पहुँचकर अंतरराष्ट्रीय श्रम संगठन के सालाना अधिवेशन में पहुँची। छह महीने तक चली उस यात्रा में करीब डेढ़ करोड़ बच्चों, महिलाओं और पुरुषों ने भाग लिया था। परंतु हमें असली सफलता एक साल बाद मिली, जब विश्व की सरकारों ने बदतर हालत की बाल मजदूरी खत्म करने के लिए एक अंतरराष्ट्रीय कानून पारित करके हमारी माँग मान ली।

सपने पूरे करने के उपाय खोज लेने भर से काम नहीं चलेगा। यह तो ऐसे ही है, जैसे तेज भूख लगने पर किसी की मदद से भोजन बनाने की सामग्री, बरतन, चूल्हा आदि सामान जुटा लिया जाए। गूगल या यूट्यूब से रेसिपी बनाने की विधि सीख ली जाए और उसके बाद बिस्तर पर लेटकर नींद का इंतजार किया जाए, ताकि सपने में स्वादिष्ट भोजन किया जा सके। अगर खुद हाथ-पैर चलाकर खाना बनाने की मेहनत न की जाए तो सब बेकार जाएगा। कभी-कभी संयोग, परिस्थितियाँ और दूसरों का सहयोग सपनों का रास्ता आसान कर देते हैं, लेकिन इसकी कोई गारंटी नहीं होती। भाग्य के भरोसे बैठे रहकर कभी किसी के सपने पूरे नहीं हुए।

यह सही है कि कई बार मेहनत के बावजूद मंजिल हाथ नहीं लगती। तब हम दूसरों को, हालातों को या फिर किस्मत को दोष देने बैठ जाते हैं। लेकिन ज्यादातर मामलों में असलियत यही होती है कि या तो मेहनत में कोई कमी रह गई थी या वह मेहनत समझदारी और बुद्धिमत्ता से नहीं की गई थी। फिर भी हम खुद को लूजर, यानी हारा हुआ मानने लगते हैं या फिर दूसरे लोग ऐसा मनवाकर ही छोड़ते हैं। जब तक हाथ-पाँव, दिमाग या कोई भी अंग चल रहा हो और शरीर में साँस बाकी हो, तब तक कोई लूजर नहीं हो सकता। इसलिए थक-हारकर बैठ जाने की बजाय दोबारा, तिबारा या बार-बार कोशिश करते रहना ही बेहतर है।

आलस्य और चुस्ती-फुर्ती किसी से उधार नहीं ली जातीं। वे सिर्फ मन के भीतर की दशाएँ होती हैं। कहा जाता है कि आलस्य से बड़ा कोई दुश्मन और परिश्रम से बड़ा कोई दोस्त नहीं होता। जिंदगी में छोटी-मोटी सफलताओं के तो शॉर्टकट हो सकते हैं, लेकिन बड़े सपनों का कोई शॉर्टकट नहीं होता। मेहनत से उपजे सारे फलों को खा लेने में कोई बुराई नहीं है। लेकिन कुछ फलों को बचाकर उनके बीज धरती में बोकर फिर से नए पेड़ उगाते रहने से ही जीवन में बड़े काम हो पाते हैं। आम लोगों के सपने रात में नींद आने के बाद शुरू होते हैं। लेकिन जिनके सपनों के उजाले से नई सुबह जन्म लेती है, वे सूर्य की संतानें बनते हैं। ऐसे लोग किसी उम्र, जगह, वक्त या भाग्य के मोहताज नहीं होते। सिर्फ नींद खुल जाने भर से सवेरा नहीं हो जाता। सवेरा तभी होता है, जब हम आँखें खोलकर और बिस्तर छोड़कर जमीन पर चल पड़ते हैं।

□

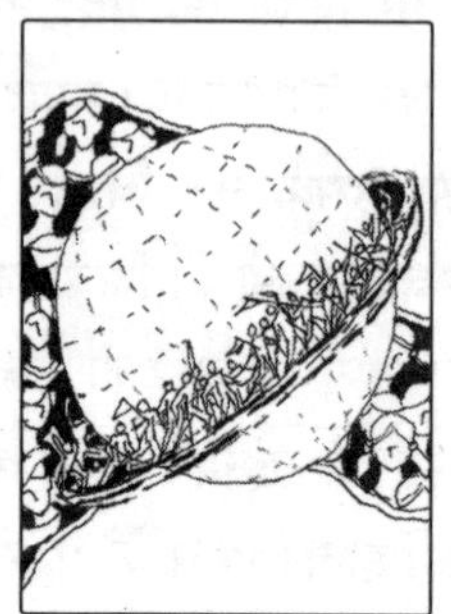

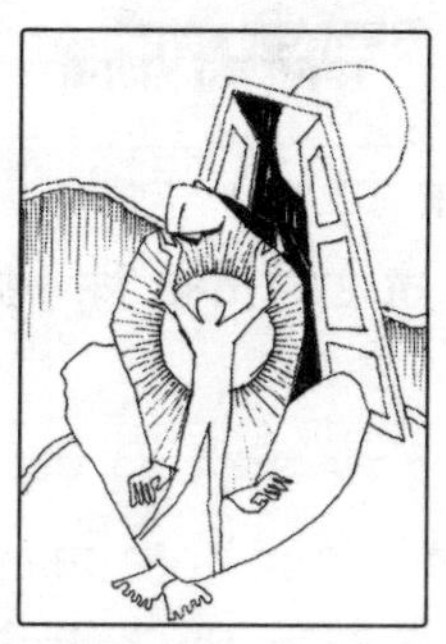

खुद पर भरोसा और मजबूत इच्छाशक्ति

खुद पर भरोसे यानी आत्मविश्वास की सीख और प्रेरणा देने वाली कहानियों से किताबें भरी पड़ी हैं। यही बात मजबूत संकल्प के बारे में कही जा सकती है। ये गुण किसी सपनों के महल का ताला खोलने की एकमात्र चाबी भले ही न हों, लेकिन वहाँ तक पहुँचने का पहला कदम जरूर हैं। खुद पर भरोसे से मन की कमजोरियाँ और डर भागते हैं। छुपे हुए सामर्थ्य की पहचान होती है और हमारे भीतर की ताकत कई तरह की कैदों से आजाद होकर निकलने लगती है। इसी तरह से मजबूत इच्छाशक्ति उस पहले कदम को लड़खड़ाने, रुकने या भटकने से रोकती है। आगे बढ़ते रहने की ऊर्जा देती है।

गिद्ध और चिड़िया की एक कहानी है। एक बार जंगल में बड़ा भारी तूफान आ रहा था। एक छोटी सी चिड़िया उड़ते-उड़ते थक चुकी थी। तेज हवाओं के अलावा उसे जंगली जानवरों से भी जान बचाने की चिंता थी। संयोग से उसकी नजर एक पुराने बड़े से पेड़ की डाली पर पड़ी। वह ईश्वर का धन्यवाद करके उस पर जा बैठी और वहीं पर सुस्ताने लगी। तभी एक भारी गिद्ध भी आया और एक डाल पर बैठ गया। कुछ देर बाद तूफान और ज्यादा भयानक हो गया, जिससे वह पेड़ उखड़कर गिरने लगा। मौत के डर से घबराए गिद्ध को कुछ नहीं सूझ रहा था। वह रोने-चीखने लगा। तभी चिड़िया ने कहा, "भाई, देख मैं तो उड़ रही हूँ। अभी मेरे पंख साबुत बचे हैं। तू भी उड़ चल। एक और बात जान ले। पूरे जंगल में सिर्फ यही अकेला पेड़ तो नहीं। जब हम उड़ेंगे, तो किसी और पेड़ की डाली का ठिकाना जरूर मिल जाएगा।"

चिड़िया हिम्मत करके उड़ गई। कुछ देर के बाद तूफान थमने पर जब वह वहाँ से लौट रही थी, तो उसने देखा कि गिद्ध उसी भारी डाल के नीचे मरा पड़ा था।

इसी से मिलती-जुलती मेरे जीवन की एक घटना है। हमने सन् 1993 में बाल मजदूरी के खिलाफ लगभग 1000 किलोमीटर की पदयात्रा की थी। थोड़ा-बहुत चंदा इकट्ठा करके उसकी तैयारियाँ शुरू कर दी गई थीं। एक बड़ी संस्था ने सारे खर्च के बंदोबस्त का वायदा कर दिया था। हम पूरी तरह से निश्चिंत थे, परंतु यात्रा शुरू होने के ठीक पहले उस संस्था ने सहयोग देने से इनकार कर दिया। पूरे संगठन को बहुत सदमा लगा। सब में दुःख और निराशा फैल गई थी। ज्यादातर साथियों का मानना था कि फिलहाल यात्रा रद्द कर दी जाए। मुझे पूरी रात नींद नहीं आई। मैंने सोचा कि दान चंदा वगैरह तो बाहर से आना था, मगर आत्मविश्वास तो हमारा अपना है। कोई भी धन उससे बड़ा कैसे हो सकता है?

मैंने अगले दिन सवेरे ऑफिस में जाकर अपने साथियों को बता दिया कि ऐसी हालत में यात्रा में कोई और चले न चले, मैं अकेला ही चलूँगा। न तो उसकी तारीख बदलूँगा, और न ही रूट छोटा करूँगा। यह सुनकर मेरे कई सहयोगी परेशान होकर कानाफूसी करने लगे। मैंने समझाते हुए उनसे कहा कि पदयात्रा तो पैरों से होनी है और हम सभी के पैर ठीक-ठाक हैं। हमारे पास आवाज है और सबसे बड़ी बात यह कि एक पवित्र उद्देश्य है। भले ही दान देने के लिए कोई बड़ी संस्था न हो, लेकिन रास्ते में मंदिर, मसजिद, गिरजाघर और गुरुद्वारे तो हैं। गाँव हैं, ढाबे हैं। इनके अलावा अनगिनत लोग हैं, जिनके पास हमारी बात सुनने के लिए कान और धड़कते हुए दिल हैं। लोग हमें रास्ते में भूखा नहीं मरने देंगे। एक-एक करके सभी यात्रा में चलने के लिए तैयार हो गए। आखिर हमारी वह यात्रा पहले से भी ज्यादा जबरदस्त तरीके से पूरी हुई, क्योंकि रास्ते भर में हजारों साधारण लोगों ने शामिल होकर थोड़ी-थोड़ी मदद से सारा इंतजाम किया था। वह सचमुच में एक जन-आंदोलन बन गया था।

मैंने 19 मई, 1971 को अपनी डायरी में लिखा था—

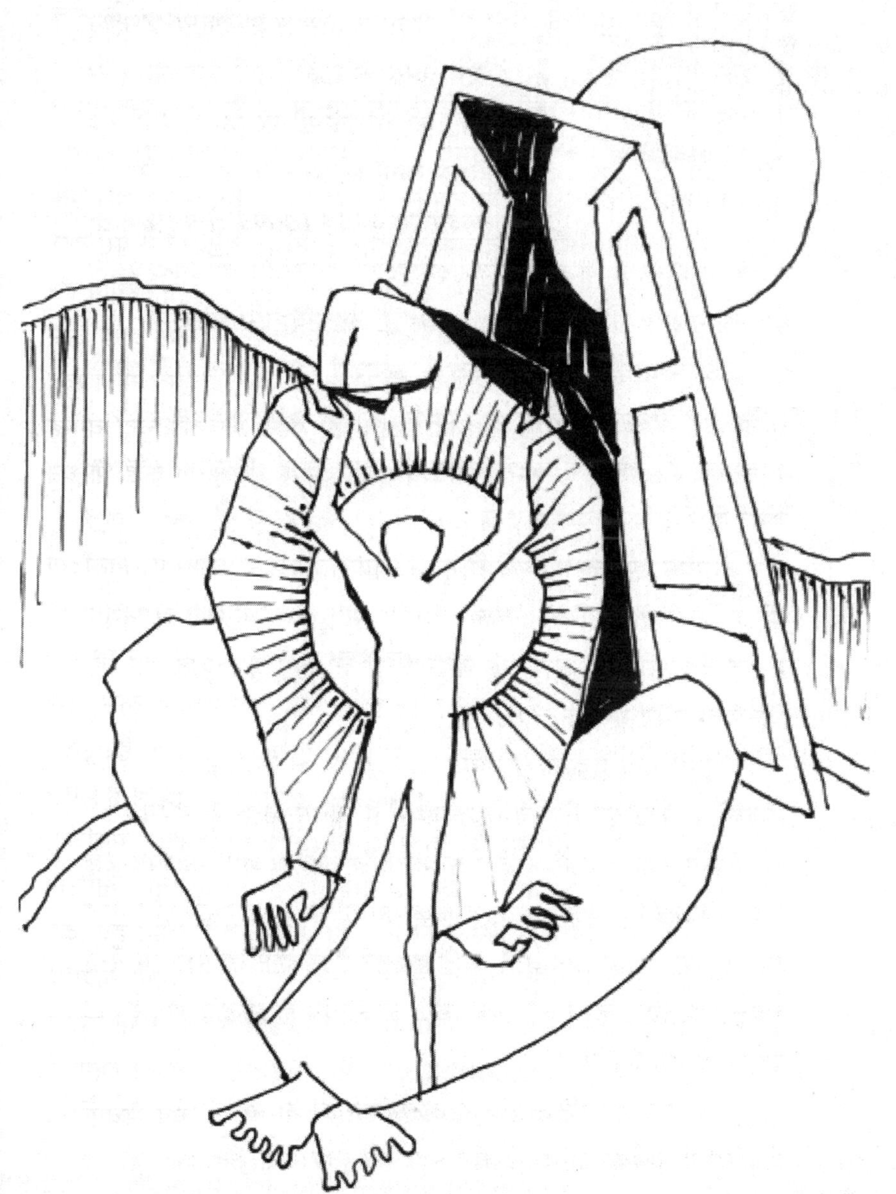

"सामान्य लोग तो असामान्य या महान् कार्य करने के सपने (नहीं देख पाते और उस) की कल्पना भी नहीं करते। परंतु कुछ विशेष लोगों की कल्पना मात्र कल्पना ही बनकर रह जाती है। इसकी दो प्रमुख वजहें हैं। पहली तो यह है कि तत्कालीन संदर्भों में उस महत् कार्य की आवश्यकता का ज्ञान न होना, और दूसरी प्रमुख वजह है, आत्मविश्वास की कमी।

"आत्मविश्वास चार मूल तत्त्वों का संचय है, जिनमें पहला है निर्णायक शक्ति। दृढ़ विश्वास के लिए शीघ्र निर्णय लेने की शक्ति को बढ़ाना सबसे आवश्यक है। जीवन में कदम-कदम पर रास्ते दोराहे, तिराहे और चौराहे बनाते हैं। मैं इन पर व्यर्थ खड़े रहने की अपेक्षा शीघ्र ही किसी रास्ते को चुन लेना श्रेयस्कर समझता हूँ। भले ही भूल से कठिनाई क्यों न उठानी पड़े। मैंने मेरे अनेक गित्रों को शिक्षा, विपाह, रोजगार आदि कार्यों के लिए असमंजस में पड़े देखा है। उन्हें उन सभी परिस्थितियों के आगे झुक जाना पड़ा है, जिनसे वे हमेशा घृणा करते थे।

"दूसरी बात है दृढ़ता। निर्णय पर अटल रहने के लिए और उसे अमल में लाने के लिए दृढ़ निश्चय बहुत जरूरी है। तीसरा तत्त्व है, गरिमा। हमें अपनी स्थिति का वास्तविक ज्ञान अवश्य होना चाहिए। अपने आपको कुछ नियत सिद्धांतों के आधार पर खड़े होकर ही गरिमा की अनुभूति हो सकती है। यह मेरा अपना अनुभव है। यदि हम हमारे सिद्धांतों की रक्षा के लिए सबकुछ बलिदान करने को तैयार रहेंगे, तो निश्चय ही सिद्धांत भी हर मार्ग पर हमारी रक्षा करेंगे।

"चौथी और आखिरी चीज है, आत्मनिर्भरता। यह सही है कि दूसरों के कंधों पर पैर रखकर दुनिया में कोई बड़ा नहीं हुआ। प्रेम, सेवा और परिश्रम का छोटे से छोटा कार्य बड़े-से-बड़ा महत्त्व रखता है। ईमानदारीपूर्वक किए

गए छोटे से छोटे कार्य को भी हीनता की दृष्टि से नहीं देखना चाहिए। साथ ही हर परिस्थिति में स्वयं में पूर्णरूपेण संतुष्ट होने की क्षमता भी पैदा करनी चाहिए। इन चारों बातों पर ही आत्मविश्वास निर्भर है।"

डायरी की इस बात को और सरल एवं सक्षिप्त रूप में कहूँ तो आमतौर पर लोग सपने नहीं देखते। जो देखते भी हैं, वे उन्हें पूरा नहीं कर पाते। इसके दो सबसे बड़े कारण हैं—पहला, आसपास के वातावरण और समाज की परिस्थितियों की जरूरी जानकारी न होना और दूसरा खुद पर भरोसा न होना।

आत्मविश्वास बनाए रखने के लिए भी चार बातें जरूरी हैं। पहली, असमंजस में पड़े रहने के बजाय फैसले ले सकने का हौसला। दूसरी, फैसलों पर टिके रहने के लिए दृढ़ निश्चय। तीसरी, अपने सिद्धांतों पर कायम रहना और चौथी, हमेशा दूसरों का मुँह ताकते रहने और मदद की गुहार लगाने की बजाय खुद की योग्यता और क्षमता को बढ़ाते रहना।

सपनों को पूरा करने के लिए आत्मविश्वास से बड़ी और कोई ताकत तथा धन नहीं होता। अपनी योग्यता, क्षमता और गुणों की पहचान करते हुए खुद के प्रति सकारात्मक बने रहने से आत्मविश्वास बढ़ता है। हम पूरे दिन में दूसरों से जितनी बातचीत करते हैं, उससे कहीं ज्यादा खुद से करते हैं। इसलिए आत्मविश्वास बनाए रखने के लिए खुद से होने वाली बातचीत का सकारात्मक होना जरूरी है। आमतौर पर हम खुद से क्या बातें किया करते हैं? ज्यादातर समय दूसरों के बारे में अपने आप से बतियाने में बरबाद करते हैं। और जब अपने मन में खुद के बारे में बातें होती हैं, तब या तो अपनी ही तारीफ के पुल बाँधे जाते हैं, या फिर असफलताएँ, गलतियाँ और कमियाँ याद की जाती हैं। ये चीजें बड़ी भटकाऊ होती हैं, और खुद पर भरोसे को डगमगाती हैं।

एक बार किसी ने मुझसे पूछा था, "अगर सभी मेरा साथ छोड़ दें, और मैं पूरी तरह से अकेला पड़ जाऊँ तो सबसे पहले किसे याद करूँ?" मेरे लिए यह कह देना आसान था कि भैया, ईश्वर को याद करो। लेकिन मैं थोड़ा सोच में पड़ गया, क्योंकि जिसने कभी ईश्वर का अनुभव न किया हो, या उसे ईश्वर पर भरोसा ही न हो, तो मेरी बात बेकार चली जाएगी।

मैंने जवाब दिया, "तुम कभी अकेले नहीं हो सकते, क्योंकि तुम्हारे भीतर एक और शख्स है, जिसे तुम भुला बैठे हो। जबकि वह तुम्हें गले लगाने के लिए आतुर है। वह व्यक्ति तुम्हारा आत्मविश्वास है। वही तुम्हारा सबसे भरोसेमंद दोस्त है। इसलिए सबसे पहले उसी को याद करो।"

बहुत पुरानी बात है। ब्रिटेन के राजा की मृत्यु के बाद बुद्धिमान राजपुरोहित मर्लिन के सामने उनका योग्य उत्तराधिकारी चुनने की बहुत बड़ी चुनौती थी। उसने मुनादी करके बड़े-बड़े धुरंधरों को बुला लिया। इससे पहले मर्लिन ने लोहे के मोटे टुकड़े में एक तलवार गाड़कर रखी थी। उसने सभी के सामने यह घोषणा कर दी कि यह एक चमत्कारी तलवार है। यहाँ मौजूद लोगों में जो भी सबसे बड़ा देशभक्त, ईमानदार, वफादार और चरित्रवान होगा, वही इस तलवार को निकाल सकता है। सभी लोग तलवार की तरफ लपके। मर्लिन ने उन्हें एक चेतावनी देते हुए कहा कि जो इसे नहीं निकाल सकेगा, उसे देशद्रोही और बेईमान मानकर फाँसी दे दी जाएगी। सब ठिठककर पीछे हट गए। तभी अचानक आत्मविश्वास से भरा हुआ एक सैनिक आगे आया। वह अकेला मौत का खतरा उठाने के लिए तैयार था। बड़ी आसानी से उसने वह तलवार बाहर निकाल दी। मंत्रालय ने उसे ब्रिटेन का राजा घोषित कर दिया। वही किंग आर्थर के नाम से प्रसिद्ध हुआ।

आत्मविश्वास की पूँजी या घमंड का कर्ज

एक बात और है। आत्मविश्वास और घमंड के बीच एक झीनी सी लाइन होती है। आत्मविश्वास को घमंड बनने में ज्यादा देर नहीं लगती, लेकिन घमंड को आत्मविश्वास में बदलना आसान नहीं होता। अपने सामर्थ्य, क्षमता और योग्यता के आधार पर खुद पर भरोसा करना आत्मविश्वास है। इसलिए उससे सपनों के रास्ते की रुकावटों को दूर करते हुए आगे बढ़ने की ऊर्जा मिलती है। लेकिन जब कोई सफलता या उपलब्धि दिमाग में जाकर बैठ जाए तो उसका बोझ आगे बढ़ने में सबसे बड़ी रुकावट बन जाता है। वह रुकावट घमंड है।

मैं अपने घमंड की एक मूर्खतापूर्ण घटना बताता हूँ। कई साल पुरानी बात है। मेरे ससुर महात्मा वेदभिक्षु एक पत्रिका प्रकाशित करते थे। एक बार

उन्होंने मुझे किसी विषय पर एक लेख लिखने को कहा। मैंने जल्दी से लिखकर दे दिया। उन्होंने कहा कि अगर मैं चाहूँ तो सामने बैठे लाजजी को दिखा दूँ। लाजजी एक बूढ़े सज्जन थे, जिन्होंने फटी-पुरानी और मैली पैंट-शर्ट पहन रखी थी। उनकी सफेद दाढ़ी और बाल बेतरतीब से बिखरे हुए थे। मुझे उस विषय की काफी जानकारी होने से घमंड था, इसलिए सोचा कि वह आदमी मुझसे ज्यादा क्या जानता होगा? लेकिन ससुरजी की आशा-इच्छा का सम्मान करते हुए दिखावे भर के लिए कागज लाजजी को दे दिए। उन सज्जन ने जरा सी देर में लाल स्याही के पेन से उन कागजों पर मेरी लिखावट के इर्द-गिर्द कई टिप्पणियाँ लिखकर दे दीं। जोड़ा या काटा कुछ भी नहीं।

वे सभी टिप्पणियाँ बेहद गंभीर होने के साथ-साथ नई जानकारी से भी भरपूर थीं। मैं शर्म से पानी-पानी होकर बड़े आश्चर्य से उन्हें देखता रह गया। पता चला कि उनका पूरा नाम प्रोफेसर लाजपत राय है, जो लाहौर विश्वविद्यालय से गोल्ड मेडलिस्ट थे, और मेरे जन्म के कई साल पहले दो बार डॉक्टरेट कर चुके थे। मैंने उनके पैर छूकर माफी माँगी। एक तरफ मेरा घमंड था, और दूसरी तरफ उनकी विनम्रता! उन्होंने मेरे लेख में से न तो एक भी शब्द काटा और न ही कुछ जोड़ा। सिर्फ कोने में टिप्पणियाँ लिखी थीं।

बाद में उनसे मेरे परिवार की इतनी ज्यादा घनिष्ठता हो गई थी कि वे अकसर हमारे घर पर आकर रहते थे। हम उन्हें चाचाजी कहते थे। वे संस्कृत, अंग्रेजी, जर्मन, फ्रेंच, पंजाबी और हिंदी के प्रकांड पंडित थे। मैंने भारतीय और पाश्चात्य दर्शन तथा वेदों का उनसे बड़ा विद्वान् नहीं देखा। हमने चाचाजी से उनकी विद्वत्ता के अलावा उनकी सादगी और विनम्रता से जो कुछ सीखा, वह शायद ही किसी और से सीखा हो।

जब तक किसी के अंदर दूसरों से सीखते रहने की इच्छा और विनम्रता होती है, साथ ही सफलताओं का श्रेय अपने साथियों में बाँट सकने का बड़ा दिल होता है, तब तक उस पर घमंड कभी हावी नहीं हो सकता। लेकिन जब हमारे कान सिर्फ खुद के बारे में सुनना पसंद करने लगें, आँखें हर जगह खुद को ही देखना चाहें, और मुँह केवल अपने बारे में बोलने लगे,

तो समझ लीजिए कि हम पर घमंड का कब्जा हो गया है। आत्मविश्वासी व्यक्ति अपने आसपास के लोगों को प्रेरित करता है, जबकि घमंडी उनमें डर और हीनता भर देता है। बड़े और अच्छे सपने देखने वालों को घमंड से बचना बहुत जरूरी है।

एक मूर्तिकार था। वह खुद बहुत सुंदर मूर्तियाँ बनाता था और अपने शिष्यों को सिखाने में कठोर परिश्रम करता था। उसका एक सबसे प्रिय शिष्य था। वह उस शिष्य की योग्यता को ज्यादा-से-ज्यादा निखारने में जुटा रहता था। वह उस शिष्य की हर कलाकृति में कुछ-न-कुछ खामियाँ बताकर उनमें सुधार करने के लिए बोलता रहता था। जबकि देखने वाले लोग उसकी बनाई मूर्तियों की खूब तारीफ करते थे। इसलिए धीरे-धीरे वह शिष्य घमंडी होने लगा था। गुरु की टोकाटाकी से खुद को अपमानित भी महसूस करने लगा था। एक बार उसके मन में आया कि क्यों न अपनी मूर्तियों की कीमत लगवाकर देखा जाए। वह चुपचाप एक मूर्ति लेकर बाजार में जा पहुँचा। उसकी कीमत जानते ही वह खुशी और घमंड के मारे पागल हो उठा। उसकी मूर्ति की कीमत गुरु की मूर्तियों से दुगनी ज्यादा थी। उसने लौटकर अपने गुरु को वह बात बता दी। वे खुश होने के बजाय जोर-जोर से रोने लगे।

उस शिष्य ने सोचा कि उन्हें यह अच्छा नहीं लगा। उसने हिम्मत करके पूछा तो उन्होंने उत्तर दिया, "बेटा, मैं इसलिए रो रहा हूँ कि मैं तुम्हारी मूर्तियों को अपनी मूर्तियों से दस गुनी कीमत में बिकते हुए देखना चाहता था। अब मुझे डर लग रहा है कि कहीं तुम आगे सीखना बंद न कर दो।"

एक पुराना मुहावरा है—'चलते रहने का नाम जिंदगी है और रुकना मौत।' यों भी कहा जा सकता है कि 'जानना' जिंदगी है और 'मानना' मौत। सीखते रहने की लालसा और धुन जिंदगी के पहियों को रफ्तार देती हैं। यह रफ्तार घमंड से बचाते हुए आत्मविश्वास की ऊर्जा पैदा करती है। जबकि धन-दौलत, ज्ञान, पद-पदवियों या किसी और तरह की ताकत को झोले में भरकर अपनी पीठ पर लादे बैठे जाना घमंड को न्योता देता है।

घमंड और आत्मविश्वास के बीच फर्क जानने के लिए एक मजेदार कहानी है। इसे सच्ची घटना मत मान लीजिए। एक बहुत ही प्रतिभाशाली

वैज्ञानिक था। कोई भी उसके ज्ञान और आविष्कारों का मुकाबला नहीं कर सकता था। सभी उसका लोहा मानते थे। उसके दिमाग में प्रसिद्धि और सम्मान इतना गहरा घुस गया कि उसने अमर रहने का फैसला कर लिया। मृत्यु के देवता यमराज को यह खबर लगी। वे घबरा गए। उधर उस वैज्ञानिक ने यमराज को चकमा देने के लिए प्रयोगशाला में रात-दिन मेहनत करके एकदम हूबहू अपने सरीखे ग्यारह मनुष्य, यानी क्लोन बना लिए। वे सब उसी प्रयोगशाला में रहने लगे। कुछ सालों के बाद वैज्ञानिक महोदय की मौत का दिन आ गया। उसे लेने के लिए यमराज ने अपने दूत भेजे। एक जैसे बारह हमशक्लों को देखकर यमदूतों का दिमाग चकरा गया। वे समझ ही नहीं सके कि असली कौन है। उन्होंने वापस लौटकर यमराज को सारी बताई।

यमराज कहाँ मानने वाले थे, इसलिए खुद ही धरती पर आकर वैज्ञानिक की प्रयोगशाला में चले गए। वहाँ सभी हमशक्लों को देखकर जोर से चिल्लाकर कहा, 'वैज्ञानिक महोदय, तुम बड़े होशियार बनते हो। लेकिन तुमने अपने क्लोन बनाने में एक बहुत बड़ी खामी छोड़ दी, क्योंकि यह तुम्हारे बस की बात नहीं थी।' ग्यारह लोग तो आँखें फाड़कर चुपचाप देखते रहे, लेकिन एक से नहीं रहा गया। वह गुस्से से तमतमाकर बोला, 'मैं दुनिया का सबसे महान् वैज्ञानिक हूँ। मुझसे कभी कोई गलती नहीं हो सकती।' यमराज सीधा उसी के पास जाकर बोले, "चलिए, घमंडी महाराज, धरती पर आपका वक्त पूरा हो चुका है। अब जो करना है, ऊपर जाकर करना।"

आत्मविश्वास और संकल्प का चमत्कारी गठजोड़

सपनों को साकार करने के लिए इसी से जुड़ी एक जरूरी शर्त संकल्प, यानी मजबूत इच्छाशक्ति है। संकल्प के बिना सपने और सपनों के बिना संकल्प अधूरे रह जाते हैं। सपने की ताकत संकल्पों को, और संकल्पों की ताकत सपनों को जीवन देती है। सपनों और सफलता के रास्तों में बहुत से तिराहे, चौराहे आते हैं, जिन पर किसी का भी भटकना आसान है। मजबूत इच्छाशक्ति ही भटकनों के अलावा असफलता और हार से होने वाली निराशा से बचाती है। महान् वैज्ञानिक अलबर्ट आइंस्टाइन के बारे में कौन नहीं जानता?

परंतु कई लोगों को शायद यह पता नहीं होगा कि आइंस्टाइन नौ साल की उम्र तक बोल तक नहीं पाते थे, इसलिए उन्हें स्कूल से निकाल दिया गया था। यहाँ तक कि बाद में ज्यूरिख पॉलिटेक्निक स्कूल में दाखिले के लिए उनका आवेदन-पत्र खारिज हो गया था। फिर भी वे हौसला नहीं हारे और अपनी धुन में लगे रहे। आखिर एक समय आया जब उन्होंने खोजों और सिद्धांतों से सारी पुरानी मान्यताओं में उलटफेर कर दी। आज उनकी गिनती इतिहास के सबसे प्रतिभाशाली व्यक्तियों में होती है।

मेरे एक और दोस्त थे, उनका सपना संसद् सदस्य बनने का था। वे मुझसे चार साल छोटे थे। उनका नाम मुनव्वर सलीम था। बचपन से उनके साथ मेरा रिश्ता छोटे भाई की तरह था। वह बहुत बुद्धिमान और बहादुर किशोर था, परंतु कुछ उद्दंड बच्चों के साथ दोस्ती हो जाने से वह पढ़ाई-लिखाई करने की बजाय उसी तरह के काम करने लगा था। मैं उन दिनों छात्र राजनीति में बहुत सक्रिय था। मैंने सलीम को किसी तरह समझा-बुझाकर अपने साथ शामिल कर लिया। वह खूब बढ़-चढ़कर भाग लेने लगा और समाजवादी युवा आंदोलन में मेरा दाहिना हाथ बन गया। कुछ ही सालों के बाद मैं विदिशा छोड़कर दिल्ली आ गया था, लेकिन नौजवान सलीम समाजवादी पार्टी में शामिल होकर पूरी तरह से राजनीति में जुट गए थे। तब वहाँ दस-पाँच लोग ही उस पार्टी के सदस्य रहे होंगे। उन्होंने रात-दिन एक करके बहुत सारे नौजवानों को पार्टी में शामिल कर लिया। लेकिन उससे क्या होना था। वहाँ उस पार्टी का जरा भी असर नहीं था। उसके अलावा सबसे ज्यादा चुनौती भरी बात यह थी कि वह पूरा इलाका सांप्रदायिकता और जात-पाँत की राजनीति में बँटा हुआ था। वहाँ कभी कोई मुसलमान चुनाव नहीं जीता था। इसलिए सलीम के चुनाव जीतने का कोई सवाल ही नहीं था। फिर भी उन्होंने अपना एक खेत बेचकर विधायक का चुनाव लड़ा और बुरी तरह हार गए। लेकिन हिम्मत नहीं हारी।

वे फिर से चुनाव लड़े और हारे। उसके लिए दूसरे खेत बेचने पड़े और कर्ज लेना पड़ा था। कुछ दिनों के बाद उन्हें हार्ट अटैक आ गया था, जिससे दिल का ऑपरेशन करना पड़ गया था। उसे ठीक होने में कई महीने लग गए

थे। बचपन में सलीम का एक पैर टूट जाने से उन्हें लँगड़ाकर चलना पड़ता था। दुर्भाग्य से एक भयानक दुर्घटना में वे बाल-बाल बचे, लेकिन उनका दूसरा पैर भी चकनाचूर हो गया था। उसकी वजह से वे कई साल तक ठीक से खड़े तक नहीं हो सके थे। लेकिन तब भी उनके सपनों पर कोई आँच नहीं आई थी। उस बीच सत्ता में बैठी एक बड़ी पार्टी ने उन्हें दल-बदल कर अपनी पार्टी में शामिल होने का ऑफर भेजा। लेकिन उन्होंने उसे ठुकरा दिया। वे तीसरा चुनाव संसद् के लिए लड़े और हमेशा की तरह हार गए। उसके बावजूद उनका संकल्प कभी नहीं डगमगाया। अंत में सन् 2012 में पार्टी ने सलीम को राज्य सभा के लिए संसद् सदस्य चुनकर भेज दिया। वे छह साल तक राज्यसभा के सदस्य रहे। हाँ, वहाँ दिए गए उनके ओजस्वी भाषणों को हमेशा याद किया जाता है। बाकी गुणों के अलावा दृढ़ संकल्प की वजह से वे अपना सपना पूरा कर सके। आत्मविश्वास और संकल्प का गठजोड़ बहुत चमत्कारी होता है।

सपना, आत्मविश्वास और धीरज

खुद पर भरोसा और धैर्य बनाए रखने के मेल से ऐसे कई गुण पैदा होते हैं, जो किसी सपने को पूरा करने के लिए जरूरी हैं। निरंतरता, यानी बिना रुके लगातार चलते जाना उन्हीं में से एक है। हममें से ज्यादातर लोगों ने कछुए और खरगोश की कहानी सुनी है। जब कछुआ खरगोश के साथ दौड़ करने की प्रतियोगिता में शामिल हुआ तो सब उसका मजाक उड़ा रहे थे। वह चुपचाप रहा। खरगोश छलाँगें लगाते हुए आसानी से मंजिल के काफी नजदीक जा पहुँचा। उसने सोचा कि कछुए को रेंगते हुए आने में तो घंटों लगेंगे। इसलिए वह एक पेड़ के नीचे आराम करने लगा। जब उसकी नींद खुली, तब तक कछुआ मंजिल पर पहुँचकर जीत चुका था।

आपमें से बहुत से कुछ लोगों ने दशरथ मांझी का नाम जरूर सुना होगा। हो सकता है, उनके ऊपर बनी फिल्म भी देखी हो। यह कहानी बिहार के गया जिले के एक बहुत गरीब और साधारण मजदूर की है। सन् 2007 में 73 साल की उम्र में उनकी मृत्यु हुई थी। वे खेतिहर मजदूर थे। बताया जाता है

कि उनके गाँव के पास ही एक पहाड़ से चट्टान गिर जाने से उनकी पत्नी फगुनी बुरी तरह घायल हो गई थी। उनके गाँव से वजीरगंज नाम के कस्बे में अस्पताल तक ले जाने की दूरी 55 किलोमीटर थी। वह रास्ता भी खराब था। मांझी के पास कोई ऐसा साधन नहीं था, जिससे वह अपनी पत्नी को जल्दी से अस्पताल ले जा सकें। उस वजह से फगुनी की मौत हो गई थी। यह केवल दशरथ मांझी की परेशानी नहीं थी, बल्कि पूरे गाँव को परेशानी उठानी पड़ती थी।

मांझी ने पहाड़ को तोड़कर रास्ता बनाने का इरादा कर लिया, ताकि अतरी गाँव से वजीरगंज की दूरी कम की जा सके। वह एक छोटा सा हथौड़ा और छेनी लेकर निकल पड़े। गाँव वालों ने सोचा कि वह पत्नी की मौत के सदमे से पागल हो गए हैं। सभी उन्हें पागल कहकर चिढ़ाते रहते थे। इसलिए हर रोज सवेरे नमक के साथ सूखी रोटियाँ बाँधकर निकल पड़ते और सूरज डूबने के बाद ही घर लौटते, ताकि लोगों के मजाक से बच सकें। कई बार तो बिना खाए-पिए ही पहाड़ को तोड़ने में जुटे रहते थे। कुछ सालों के बाद दो-चार गाँववाले उन पर तरस खाकर रोटियाँ दे दिया करते थे। कोई बीच-बीच में नए छेनी-हथौड़ा भी दे आता था। भयंकर गरमी, सर्दी, तूफान और बरसात भी दशरथ मांझी को उनके संकल्प से नहीं डिगा सके।

दशरथ मांझी की वह तपस्या साल-दो साल नहीं, बल्कि पूरे 22 साल तक यों ही चली थी। आखिर दुबले-पतले और कमजोर से दिखने वाले उस अकेले आदमी के इरादों के आगे पहाड़ को हार माननी पड़ी। बड़ी-बड़ी चट्टानें उसके कदमों में रेत बनकर बिछती चली गईं। आखिरकार 110 मीटर लंबा और 9 मीटर चौड़ा रास्ता बनकर पूरा हुआ। उसे बनाने के लिए मांझी को लगभग आठ मीटर की गहराई तक पहाड़ खोदना पड़ा था। नतीजा यह हुआ कि उस रास्ते से वजीरगंज तक की दूरी घटकर केवल 15 किलोमीटर रह गई है। पुरानी कहावत है कि एक दिन में पहाड़ नहीं टूट जाते, लेकिन उसपर की जाने वाली हर चोट उसे कमजोर जरूर कर देती है।

सपनों और असलियत के बीच का रास्ता अकसर काफी लंबा होता है। जो लोग किसी भी रास्ते में चलते-चलते थक-हारकर या ऊबकर बैठ जाते

हैं, भला वे मंजिल तक कैसे पहुँच सकते हैं? दूसरी समस्या उतावलेपन की है। मीठे फलों का सपना देखने वाला माली अगर पौधे को रोपने के बाद कुछ दिनों के भीतर ही धीरज खो दे, तो उसका सपना कैसे पूरा होगा? इसके अलावा रास्ते में मिलने वाली चकाचौंध और प्रलोभनों से बचना मुश्किल होता है। लगातार चलते रहने के लिए अपने भीतर धैर्य और फोकस बनाए रखना जरूरी है। फोकस का मतलब यह भी नहीं है कि सपनों की खिड़की में लगातार झाँकते रहने के लिए अपने दिमाग के सभी दरवाजे भीतर से बंद कर लिए जाएँ या फिर रास्ता सुरंग की तरह नजर आने लगे, और आसपास से आँखें मूँद ली जाएँ।

ऐसा नहीं है कि इस तरह की घटनाएँ हमारे आसपास न घटती हों। मेरे एक वरिष्ठ मित्र थे। वे उम्र में मुझसे 15 साल बड़े थे। वे बड़े प्रतिभावान और आकर्षक व्यक्तित्व के धनी, बहुत विद्वान् और बेजोड़ वक्ता होने के साथ-साथ प्रगतिशील संन्यासी थे। उनमें आत्मविश्वास और संकल्प की भी कमी नहीं थी। मैंने अपने शुरुआती जीवन में उनसे बहुत कुछ सीखा था और प्रेरणा ली थी। हम दोनों ने कुछ मित्रों के साथ मिलकर बँधुआ मजदूरी के खिलाफ आंदोलन शुरू किया था। परंतु कुछ सालों तक साथ काम करने के बाद हमारे रास्ते अलग हो गए थे। उसका सबसे बड़ा कारण यह था कि मेरे पास सिर्फ एक सपना था, जबकि उनके कई सपने थे, जो बदलते भी रहते थे। वे थोड़े-थोड़े वक्त के लिए राजनीति, धर्म, सामाजिक न्याय और समाज सुधार आदि कई तरह के कामों में जुट पड़ते थे। फिर भी उनके दो मुख्य सपने थे। पहला सपना, राजनीति में सफल होकर सांसद बनने का था। कई बार चुनाव लड़ने, अलग-अलग राजनैतिक पार्टियों में धक्के खाने, यहाँ तक कि अपनी पार्टी बना लेने के बाद भी उनका वह सपना कभी पूरा नहीं हो सका। उनका दूसरा सपना, अपनी धार्मिक संस्था का सर्वेसर्वा बनने का था। वह भी आधे-अधूरे तरीके से हो पाया। उनके नेता बनते ही वह संगठन कई टुकड़ों में बँट गया था।

इससे मैंने एक और बात सीखी। किसी बड़े उद्देश्य की चाहत पैदा होने के साथ ही अपनी छोटी-छोटी चाहतों को नियंत्रित करना जरूरी है, क्योंकि

वे कभी भी रास्ते से भटका सकती हैं। नाम और प्रसिद्धि की भूख, धन-दौलत का लालच या पद-पदवियों की चाहत कोई अजूबी या बुरी बात नहीं है। लेकिन कई बार वे हमारी कमजोरियाँ बन जाती हैं। अगर मंजिल की तरफ चलते-चलते वे आसानी से मिल जाएँ, तो उतना ही जल्दी भटक जाने का खतरा बना रहता है। मेरे उन मित्र के मामले में प्रसिद्धि की भूख सबसे बड़ी कमजोरी साबित हुई।

मेरे साथियों और मैंने अपनी कोशिशों में निरंतरता बनाए रखने के लिए कई सबक सीखे, जिनमें से एक-दो का जिक्र कर रहा हूँ। पहली बात यह कि गुजरी हुई चीजों में उलझे रहने और भविष्य की कल्पनाओं में खोए रहने से बचना। इसके बजाय आज हमारे सामने जो चुनौतियाँ या मौके हैं, उन पर ज्यादा-से-ज्यादा ध्यान देने की कोशिश करना। यानी कि वर्तमान में जीना। इसके बारे में मैंने अपनी डायरी में लिखा था—

"बहुत कोशिश के बाद मेरी कल्पना ने एक दिन मेरे लक्ष्य को ढूँढ़ निकाला और उसका फोटो मेरे मन, मेरी बुद्धि, मेरे हृदय और आत्मा को दिखाया। सभी को खुशी हुई गंतव्य के दर्शन कर। मैं शीघ्र ही गंतव्य तक पहुँचने की तीव्र लालसा लेकर उस ओर चल दिया। मार्ग तो निश्चित ही संघर्ष का था। कुछ लोगों ने कहा था, लक्ष्य को देखकर आगे बढ़ना चाहिए। जब मैं अपने लक्ष्य को देखकर आगे बढ़ने लगा, तब हर बार मेरे पैरों में ठोकरें लगीं।

"कुछ लोगों ने कहा था, पीछे तय किए हुए मार्ग को देखकर अनुभव का लाभ लेना चाहिए। जब मैं पीछे देखता गया, तब बार-बार रुकना पड़ा। बहुत आगे देखने से ठोकरें खानी पड़ती हैं और पीछे देखने से रुकना पड़ता है। मैंने ऐसा सोचकर, जहाँ तक मुझे मेरा मार्ग बहुत स्पष्ट दिखता है—उसका हर पत्थर, कंकड़ और काँटा भी, मैं वहीं तक देखता हूँ। उससे आगे नहीं, उससे पीछे भी नहीं। लेकिन मैं जानता हूँ कि मेरा रास्ता मेरे गंतव्य तक ही पहुँचता है, और कहीं भी नहीं।"

(18 सितंबर, 1971 को लिखी गई डायरी के पन्ने से)

नएपन से परहेज कैसा?

इतिहास और पुराने अनुभवों से बहुत सीख मिलती है। उसी तरह अपने लक्ष्य को हासिल करने की कल्पना से उत्साह बढ़ता है। लेकिन याद रखने की जरूरत है कि गुजरा हुआ कल रस्सियाँ बनकर हमें पीछे की तरफ न खींचने लगे। उसी तरह लक्ष्य प्राप्त करने की सुखद कल्पनाएँ जबरन आगे खींचने वाली रस्सियाँ न बन जाएँ। जो कुछ हो चुका था, उसी के कुएँ में डुबकियाँ ल[illegible]ने या फिर भविष्य के सपनों के आकाश में उड़ते रहने से कई बार

धरती पर से ध्यान हट सकता है। आजू-बाजू और सामने की अड़चनों तथा खतरों से नजर चूक जाती है। इसके साथ ही हाथ बढ़ाकर खड़े हुए अवसर भी दिखाई नहीं पड़ते।

अमेरिकी शहर कोलोराडो की एक कहानी है। एक आदमी का सपना अरबपति बनने का था। उसे पता लगा कि पास की किसी जमीन के नीचे सोने की खदानें हैं। उसने वहाँ जमीन का एक टुकड़ा लेकर खदान खोदना शुरू कर दिया। वह कई दिनों तक रात-दिन मेहनत करके जमीन खोदता रहा, लेकिन उसे सोने का नामोनिशान तक नहीं मिला। आखिर उसकी हिम्मत जवाब दे गई। उसने खुदाई के सारे औजार और वह जमीन किसी दूसरे आदमी को बेच दी। वह आदमी एक इंजीनियर को लेकर आया। इंजीनियर ने उसे सलाह दी कि जमीन पर खोदे गए गड्ढे से सिर्फ तीन फुट की दूरी पर खोदना शुरू करे। उस आदमी ने वैसा ही किया। थोड़ी सी खुदाई के बाद ही वहाँ से सोना निकलना शुरू हो गया। वह अरबपति बन गया, जबकि पहला आदमी हाथ मलता रह गया।

एक ही ढर्रे में काम करते रहने से या लगातार एक ही रास्ते पर चलते जाने से ज्यादातर लोग बोर हो जाते हैं। कई तो वह रास्ता ही छोड़कर भाग जाते हैं। जो कि इस कहानी में हुआ। इसलिए जरूरत पड़ने पर काम करने के तौर-तरीकों और रणनीतियों में कुछ-न-कुछ नयापन लाते रहना जरूरी है। हम 40-45 सालों से बच्चों के अधिकारों के लिए आंदोलन चला रहे हैं। हमने इस दौरान दर्जनों नए अभियान चलाए। नए-नए कार्यक्रम और उन्हें पूरा करने के तरीके खोजे, नए विचारों और नए साथियों को लगातार बढ़ावा दिया। नए नारे दिए। हमारा आंदोलन नई जानकारियाँ और तकनीकों को सीखने के लिए ट्रेनिंग वगैरह चलाता रहता है। उसी तरह से बाहरी चुनौतियों और अवसरों को समझने के लिए न केवल विचार-मंथन चलते हैं, बल्कि उनके आधार पर नई-नई पहलें की जाती हैं। हम अपने सपनों की दिशा में आगे बढ़ने के लिए नई-नई पगडंडियाँ और रास्ते बनाते चलते हैं। कई बार तो नई चुनौतियाँ लेकर उनका मुकाबला करने का भी मजा लेते हैं। हमें उससे अपने अंदर नया जोश और ताकत पैदा करने में मदद मिलती है।

आवश्यकता पड़ने पर रणनीतियों में बदलाव करना भटकना नहीं होता। दरअसल रणनीति और काम के तरीकों में नूतनता यानी इनोवेशन और रचनात्मकता यानी क्रिएटिविटी लक्ष्य की तरफ बढ़ने की रफ्तार बढ़ाती हैं। बाल मजदूरी के खिलाफ विश्व के पहले उपभोक्ता आंदोलन और व्यापार की सामाजिक जिम्मेवारी की शुरुआत की कहानी लिख रहा हूँ—

सन् 1988 के दिसंबर महीने की बात है। तब तक 'बचपन बचाओ आंदोलन' गलीचा उद्योग सहित देशभर से हजारों बच्चों को गुलामी से मुक्त करा चुका था। मैं ऐसी ही एक सफल छापामार काररवाई में बहुत से बच्चों को छुड़ाने के बाद दिल्ली लौटने के लिए उत्तर प्रदेश के मिर्जापुर रेलवे स्टेशन पर ट्रेन का इंतजार कर रहा था। ट्रेन आधी रात को वहाँ पहुँची। मैं जब किसी डिब्बे में खाली सीट ढूँढ़ने के लिए भाग रहा था, तभी ढेर सारे बच्चे एक डब्बे से उतारे जाते हुए दिखे। वे जल्दी-जल्दी धकेलकर बाहर उतारे जा रहे थे। दो आदमी उन्हें ट्रैफिकिंग करके कालीन उद्योग में गुलामी कराने के लिए लाए थे। मैं ट्रेन पकड़ने की बजाय प्लेटफार्म पर उन आदमियों के साथ बहस करने लगा। उनके एक दोस्त पुलिस वाले ने मुझे रेलवे स्टेशन पर बनी हवालात में ले जाकर बंद कर दिया।

मैं सर्दियों की उस रात में गंदगी और बदबू से भरी कोठरी में पत्थर पर बैठा-बैठा उन लोगों के खिलाफ काररवाई की योजना बनाता रहा। जाहिर था कि ट्रैफिकिंग का धंधा सभी की मिलीभगत से चलता है। हम अपनी जान हथेली पर रखकर जितने बच्चों को आजाद कराते थे, उससे कहीं ज्यादा बच्चे गुलामी में धकेल दिए जाते थे। तभी मेरे मन में एक विचार आया कि क्यों न कालीन आयातक देशों में जाकर उन लोगों को जागरूक किया जाए, जो जाने-अनजाने में बच्चों की गुलामी से बने कालीन खरीदते हैं। वह विचार आते ही मेरे मन में बड़ी बेचैनी शुरू हो गई थी।

सुबह वहाँ से छूटते ही मैं अगली ट्रेन से दिल्ली लौट आया। आते ही सबसे पहले जर्मनी में हमारी सहयोगी संस्था के प्रतिनिधि को फोन किया। उनसे साफ-साफ कह दिया कि अगर सचमुच बाल मजदूरी के खिलाफ सहयोग करना चाहते हैं, तो जर्मनी और बाकी यूरोप में उपभोक्ता आंदोलन शुरू करने

में मेरी मदद करें। उनका कहना था कि किसी तरह का आंदोलन चलाना उनकी संस्था की नीति नहीं है और न ही यूरोप की कोई दूसरी दानदात्री संस्था ऐसा करती। मैंने अगले दिन अपने संगठन के साथियों से सलाह की। शुरू में तो वे भी सहमत नहीं हुए, लेकिन समझाने-बुझाने पर मान गए।

कई महीनों की लिखा-पढ़ी और जद्दोजहद के बाद उस संस्था के बड़े अधिकारी मुझे जर्मनी बुलाने के लिए राजी हुए। उनको समझा पाना और भी मुश्किल काम था। आखिरकार वहीं हमारा अभियान शुरू हो गया। मैंने उस देश की जनता के सामने अपना एक और नया विचार रख दिया। भारत या दूसरे देशों में बने कालीन के बहिष्कार की बजाय ग्राहकों से आग्रह किया कि वे सिर्फ वही कालीनें खरीदें, जिन पर बाल-मजदूरी-रहित होने की गारंटी की सील लगी हो। अभियान तो तेजी से जोर पकड़ गया, लेकिन भारत सरकार सहित दुनिया भर का कालीन उद्योग मुझे सबसे बड़ा दुश्मन मानने लगा।

हमें तरह-तरह से बदनाम करने और नुकसान पहुँचाने की कोशिशें होती रहीं। लेकिन हमने जानकारों की मदद से कालीन कारखानों में जाँच-पड़ताल करने और बाल-मजदूरी-रहित होने की गारंटी की पर्ची लगाने की विधि विकसित कर ली। उस पर्ची को 'गुडवीव' कहा जाता है। इस तरह के प्रयासों से दक्षिण एशिया के कालीन उद्योग में बाल मजदूरों की संख्या 10 लाख से घटकर ज्यादा-से-ज्यादा दो लाख रह गई है। सिर्फ छापामार कारवाइयों से आठ लाख बच्चों को आजाद करा पाना संभव नहीं होता।

कई लोग इस बात का इंतजार करते-करते जिंदगी गुजार देते हैं कि जब पूरी सफलता मिल जाएगी, तभी उनके चेहरे पर मुस्कराहट आएगी। तभी वे कोई खुशी मना सकेंगे और पार्टी कर सकेंगे। लेकिन मैं इससे उल्टा हूँ। छोटी-से-छोटी सफलता भी बड़े-से-बड़े सपने को पूरा करने की तरफ बढ़ने वाला एक कीमती कदम होता है। इसलिए उसका जश्न क्यों न मनाया जाए? इसीलिए हमारे संगठन में अकसर त्योहार का माहौल बना रहता है। उसके लिए मेरे साथी कोई-न-कोई बहाना ढूँढ़ लेते हैं। खुशी और उत्साह के माहौल में आपस की दोस्ती और सकारात्मक सोच बढ़ती है।

मैंने अपनी डायरी में 28 अप्रैल, 1971 को लिखा था—

"तुम्हारे कल ने मेरी बात को बचपने की फितरत कहा—मैंने सुन लिया। तुम्हारा आज मेरी बात को नौजवानी का उन्माद कह रहा है, मैं वह भी सुन रहा हूँ। लेकिन मेरा कल, मेरी जो भी बात कहेगा—वह तुम सबको सुनना पड़ेगा।"

यह बात मैं इसलिए लिख पाया, क्योंकि मुझे अपने सपने पर भरोसा था। अन्याय, अत्याचारों और समाज में फैली बुराइयों के खिलाफ मेरे मन में बेचैनी और गुस्सा था। लेकिन न तो मैं किसी को हराना चाहता था और न ही मेरे मन में किसी तरह की जीत की अभिलाषा थी। मुझे पक्का यकीन था कि भले ही कितनी भी देर लग जाए, आखिर में सच्चाई जीतती है। इंसानियत जीतती है। उजाला जीतता है। मुझे अपनी आवाज पर पूरा भरोसा था, क्योंकि वह मेरी नहीं, सच्चाई की, इंसानियत की और उजाले की आवाज थी। □

आशा की बैटरी

सपनों को साकार करने के लिए अपने भीतर आशा की बैटरी को हमेशा चार्ज रखना जरूरी है। शरीर को जिंदा और सक्रिय रखने के लिए ऑक्सीजन जितना जरूरी है, मन को जीवित रखने के लिए उतनी ही जरूरी है आशा। आशा मन की प्राणवायु है। वही सारी संभावनाओं की माँ होती है। हम सभी के अंदर आशा का अनमोल खजाना छुपा होता है। जो उसे पहचानकर उपयोग में लाते हैं, वे बड़ी से बड़ी हार को जीत में बदल सकते हैं। सफलता और असफलता का क्रम रात और दिन की तरह चलता है। कभी रातें लंबी लगती हैं, तो कभी दिन। आशा बड़ी चमत्कारी है। वह दिन में तो सूरज बनकर सपनों की तरफ बढ़ने का रास्ता दिखाती है, लेकिन अचानक अँधेरा हो जाने पर अपने आप टॉर्च बनकर रोशनी बिखेरने लगती है। ऐसी टॉर्च रखने वाले व्यक्ति को हमेशा खुद पर भरोसा बना रहता है। वह मुश्किल वक्त में भी निडर होकर रास्ते की चुनौतियों और अवसरों को आसानी से ढूँढ़ सकता है। आशावान व्यक्ति से तो यमराज तक डरता है, क्योंकि जब किसी बीमार को बचाने में दवाएँ और दुआएँ काम नहीं करतीं, तब भी जीने की आशा यमदूतों को धक्के मारकर भगाने में समर्थ होती है।

जैसे कभी असफल न होने वाले लोगों को ढूँढ़ पाना कठिन है, उसी तरह जिंदगी में कभी भी निराश नहीं होने वालों को खोजना भी मुश्किल है। चलिए, मैं अपनी ही बात करता हूँ। इंजीनियरिंग की पढ़ाई करते-करते मेरे घरवालों ने और मैंने एक नया सपना देखना शुरू कर दिया था। हालाँकि वह ज्यादा दिन नहीं टिका। अपनी देशभक्ति और चीन व पाकिस्तान के साथ हुए युद्धों में

कुर्बान हो जाने वाले शहीदों से प्रेरित होकर मन में आया कि मुझे एयर फोर्स के इंजीनियरिंग कोर में ऑफिसर बनना चाहिए। वह बहुत ज्यादा मुश्किल काम नहीं था। मेरी लंबाई लगभग छह फुट के करीब थी और शरीर तथा मन से पूरी तरह फिट था। हमारे कॉलेज के पहले साल में एनसीसी, यानी राष्ट्रीय सैनिक छात्र दल की ट्रेनिंग लेना जरूरी था। वह सेना के किसी भी अंग में जाने के लिए महत्त्वपूर्ण बुनियाद मानी जाती है।

मैं उसमें खूब भाग लेता था, लेकिन मेरी रुचि छात्र आंदोलन, समाज-सेवा और लेखन, भाषण, वाद-विवाद आदि विषयों में ज्यादा थी। दूसरी बात यह कि सेना के उन रिटायर्ड प्रशिक्षकों के आदेश और अनुशासन मानने में हीला-हवाली करता था। नतीजा यह हुआ कि मैं उसके सर्टिफिकेट के टेस्ट में फेल हो गया, जबकि शरीर से ढीले-ढाले और कमजोर लड़के पास हो गए थे। उससे मेरे मन में बहुत निराशा हुई। मैंने सोचा कि उसका असर मेरे सेना में भरती होने के इरादे पर पड़ सकता है। मेरी उस निराशा का असर इंजीनियरिंग की परीक्षा तक पर पड़ा। फिर मैंने अपने आप को टटोलना शुरू किया। सबसे पहले खुद से कुछ सवाल किए। जैसे—क्या मैं सचमुच युद्ध में भरोसा करता हूँ? क्या मेरा असली सपना वही है? मेरे भीतर की सबसे बड़ी क्षमता क्या है और सबसे ज्यादा रुचि क्या करने में है? क्या एनसीसी में पास या फेल हो जाने से उन पर कोई असर पड़ेगा? इन सवालों का उत्तर खोजते-खोजते मुझे जल्दी ही समझ में आ गया था कि मैं एनसीसी में पास हो जाने के बाद भी सेना में भरती होने के लिए नहीं बना हूँ। और अगर किसी तरह भरती हो भी जाता, तो निश्चय ही बीच में छोड़कर आना पड़ता। उसी के बाद मैंने अपनी डायरी में लिखा था—

"एक दिन मैंने बड़े प्रयत्नपूर्वक अपने जीवन के शब्दकोश को उठाकर अपने सामने रखा, ताकि उसमें जहाँ भी असफलता शब्द हो, उस पन्ने को फाड़कर फेंक दूँ। तब दु:ख का नामोनिशान ही मिट जाएगा। बस, फिर क्या था, शब्दकोश को शुरू से देखना शुरू किया। 'असफलता' शब्द बड़ी आसानी से मिल गया, लेकिन उसके थोड़े नीचे ही 'सफलता' भी लिखा था। मैं उसे कैसे फाड़ता? उसे छोड़कर थोड़े से पृष्ठ पलटे तो एक पृष्ठ पर नीचे की ओर 'असफलता' लिखा था, परंतु ऊपर 'सफलता' लिखा मिल गया। खैर, उसे भी नहीं फाड़ सका। सोचा, आगे देखेंगे।

"एकाएक मुझे एक ऐसा पृष्ठ मिल गया, जिस पर केवल 'असफलता' ही लिखा था। ज्यों ही उसे फाड़ने को हाथ बढ़ाया, मेरी दृष्टि उसके दूसरी तरफ गई, जहाँ स्वर्ण अक्षरों में 'सफलता' लिखा था। मुझे अंत तक ऐसा कोई भी पन्ना नहीं मिल सका, जिस पर असफलता के साथ सफलता न लिखा हो।

"अंतत: मैं कोई भी पृष्ठ नहीं फाड़ सका। परंतु उसी दौरान मुझे हल्के काले रंग के कुछ पन्ने जरूर दिखे, जिन पर मोटे काले अक्षरों में 'निराशा' लिखा था। पूरे पन्ने को उलट-पलटकर गौर से देखा तो कहीं कोई चिह्न या कोई अक्षर नहीं दिखा। एकमात्र 'निराशा'।

"मैंने आदि से अंत तक शब्दकोश के पन्ने पलटे। और प्रभु पर विश्वास रखकर 'निराशा' लिखे हुए प्रत्येक पृष्ठ को फाड़ डाला। सबको इकट्ठा करके दियासलाई दिखा दी, जिससे वे पन्ने फिर कभी देखने में भी न आएँ। अब मेरे शब्दकोश में असफलता है, तो सफलता भी है। परंतु निराशा का कोई नामोनिशान नहीं। कहीं भी नहीं।"

(25 मई, 1971 की डायरी से)

इसे पढ़कर आप यह मत समझ लीजिए कि अपनी किशोरावस्था में यह लिख देने के बाद मेरे जीवन में निराश होने के कोई मौके ही नहीं आए। कई बार निराशा ने मेरे मन के दरवाजे खटखटाए। यहाँ तक कि जबरदस्ती भीतर भी घुस आई, लेकिन मैंने कोई जगह नहीं दी और उसे खड़े-खड़े ही लौटना पड़ा। सन् 1984 में पत्थर खदानों के माफिया ने मेरे संगठन के एक साथी धूमदास की हत्या कर दी थी। हमारे लिए यह बहुत दुःख और सदमे की बात थी। अदालत में हत्या का मुकदमा चला। हमारी तरफ से गवाही देने वाले दो ऐसे भरोसेमंद कार्यकर्ता थे, जो घटना के वक्त वहाँ मौजूद थे। उनमें से एक धूमदास के गाँव का आदमी था, और दूसरा हमारे संगठन का एक वरिष्ठ अधिकारी। हमें पूरी आशा थी कि हत्यारों को सजा जरूर मिलेगी। लेकिन पेशी के दिन से पहले ही वह पहला गवाह अचानक गायब हो गया। हमें पता चला कि माफिया के आदमियों ने उसे धमकियाँ देकर थोड़े-बहुत रुपयों से खरीद लिया था। गवाही वाले दिन हमारे संगठन का वह अधिकारी अदालत तो पहुँचा, लेकिन हत्या के आरोपियों के साथ। उसने जज के सामने गोलमोल बातें कहकर आरोपियों को पहचानने से इनकार कर दिया। हमारे लिए तो उस दिन पैरों तले से जमीन खिसक गई थी। हम मुकदमा हार गए।

उस दिन एक ऐसी बात ने उस हार से पैदा होने वाली निराशा को मेरे मन से भगा दिया, जिसकी कल्पना तक नहीं थी। मैं कोर्ट से लौटकर पत्थर खदान मजदूरों की उस बस्ती में गया, जहाँ धूमदास रहता था। हमारा संगठन कई साल से उन लोगों को न्याय दिलाने की लड़ाई लड़ रहा था। उनसे बातचीत करते हुए मैंने महसूस किया कि वे अपने मकानों, बच्चों की पढ़ाई और मजदूरी बढ़ाने के मामले में दूसरी अदालतों के फैसलों के लागू होने की गहरी आशा लगाए बैठे थे। उन्हें वह आशा हमसे ही थी। उन सबके आशा से भरे चेहरों में इतनी ताकत थी कि धूमदास का मुकदमा हारने से उपजी निराशा धीरे-धीरे रफूचक्कर हो गई। उस घटना से यह सीख मिली कि जब किसी कारण से हमारे भीतर की आशा कम हो रही हो, तब हमसे जरा सी भी आशा रखने वाले लोग हमारी ताकत बन

सकते हैं। उनके भीतर बसी वह आशा और हमारे प्रति भरोसा हमारी आशा की बैटरियों को चार्ज करने के लिए काफी है।

इसी तरह मुझे अनजान जगहों पर गुलामी में फँस गए हजारों बच्चों के ऐसे माता-पिताओं से मिलने का मौका मिला है, जिन्होंने कभी अपनी आशा नहीं टूटने दी। वे भयानक गरीबी, लाचारी, बेबसी और हर तरह की मुसीबतों के बावजूद आशा की महीन, लेकिन मजबूत डोर थामे हुए सालों तक अपने बच्चों को ढूँढ़ने की कोशिश करते रहे। ऐसे लोग जब हममें आशा की किरण ढूँढ़ते थे, तो हमारे भीतर आशा का सूरज उगने लगता था। इसी प्रकार से हमें ऐसे अनगिनत बच्चों को छुड़ाने का मौका मिला है, जिन्होंने गुलामी के अँधेरे में कैद होने के बावजूद अपने भीतर आजाद होने की आशा जिंदा रखी थी। वे हमारी प्रेरणा के सबसे बड़े स्रोत थे।

ऐसी ही एक घटना इदरीस नाम के एक बच्चे और उसकी माँ तस्लीमा की है। छह-सात साल का इदरीस जब रोज की तरह गाँव के बाहर की पहाड़ी पर दूसरे बच्चों के साथ बकरियाँ चरा रहा था, तब कोई दलाल उसे चुराकर गलीचा कारखाने में काम कराने के लिए ले गया। वह जगह उसके घर से सैकड़ों किलोमीटर दूर थी। वहाँ पर उसे कई साल तक गुलाम बनकर रहना पड़ा। इसी बीच उसके बीमार पिता की मृत्यु हो गई थी। तस्लीमा 3-4 साल तक हर दिन शाम को उसी पहाड़ी पर जाकर बेटे के इंतजार में बैठी रहती थी। उसे आशा थी कि उसका बेटा कभी-न-कभी जरूर लौटेगा। लगातार रोते रहने से उसकी आँखों की रोशनी तो जाती रही, लेकिन आशा की रोशनी जलती रही। इसलिए वह अंधी माँ ज्यादातर वक्त अपनी झोंपड़ी के बाहर देहरी पर बैठकर गुजारती थी।

एक दिन हम गाँव के दूसरे कई बच्चों के साथ इदरीस को आजाद कराकर घर तक पहुँचाने गए। वह ईद का दिन था। मैंने देखा कि तस्लीमा दरवाजे के बाहर बेटे के लौटने के इंतजार में बैठी थी। वह बहुत दुबली और बूढ़ी दिखने लगी थी। इसलिए वह एकदम से उसे नहीं पहचान पाया। जब मैं उसे तस्लीमा के पास ले गया तो बेटे की उँगलियों की छुअन से उसके अंदर अचानक बिजली सी फुरती आ गई। वे दोनों एक-दूसरे से चिपटकर बड़ी देर तक रोते रहे। वह

मेरी जिंदगी का सबसे आनंददायक त्योहार था, क्योंकि वह एक माँ और बेटे की अटूट आशा की जीत का क्षण था।

बड़ी पुरानी कहानी है। एक बार किसी सुनसान जगह पर रात के घोर अँधेरे में चार मोमबत्तियाँ जल रही थीं। उस एकांत में वे चारों आपस में बातें करने लगीं। आधी रात तक यही चलता रहा। फिर अचानक उनमें से एक ने कहा, "बहन, दुनिया में इतने खून-खराबे, हिंसा, घृणा और युद्धों को बरदाश्त कर पाना मेरे बस की बात नहीं है। मैं तो चली।" इतना कहकर वह बुझ गई। उसका नाम 'शांति' था।

थोड़ी सी देर बाद दूसरी बोली, "मैं शांति के छोड़कर चले जाने से बहुत आहत हूँ। हमारे आसपास इतना झूठ, बेईमानी, धोखाधड़ी और चालाकी फैल चुकी है कि अब मेरा रह पाना भी संभव नहीं है।" यह कहकर वह भी बुझ गई। वह मोमबत्ती 'विश्वास' थी।

तीसरी और चौथी मोमबत्तियों को बहुत सदमा लगा। तीसरी ने रोते-रोते कहा कि हमारे चारों तरफ फैले दु:ख-तकलीफ, अत्याचार और लगातार ताकतवर लोगों द्वारा निर्बलों का शोषण सहा नहीं जाता। फिर उसने भी दम तोड़ दिया। यह 'हिम्मत' थी।

अब सिर्फ आखिरी मोमबत्ती बची थी। किसी को पता नहीं था कि अँधेरे में दूर खड़ा एक बच्चा उनकी बातें सुन रहा था। वह घबराते हुए उस चौथी मोमबत्ती के पास आया और बोला, "जिन कारणों से आपकी तीनों सहेलियों ने दम तोड़ दिया, मैं ही तो उसका सबसे बड़ा शिकार हूँ। अब अगर तुम भी बुझ जाओगी, तो मैं कैसे जी पाऊँगा?"

वह मुस्कराते हुए बोली, "बेटा, जब तक तुम चाहोगे, न तो मैं खुद बुझने वाली, और न ही किसी और को बुझने दूँगी।"

वह बच्चा खुशी से झूम उठा। मोमबत्ती ने उससे कहा, "तुम मुझे हाथ में लेकर बाकी तीनों मोमबत्तियों को जला सकते हो। जब तक मैं जिंदा हूँ, तब तक वे भी बुझी हुई नहीं रह सकतीं।" बच्चे ने वही किया। अब चारों मोमबत्तियाँ पहले की तरह जल रही थीं। चौथी मोमबत्ती 'आशा' थी।

यदि हमारे भीतर आशा जिंदा है तो विश्वास, हिम्मत और शांति भी लौट सकती हैं।

हम अकसर एक गलती करते हैं। वह है, आशा (होप), इच्छा (डिजायर), अपेक्षा (एक्सपेक्टेशन), अनुमान (एंटिसिपेशन) और आकांक्षा (एस्पिरेशन) को गड्डमड्ड करके देखना। आशा इन बाकी चीजों से एकदम अलग भाव है। इनके फर्क को समझने का एक आसान तरीका है। जब हमें यह महसूस होता है कि 'अमुक चीज संभव है, उसे किया जा सकता है', तब हम आशा कर रहे होते हैं। लेकिन जब सिर्फ एक निश्चित परिणाम की चाहत होती है, तो वह इच्छा और अपेक्षा आदि के कारण होता है। यों समझिए कि आशा हमारे दिल के ग्लेशियर से निकलकर लगातार बहती रहने वाली नदी होती है, जबकि इच्छाएँ वगैरह रबड़ के छोटे-बड़े गुब्बारों की तरह होती हैं। गुब्बारों में भरे पानी की तरह उनका आकार और वजन होता है। वे ज्यादा भरने से फट जाएँ तो मुसीबत और पूरे न भर सकें तो भी मुसीबत। लेकिन आशाओं के मामले में ऐसा नहीं है। उन्हें किसी समय और आकार की सीमाओं में नहीं बाँधा जा सकता। इसीलिए मैंने उन्हें मन की प्राणवायु कहा है।

कुछ साल पहले की बात है। मैंने अपने कार्यालय में एक सहयोगी को कई दिनों तक बड़ा बुझा-बुझा सा देखा था। जबकि आमतौर पर वह बड़ा खुशमिजाज नौजवान था। एक दिन मैंने उसे अपने कमरे में बुलाकर उसके दुःख का कारण पूछा। वह काफी देर तक तो शरमाते हुए ना-नुकुर करता रहा, लेकिन बाद में असलियत बता दी। उसने कहा, "सर, एक लड़की से मेरी बड़ी दोस्ती थी। हम लोग साथ-साथ कॉफी पीने भी जाते थे। लेकिन पिछले हफ्ते उसने मुझे बहुत निराश कर दिया है।"

मैंने उस नौजवान से प्यार से पूछा, "आखिर तुम्हें उससे कौन सी आशा थी, जो टूट गई?" वह बोला, "पिछले हफ्ते मेरा जन्मदिन था। मैंने उसे और कुछ दोस्तों को अपने घर पर बुलाया था। मुझे सबसे ज्यादा उसी का इंतजार था, लेकिन वह नहीं आई। उसने बस एक छोटा सा व्हाट्सएप मैसेज करके विश कर दिया।" मैंने मुस्कराते हुए पूछा, "क्या तुम्हारी और भी कोई आशा थी?" उसने

सकुचाते हुए कहा, "हाँ, मैं सोचता था कि वह कोई-न-कोई गिफ्ट तो लाएगी, क्योंकि वह मुझसे कई गिफ्ट ले चुकी थी। हाल में ही वैलेंटाइन डे पर मैंने उसे एक महँगा गिफ्ट दिया था।"

मैंने उससे कहा, "जो कुछ तुमने बताया है, वह तो तुम्हारी इच्छा और उस लड़की से अपेक्षा थी, जो पूरी नहीं हुई। इसमें आशा कहाँ थी?" वह सोच में पड़ गया। मैंने उसे यह कहकर विदा कर दिया कि बाद में कभी आकर मिले। वह कुछ दिनों के बाद मेरे पास आकर बोला, "सर, मैंने आपकी बात पर बहुत विचार किया। उसके बाद अपनी दोस्त को फोन करके न आने का कारण पूछा। उसने माफी माँगते हुए बताया कि घर में कोई मुसीबत आ गई थी। फिर हम कॉफी हाउस में मिले। मुझे अहसास हो गया कि मैं अपनी इच्छा पूरी न होने से दुःखी था, आशा तो अभी भी नहीं टूटी है।" हम दोनों हँस दिए।

पहली बात यह कि इच्छाओं, आकांक्षाओं और अपेक्षाओं का पूरा होना या न होना काफी कुछ दूसरे लोगों और बाहरी परिस्थितियों पर निर्भर करता है। इसलिए जब वे ऐसे कारणों से पूरी नहीं होतीं तो बड़ी तकलीफ होती है। वही निराशा और हताशा में बदल जाती है। ज्यादातर लोग अपने प्रयासों में सफल नहीं हो पाने पर या तो दूसरों लोगों को, या परिस्थितियों को या फिर भाग्य को दोषी ठहराते हैं। ऐसे भी बहुत सारे लोग हैं, जो आत्महीनता के शिकार हो जाते हैं। ऐसा करने के बजाय वे अगर अपनी गलतियों या चूकों की पहचान करके उनसे सबक ले सकें तो हार या असफलता की संभावनाएँ कम हो सकती हैं।

सच्ची बात तो यह है कि जब तक हम जिंदा रहते हैं, तब तक संभावनाएँ जिंदा रहती हैं। लेकिन संभावनाओं के प्राण स्वप्नों में बसते हैं। रास्ते और मंजिलें सिर्फ सपने हासिल करने के साधन होते हैं। किसी रास्ते के बंद हो जाने या मंजिलों तक नहीं पहुँच पाने के कारण सपनों को मारना ठीक नहीं होता। इसलिए जरूरत पड़ने पर रास्तों और मंजिलों को बदलने में हिचकिचाहट नहीं होनी चाहिए।

आशाएँ हमारी अपनी होती हैं। इसलिए उन्हें फिर से लौटाना और मजबूत करना अपने हाथ में होता है। मैं इसका एक उदाहरण दे रहा हूँ। कॉलेज जीवन में

मेरा एक मित्र था। राजनीति में उसकी उसकी गहरी दिलचस्पी थी। वह बातचीत में बहुत माहिर था। उसका सपना था कि एक दिन सरकार में मंत्री बनकर रहेगा। असल बात यह थी कि वह शानो-शौकत और रोब-रुतबे की जिंदगी जीना चाहता था। इसलिए उत्तर प्रदेश में अपनी पढ़ाई बीच में छोड़कर भोपाल जाकर बस गया था। वहाँ कई साल तक एक नेता की सेवा-खुशामद में जुटा रहा। उन्होंने उसे पार्टी में कोई पद दे दिया था। बाद में उसने चुनाव भी लड़ा, परंतु हार गया था। इससे वह बहुत से कर्ज और निराशा में डूबकर उत्तर प्रदेश में अपने गाँव वापस लौट गया।

डिप्रेशन की वजह से उसने लोगों से मिलना-जुलना तक बंद कर दिया था। घर वाले उसे लेकर पीर-फकीरों के चक्कर लगाते रहे और झाड़-फूँक कराते रहे। लेकिन कोई फायदा नहीं हुआ। फिर एक बार उसके मामू ने उसे समझाया, "तुम्हारा मकसद तो एक धनवान और प्रसिद्ध आदमी बनने का था। वह तो एमएलए या मंत्री बने बगैर भी हो सकता है। बड़े-बड़े नेताओं से तुम्हारी इतनी जान-पहचान है, उसका फायदा उठाकर कोई काम-धंधा शुरू क्यों नहीं करते? "इससे उसके मन में आशा की बैटरी फिर से चार्ज हो उठी। वह बात उसकी समझ में आ गई और बैंक से कर्ज लेकर किसी नेता की मदद से एक बस का लाइसेंस ले लिया। धीरे-धीरे उसका कारोबार चल निकला। कई साल बाद पता चला कि उसकी ट्रांसपोर्ट कंपनी में चालीस-पचास बसें और बहुत से ट्रक चलते हैं। उसका एक बड़ा होटल भी है। ठाट-बाट और रुतबे का आलम यह है कि सभी पार्टियों के नेता उसके दरवाजे पर मत्था टेकते हैं और वह उन्हें खूब चंदा देता है।

आशा, खुशी, उमंग और सकारात्मकता में गहरा रिश्ता है। बड़े और अच्छे सपने हासिल करने के लिए सकारात्मकता बहुत जरूरी है। जरा सोचिए, अगर आप बीमार हैं, और आपको किसी दोस्त से संदेश मिले, "आशा करती हूँ कि आप जल्दी से स्वस्थ हो जाएँगे, आपकी बीमारी तो बहुत साधारण है" या "मेहरबानी करके डॉक्टर की सलाह पर चलिए और अपना खयाल रखिए। ठीक हो जाइए, फिर जल्दी ही ऑफिस में मिलते हैं।" इससे निश्चय ही आपको

सुकून मिलेगा। परंतु यदि आपका बॉयफ्रेंड मैसेज भेजकर या फोन करके आपसे यह कहे, "पता चला कि आपकी तबीयत बहुत खराब है, कृपया किसी बड़े अस्पताल जाकर स्पेशलिस्ट डॉक्टर से इलाज कराएँ। कम-से-कम सेकंड ओपीनियन तो ले ही लीजिए। इसमें कतई रिस्क मत लीजिए", या फिर "अरे, यह तो बड़ी चिंता की बात है। पता नहीं कितने दिन लग जाएँगे। इससे ऑफिस का काम तो बहुत पिछड़ जाएगा।" तब आप पर क्या गुजरेगी ?

मेरे फाउंडेशन के एक पूर्व सीईओ महोदय भारतीय पुलिस के सबसे ऊँचे पदों पर रहे हैं। वे बता रहे थे कि एक बार उनकी पत्नी बीमार पड़ गई थीं। छह महीने तक इलाज कराने के बाद भी ठीक नहीं हुईं। रिपोर्टों से किसी गंभीर बीमारी का पता नहीं लग रहा था। डॉक्टर और घर के लोग बड़े परेशान थे। ज्यादातर वक्त दूसरे पुलिस अफसरों, रिश्तेदारों और दोस्तों की पत्नियाँ बीमार को घेरे रहती थीं। जाहिर है कि वे उन्हें तरह-तरह के सलाह-मशविरे देती रहती थीं, कोई डॉक्टर या अस्पताल को बदल देने का सुझाव देता तो कोई विदेश जाकर इलाज कराने को कहता। कोई अपनी जान-पहचान के होम्योपैथिक डॉक्टर से तो कोई आयुर्वेदिक वैद्य को दिखाने की सलाह पकड़ा दिया करती थीं। अंत में सीईओ महोदय ने फैसला किया कि कुछ हफ्तों के लिए शुभचिंतकों की आवाजाही रोक दी जाए। ऐसा करते ही उनकी पत्नी का स्वास्थ्य तेजी से सुधरने लगा था और वे जल्दी से पूरी तरह स्वस्थ हो गईं। अस्पतालों में डॉक्टरों और नर्सों की मरीजों के साथ बातचीत और व्यवहार पर बहुत सारे अध्ययन हुए हैं। गंभीर बीमारियों तक के मामलों में सकारात्मक वातावरण में रहने के बड़े अच्छे नतीजे निकलते हैं।

इसी प्रकार से सोचिए कि आपका कोई दोस्त या रिश्तेदार परीक्षा के लिए या जॉब का इंटरव्यू देने जा रहा है। उस वक्त अगर आप उसे यह लिखते हैं, "आशा है कि आप बहुत अच्छा करेंगे और सफल होंगे। उस जॉब के लिए आप एकदम फिट हैं", तब जरूर उसके मन को अच्छा लगेगा। लेकिन यदि उसी बात को ऐसे लिखें, "आपकी परीक्षा का विषय बड़ा कठिन है। इसलिए खूब सोच-विचारकर प्रश्नों के उत्तर लिखना", अथवा "आपको पता है कि इस जॉब

के लिए सैकड़ों लोग इंटरव्यू दे रहे हैं, इसलिए काफी मुश्किल है। फिर भी चिंता मत करना", तब आपके मित्र के मन पर क्या असर होगा? आशा प्रकट करने से उत्साह और सकारात्मकता बढ़ती है।

थॉमस अल्वा एडिसन को 19वीं शताब्दी का सबसे महान् आविष्कारक माना जाता है। एक बार बचपन में उनके स्कूल के हेडमास्टर ने लिफाफे में एक चिट्ठी देकर कहा कि वे उसे अपनी माँ को दे दें। एडिसन ने जब वह चिट्ठी माँ को दी तो वे उसे पढ़कर रोने लगीं। बेटे के पूछने पर वह अपने आँसू रोकते हुए मुस्कराकर बोलीं, "इस चिट्ठी में लिखा है कि आपका बेटा इतना प्रतिभाशाली है कि हमारा स्कूल उसके काबिल नहीं है। हमारे यहाँ ऐसा कोई अध्यापक नहीं है, जो उसे पढ़ा सके। इसलिए अच्छा होगा कि आप उसे अपने घर पर ही रखकर शिक्षा दें।"

एडिसन ने घर पर रहकर अपनी पढ़ाई की। बिजली के बल्ब, ग्रामोफोन, फोटो खींचने वाली फिल्म और मूवी कैमरे जैसी चीजें उन्हीं की देन हैं। माँ की मृत्यु के बाद एक दिन उन्हें उनकी पुरानी चीजों में वही लिफाफा मिल गया। उन्होंने उसे खोलकर वह चिट्ठी पढ़ी तो फूट-फूटकर रोने लगे। उसमें लिखा था, "आपका बेटा मानसिक रोगी है। वह स्कूल अटेंड नहीं कर सकता। इसलिए उसे निकाला जाता है।" रोते-रोते उन्होंने अपनी डायरी में लिखा, "थॉमस अल्वा एडिसन एक मंदबुद्धि बच्चा था, लेकिन उसकी हीरो माँ की बदौलत वह शताब्दी का सबसे प्रतिभाशाली व्यक्ति बन गया।"

कुछ साल पहले अमेरिका के एक विश्वविद्यालय में एक अध्ययन कराया गया था। उसमें पाया गया कि जिन कक्षाओं के प्रोफेसर अपने लैक्चर के दौरान 'नो', 'नॉट', 'नेवर', 'इंपॉसिबल', यानी 'नहीं, 'कभी नहीं', 'असंभव' जैसे नकारात्मक शब्दों का बहुत ज्यादा प्रयोग करते थे, उनके विद्यार्थी कम ग्रेड लेकर पास होते थे। उनकी सोच और लेखन में नवीनता और रचनात्मकता की कमी होती थी। परंतु जिन कक्षाओं में 'यस', 'स्योर', 'इट्स पॉसिबल', 'इट्स ईजी', 'यू केन डू दिस', यानी 'हाँ', 'हो सकता है', 'जरूर', 'आप इसे कर सकते हैं,' 'यह संभव है', सरीखे शब्द दोहराए जाते थे, उनमें छात्रों की पढ़ाई

का स्तर और रिजल्ट बहुत अच्छा निकलता था।

मेरे एक परिचित धर्म, अध्यात्म और आदर्श जीवन जैसे विषयों के बहुत अच्छे व्याख्याता और उपदेशक हैं। उनके भाषणों में बड़ी भीड़ होती है, क्योंकि वे मुश्किल बात भी बहुत सरल हिंदी भाषा में कह देते हैं। अपने विरोधियों का मजाक बनाने का उनका चुटीला अंदाज श्रोताओं को लोटपोट कर देता है। लेकिन कार्यक्रमों के आयोजक उनसे बहुत डरते हैं, क्योंकि वे सज्जन अच्छी-से-अच्छी व्यवस्था में भी कुछ-न-कुछ खामियाँ गिना सकते हैं। वे आपसी बातचीत तक में तीखे व्यंग्य-बाण चलाने में माहिर हैं। अपने मित्रों और रिश्तेदारों को बिना माँगे ही घंटों तक हर विषय पर सलाह-मशविरे देना उनकी आदत है। फिर चाहे वह खाँसी-जुकाम या चोट लगने की बात हो या फिर परिवार का कोई आपसी मामला। उन्हें हर वक्त अपने और दूसरों के घरों के रसोइयों और कर्मचारियों के कामों में मीनमेख निकालना भी बहुत भाता है।

एक बार की बात है। मैं उनके घर में भोजन करने गया था। हम जितनी देर तक वहाँ रहे, वे बात-बात पर अपने रसोइए को ताने देते रहे। उसने बड़ा स्वादिष्ट इडली, डोसा, सांभर वगैरह बनाया था। भोजन की प्रशंसा करने की बजाय वे उसे उम्दा दक्षिण भारतीय व्यंजन के तरीके बताने लगे। मैं तो उनकी आदत जानता था, लेकिन वह रसोइया नया-नया आया था। वह काफी देर तक 'जी सर, जी सर' करता रहा। फिर उससे रहा नहीं गया। वह बड़ी विनम्रता से बोला, "सर, क्या आप कृपा करके रसोई में आकर मुझे इससे अच्छा सांभर बनाना सिखा देंगे?" वे झुंझलाते हुए बोले, "यह तुम्हारा काम है। तुम ठीक ढंग से अपना काम करो।"

मुझे ढंग से याद नहीं, पर उन्होंने उसे डाँटते हुए टूटी-फूटी अंग्रेजी में भी कुछ वाक्य बोले थे। उस पर रसोइए ने जो जवाब दिया, उसे सुनकर उपदेशक महोदय का चेहरा देखते ही बनता था। हम भी अपनी हँसी बड़ी मुश्किल से मुँह में दबाकर रख पाए थे। वह बोला, "सर, दक्षिण भारतीय भोजन में वे मसाले नहीं डलते, जो आप बता रहे हैं। फिर भी मैं कोशिश कर लूँगा। लेकिन भविष्य में किसी को डाँटते वक्त सही अंग्रेजी बोलेंगे तो और ज्यादा असर पड़ेगा।"

उस नौजवान ने यह बात उम्दा अंग्रेजी में बोली थी। मेरे पूछने पर उसने बताया, “सर, मैंने बी.ए. तक अंग्रेजी में पढ़ाई करने के बाद भोजन पकाने का डिप्लोमा किया है।”

सही मौका देखे बिना किसी को बार-बार उलाहना व चेतावनी देने या मना करते रहने, कमियाँ निकालने और शिकायत या टोकाटाकी करने से नकारात्मकता फैलती है। ऐसा करने वाले लोग अकसर डिप्रेशन या किसी हीनभावना के शिकार पाए जाते हैं। वही मनुष्य बड़ा और सकारात्मक होता है, जिससे मिलने या बात करने से आपके मन में आत्मविश्वास, आशा और उत्साह जाग जाए। जिसके सामने बैठने पर आप खुद को छोटा महसूस न करें। लेकिन अगर किसी व्यक्ति से मिलकर आपको अपनी कमजोरियों, खामियों या बुराइयों को याद करके हीनभावना या डर का अहसास होता हो, तो समझ लीजिए कि वह नकारात्मक है। यही बात आपके लिए भी लागू होती है।

एक राजा था। उसकी बाईं आँख और दाहिना पैर खराब था। दूसरे राजाओं की तरह उसके महल में सभागृह की दीवारों पर भी एक पंक्ति में उसके पूर्वज राजाओं के चित्र मढ़वाकर टाँगे गए थे। बूढ़ा होने पर वह बड़े-बड़े कलाकारों से अपने तैल चित्र बनवाता रहा, ताकि मृत्यु के बाद उनमें से किसी एक को उसी दीवार पर सजाया जा सके। राजा को कोई चित्र अच्छा नहीं लगता था, क्योंकि किसी में भी वह अपने पुरखों की तरह सुंदर नहीं दिखता था। परेशान होकर उसने एक प्रतियोगिता आयोजित करके अपने राज्य और बाहर के पेंटरों को बुलाया। उसने घोषणा कर दी कि जो कलाकार ऐसी पेंटिंग बनाएगा, जिसमें उसके शरीर की खामियाँ नजर न आएँ, उसे इनाम के तौर पर राज्य के एक प्रांत का सूबेदार बनाया जाएगा। साथ ही यह शर्त रखी कि चित्र में कुछ भी झूठ नहीं होना चाहिए।

बड़े-बड़े कलाकार वैसा नहीं कर सके। तभी एक किशोर अपनी पेंटिंग लेकर सभा में पहुँचा। उसे देखकर राजा और उसके मंत्रिगण अचंभित रह गए। उस किशोर ने राजा का ऐसा चित्र बनाया, जिसमें वह घोड़े पर सवार होकर शिकार करते हुए दिखाया गया था। उसमें वह बाईं आँख बंद करके धनुष से

बाण चला रहा था, और उसका दायाँ पैर घोड़े की पीठ के दूसरी तरफ छुपा हुआ था। शिकारी के लिए वह एकदम स्वाभाविक स्थिति थी। राजा ने उसके सकारात्मक नजरिए की प्रशंसा करते हुए उस किशोर को छोटी सी उम्र में ही सूबेदार बना दिया और बहुत सारा इनाम भी दिया। हमारे खुद के भीतर और आसपास के सभी लोगों तथा सभी चीजों में कुछ-न-कुछ अच्छाई जरूर होती है। सबकी कमियों को चुन-चुनकर ढूँढ़ने और बताने में अपना समय बरबाद करते रहने से उनमें सुधार की गुंजाइश बहुत कम रह जाती है। उल्टे नकारात्मकता की कालिख से खुद को पहचान सकने का आईना भी धुँधला पड़ता जाता है।

मैंने एक बार अपनी डायरी में लिखा था—

"तुम सब मुझसे कुछ भी कहो, मेरा कुछ भी करो, मैं निराश नहीं हो सकता। निराश वे ही हों, जिनकी आशा पूर्ण न हुई हो। मैंने तो व्यक्तिगत रूप से तुमसे कोई आशा की ही नहीं, फिर भला निराश क्यों होने चला?"

(20 अक्तूबर, 1971 को लिखी गई डायरी के पन्ने)

आशा की सबसे बड़ी विशेषता यह है कि वह मनुष्य की आखिरी साँस तक नहीं मरती। धुँधली पड़ सकती है, कमजोर हो सकती है, टूटकर बिखर सकती है या कहीं छुपकर सो सकती है, लेकिन जिंदा जरूर रहती है। इसलिए उसे कभी खुद की कोशिशों से, तो कभी परिवारवालों 'दोस्तों' भरोसेमंद लोगों या जानकारों की सलाह और मदद से जगाया जा सकता है।

□

नो दायसेल्फ (खुद को जानो)

ग्रीस के प्राचीन कस्बे डेल्फी के प्रसिद्ध अपोलो मंदिर में पत्थरों पर एक वाक्य खुदा है, 'नो दायसेल्फ', यानी खुद को पहचानो। वह खुदाई कम-से-कम ढाई हजार साल पुरानी है। एक बूढ़ा फकीर कई साल से हर रोज उस पत्थर के सामने जाकर थोड़ी देर खड़ा रहता था। इलाके के दारोगा ने उसे कई बार वहाँ देखा था। एक दिन उसने फकीर से पूछा, "तुम रोज-रोज यहाँ क्यों आते हो?" फकीर ने उत्तर दिया, "हुजूर, आईना देखने के लिए।" दारोगा ने इधर-उधर देखकर कहा कि यहाँ तो कोई आईना नहीं है। इस पर फकीर ने पत्थर की इबारत की तरफ इशारा कर दिया।

दारोगा ने हँसकर कहा, "कैसे? क्या तुम यह भी नहीं जानते कि तुम एक फकीर हो?" फकीर बोला, "जब मैं छोटा था, तब सभी लोग मुझे फिसड्डी विद्यार्थी समझते थे। मैं भी ऐसा ही मानता था। जवानी में मैं शिक्षक बन गया। तब मेरी पहचान एक अच्छे अध्यापक की हो गई थी और अब मैं लोगों के लिए एक बूढ़ा और फकीर आदमी हूँ। लेकिन जो बच्चा पढ़ाई-लिखाई में कमजोर माना जाता था, जिस आदमी की शिक्षक की तरह बड़ी इज्जत होती थी, और अब जो फकीर है, मैं उसके बारे में जितना जानता जाता हूँ, मुझे उतना ही सुकून मिलता है।"

फिर उसने दारोगा से पूछा, "क्या आप जानते हैं कि आप कौन हैं?" दारोगा ने झल्लाकर कहा, "देखते नहीं कि मैं तुम्हारा दारोगा हूँ।" फकीर ने फिर से पूछा, "क्या आप हमेशा से दारोगा थे, और दारोगा ही बने रहोगे? और क्या किसी दूसरे देश में भी दारोगा माने जाओगे?" वह सोच में पड़ गया। कुछ क्षणों के बाद बोला, "नहीं।"

फकीर ने बड़ी विनम्रता के साथ कहा, "हुजूर, बुरा मत मानिए। आसपास के बच्चे आपको एक मोटा थुलथुला आदमी कहकर हँसते हैं। घरवाले आलसी समझते हैं और आपके मातहत काम करने वाले आपको खड़ूस मानते हैं। क्या आप भी अपने बारे में वही सोचते हो?" दारोगा परेशान हो गया। बोला, "नहीं।" तब फकीर ने कहा, "इसीलिए यह पत्थर एक आईना है, जिसे देखकर आप चाहो तो खुद में, और अपनी पहचान में सुधार कर सकते हो।"

दारोगाजी ने एक बार उस पत्थर की तरफ देखा और चुपचाप घर चले गए। उसके बाद उन्होंने सबसे पहले अपना मोटापा कम किया और शरीर को चुस्त-दुरुस्त बनाया। फिर वे धीरे-धीरे सभी के साथ अच्छा बर्ताव करने लगे। उनके आत्म-सुधार की खबर राजा तक जा पहुँची। उन्होंने दारोगा को इनाम देकर उनकी पदोन्नति करके राज्य के कर्मचारियों का प्रशिक्षक बना दिया।

जीवन में उन्नति, सफलताएँ, खुशियाँ और मन में शांति हासिल करने के लिए यह जरूरी है कि हम लगातार अपने बारे में जानते रहें। यानी खुद की कमजोरियों और ताकतों का ठीक-ठीक आकलन करने की कोशिश करें, क्योंकि बाहर के अनुभवों और भीतर की अनुभूतियों से हमारे भीतर नए-नए बदलाव आते रहते हैं। कई मामलों में हम पहले से बेहतर होते जाते हैं, और कई दूसरे मामलों में कमतर भी। जब कोई अपने बारे में सबकुछ मानकर बैठ जाता है तो खुद में सुधार की गुंजाइश कम रहती है। साथ ही वह बाहर से मिलने वाली चुनौतियों का मुकाबला और अवसरों का भी ठीक-ठीक उपयोग नहीं कर पाता। जीवन के हर क्षेत्र में मानने से पहले जानना जरूरी है। खुद के बारे में भी यही बात लागू होती है।

किसी मंजिल तक पहुँचने के लिए या किसी रास्ते पर चलने के लिए यह जानना जरूरी है कि इस वक्त हम कहाँ खड़े हैं? वहाँ तक पहुँचने के लिए हमारे शरीर, मन और बुद्धि में कितना सामर्थ्य है? हमारे भीतर क्या कमियाँ हैं और उन्हें कैसे दूर किया जा सकता है? इसी को आत्म-मूल्यांकन कहा जाता है, जो इस "मैं कौन हूँ?" के जवाब के बिना संभव नहीं है। इतना ही नहीं, इसी प्रश्न के गहरे उत्तर किन्हीं बने बनाए रास्तों, पड़ावों और मंजिलों के मोहताज नहीं होते। उन उत्तरों से ही नए रास्ते और नई मंजिलें बन सकती हैं।

"मैं कौन हूँ ?" का सवाल बहुत चमत्कारी है, क्योंकि यह हमें सपनों और सफलताओं के संसार के भी पार ले जा सकता है। सफलता कितनी भी बड़ी क्यों न हो, लेकिन उसकी एक सीमा होती है। उसे नापा जा सकता है, लेकिन मनुष्य के भीतर छुपी हुई शक्तियों की कोई सीमा नहीं होती। वे शक्तियाँ चेतना और करुणा की हैं, जिनकी नाप-तौल नहीं की जा सकती। अंदर घुसने से ही पता चलता है कि उनका कोई ओर-छोर नहीं है। इसलिए जितना घुसते जाते हैं, उतना आनंद मिलता जाता है। सभी धर्मों, दर्शनशास्त्रों और आध्यात्मिक साधना पद्धतियों में स्वयं की खोज पर किसी-न-किसी रूप में खूब लिखा-पढ़ा गया है।

मनुष्य और उसकी पहचान दो अलग-अलग चीजें हैं। लेकिन वे एक-दूसरे से इतनी गुँथी रहती हैं कि अलग करके देख पाना बड़ा मुश्किल है। पुराने जमाने में "मैं कौन हूँ ?" का जवाब ढूँढ़ने के लिए कुछ जिज्ञासु लोग गहरा अध्ययन, मनन-चिंतन और एकांत में जाकर साधना किया करते थे। उन्हें योगी, दार्शनिक और आध्यात्मिक व्यक्ति माना जाता था। उनका मकसद सत्य की खोज या आत्म-साक्षात्कार होता था। मैंने 1 जनवरी, 1971 को अपनी डायरी में लिखा था—

"मैं नहीं जानता, मैं कौन हूँ। लेकिन जानना जरूर चाहता हूँ।"

आध्यात्मिक नजरिए से देखा जाए या मनोवैज्ञानिक तरीके से, यह तो तय है कि खुशी, संतोष, शांति और आनंद जैसे अहसास भीतरी होते हैं। उसी तरह से दुःख, निराशा, हताशा, डिप्रेशन, असंतोष, अशांति आदि भी मन के अहसास हैं। खुद को जानते रहने की कोशिश से इन नकारात्मक भावों को रोका जा सकता है। इसलिए धर्मगुरुओं, तांत्रिकों, ज्योतिषियों आदि के दरवाजों पर मत्था रगड़ने और मनोवैज्ञानिकों को भारी-भरकम फीस देने से पहले बेहतर है कि अपने अंदर लगातार झाँकते रहने का अभ्यास करें। इससे वहाँ पर हमें कचरा मिलेगा तो साफ करने के लिए झाड़ू भी। सपनों के उजाले में उसे साफ किया जा सकता है।

आजकल की तेजी से भाग रही जिंदगी में किसी को फुर्सत ही नहीं कि खुद की पहचान और मूल्यांकन करने का समय निकाल सके। जिन लोगों में एक नए इंजन का आविष्कार करने की छुपी हुई क्षमता हो सकती है, वे अपनी थोड़ी सी सुख-सुविधा या इज्जत की खातिर किसी के इंजन के पुर्जे, ईंधन या लुब्रिकेंट (ग्रीस) बनकर रह जाते हैं। यही तथाकथित आर्थिक विकास का इंजन है। रही-सही कसर सोशल मीडिया के समुंदर में डूबते-उतराते या तैरते रहने से पूरी हो जाती है। कुछ दिनों पहले की बात है। एक लेखिका महोदया ने मुझसे अपनी नई पुस्तक का विमोचन कराने के लिए इमेल भेजा था। जाहिर है, उसमें उन्होंने अपने और अपनी पुस्तक के बारे में संक्षिप्त जानकारी भी लिखी थी। मेल के आखिर में उनके वेबसाइट, फेसबुक, ट्विटर, इंस्टाग्राम और यूट्यूब चैनल आदि की लंबी लिस्ट थी।

थोड़े दिनों के बाद उन्होंने मेरी सहमति जल्दी भिजवाने का आग्रह करने के लिए मेरे एक सहायक को फोन किया। लेखिका ने उन्हें बताया कि अलग-अलग सोशल मीडिया पर उनके कुल कितने फॉलोअर हैं, और कितने लाइक,

शेयर और रीट्वीट होते हैं। उन्होंने अपनी साहित्य सेवा या नई पुस्तक के बारे में कोई बात नहीं की। सबसे मजेदार बात यह थी कि उन महिला से बात करके मेरे वे सहयोगी बड़े प्रभावित हुए और यह सुझाव दे डाला कि मुझे उनकी पुस्तक का विमोचन जरूर करना चाहिए। उनका तर्क था कि वह मीडिया इंफ्लुएंसर हैं। लेकिन मैंने उस किताब का विमोचन नहीं किया। कुछ महीनों के बाद एक दिन मैंने उन बहन को अपने ऑफिस में चाय पर आमंत्रित किया और सोशल मीडिया के क्षेत्र में उनके काम को खूब सराहा। किताब के बारे में न उन्होंने कोई चर्चा छेड़ी और न मैंने। परंतु वे जाते-जाते बोलीं, "शायद आपने फेसबुक या ट्विटर पर देखा होगा कि मैं अब सोशल मीडिया पर अपना पूरा ध्यान सामाजिक मुद्दों पर ही लगाने लगी हूँ। किताबें लिखने का आइडिया फिलहाल छोड़ दिया है।"

आजकल लोगों की पहचान का सबसे बड़ा जरिया सोशल मीडिया है। वह न केवल समाज में किसी की पहचान बनाता या बिगाड़ता है, बल्कि उसके सोचने-समझने, फैसला लेने और जिंदगी जीने के तरीकों को भी प्रभावित करता है। दुनिया के ज्यादातर पढ़े-लिखे लोगों की इसी तरह की कहानी है। वे उसी में अपनी पहचान ढूँढ़ने और बनाने की कोशिश करते रहते हैं। शायद वे समझ भी नहीं पाते कि जाने-अनजाने में टेक्नोलॉजी, सोशल मीडिया और आर्टिफीशियल इंटेलिजेंस की तिकड़ी से बुनी जा रही कहानियों के एक पात्र बन चुके हैं। फिर चाहे वे कहानियाँ कॉर्पोरेट के लिए हों या फिर किसी सरकार अथवा विचारधारा के फायदे के लिए हों।

आज की तेजी से बदल रही दुनिया में भी खुद की पहचान करते रहने का सवाल जस का तस है। हालाँकि इसका जवाब ढूँढ़ने के मकसद और तौर-तरीके बदल चुके हैं। निजी कॅरियर में तरक्की हो या कंपनी में उत्पादन, मुनाफे और फैलाव के पैमाने हों, अथवा किसी संगठन के कामकाज की सफलता का मूल्यांकन हो; आमतौर पर सभी क्षेत्रों में कुछ चीजों की जरूरतें दिखाई देती हैं। उन्हें पूरा करने के लिए तरह-तरह के कार्यक्रम, प्रशिक्षण और व्याख्यान आदि कराए जाते हैं। उनमें व्यक्तित्व विकास, नेतृत्व के गुण, प्रबंधनकला, क्षमता-वृद्धि, सकारात्मक सोच, नूतनता यानी इनोवेशन, उत्कृष्टता यानी एक्सीलेंस,

सामूहिकता और मानसिक स्वास्थ्य आदि प्रमुख हैं। इन सभी में लगातार खुद की असलियत के बारे में जानते रहने की कोशिश एक सामान्य तत्त्व है।

आत्म-मूल्यांकन का आईना

हर मनुष्य की पहचान तीन कहानियों का घालमेल होती है। पहली कहानी वह है, जो बाहर के लोग किसी के बारे में बनाते हैं। वह उनकी जानकारी, समझ, नजरिए और नीयत के आधार पर बनती है। इसलिए उसमें झूठ और बनावट की बहुत गुंजाइश रहती है। दूसरी कहानी हम खुद अपने बारे में सोच-सोचकर धारणा बनाकर गढ़ते हैं। इसीलिए ज्यादातर लोग अकसर अपने गुणों, योग्यताओं, संभावनाओं, कमियों या कमजोरियों को कम या ज्यादा करके आँकते हैं। इन्हीं दोनों कहानियों के भीतर गुत्थमगुत्था होते हुए अपनी जिंदगी गुजार देते हैं।

ये कहानियाँ पानी से भरे हुए दो ऐसे गुब्बारों की तरह हैं। उनके आकार और वजन के आधार पर सफलताएँ और उपलब्धियाँ आदि नापी जाती हैं। उनमें भरे पानी को कम या ज्यादा किया जा सकता है, अलग-अलग तरीके से दबाकर या मोड़-तोड़कर उनके आकार को भी बदला जा सकता है। परंतु वे हैं तो पानी से भरे गुब्बारे ही। ऐसे में हम अपने भीतर छुपे समुद्र को अनदेखा करते रहते हैं। इन दोनों से अलग हमारी तीसरी कहानी है। वह जो हम खुद होते हैं। सिर्फ वही कहानी सच्ची होती है। उसीमें से पहली और दूसरी कहानियाँ बनाई जाती हैं। इसलिए उसे जानना सबसे महत्त्वपूर्ण और उपयोगी है।

अपनी जिंदगी को सफल, सार्थक, समृद्ध और खुशहाल बनाने वालों या अपना सर्वश्रेष्ठ देने वाले लोगों में एक जैसे कई गुण पाए जाते हैं। उन पर पहली कहानी, यानी दूसरों के नजरिए और तारीफ या निंदा का ज्यादा असर नहीं होता। वे खुद के बारे में कहानी बनाने में अपना सही-सही मूल्यांकन करने की कोशिश करते हैं। सही-सही का मतलब, जितना संभव हो सके, सफलता या असफलता, घमंड, हीनभावना, पक्षपात और पूर्वग्रह से प्रभावित होकर स्वयं के बारे में धारणाएँ नहीं बनाते। लेकिन इन दोनों बातों के अलावा उनमें एक और जरूरी गुण होता है। ऐसे लोग गहराई में जाकर अपने भीतर

की उन शक्तियों और क्षमताओं को खोजते रहते हैं, जिनसे खुद का आत्मिक विकास और सभी की भलाई हो सकती हो। यानी कि वे अपनी तीसरी कहानी रचते हैं।

कम-से-कम मैं तो ऐसे किसी व्यक्ति को नहीं जानता, जिसने हमेशा खुद का सही आकलन किया हो, और जिस पर बाहरी लोगों द्वारा कही जाने वाली बातों का कभी बिल्कुल असर न हुआ हो। हम पर जिन बातों का सबसे ज्यादा असर होता है, वे हैं, "मेरे बारे में लोग क्या कहते हैं? लोग क्या कहेंगे? लोग क्या सोचते होंगे? लोग क्या सोचेंगे?" लोग क्या कहते हैं, यह तो पता चल सकता है, लेकिन कोई क्या सोचता होगा या सोचेगा, यह कैसे जाना जा सकता है? इसलिए अच्छा होगा कि इन चिंताओं में घिरे रहकर समय बरबाद न किया जाए। जो खुद को पहचानते रहने की कोशिश करते हुए बेहतर बनने का अभ्यास नहीं छोड़ते, वे ज्यादा संतुलित, कामयाब और सुखी बने रहते हैं।

बाहर के लोगों की नजरों में अच्छा दिखना और किसी तरह की स्वीकृति, मान्यता, तारीफ या सम्मान मिलने से खुश होना मनुष्य का स्वभाव है। उसी तरह से अनदेखी, निंदा या अपमान से उतना ही दुःख होता है। मनोवैज्ञानिक यह मानते हैं कि दो साल की उम्र पूरा करते-करते बच्चों में यह प्रवृत्ति नजर आने लगती है। अच्छा दिखने की ललक कोई अस्वाभाविक बात नहीं है, लेकिन अगर अच्छा दिखने और अच्छा होने की कोशिशें साथ-साथ चलें तो बेहतर है। उम्र बढ़ने के बाद लोग समाज में अच्छा दिखने के लिए झूठ, दिखावा, पाखंड और अन्य कई तरह के अनैतिक तरीकों का सहारा लेने लगते हैं। फिर भी यह पक्का नहीं कि उनकी वह छवि कब तक टिकी रहेगी। ऐसी हालत में हमेशा मन में डर, आशंका और अशांति बनी रहती है। इसीलिए अच्छा होने के लिए 'मैं कौन हूँ?' का आईना देखते रहना जरूरी है।

अपनी वास्तविक क्षमता की पहचान

हम अकसर अपने भीतर छुपी संभावनाओं व शक्तियों को नहीं देख पाते। ऐसे में किसी जानकार व्यक्ति की मदद या प्रोत्साहन बड़े उपयोगी होते हैं।

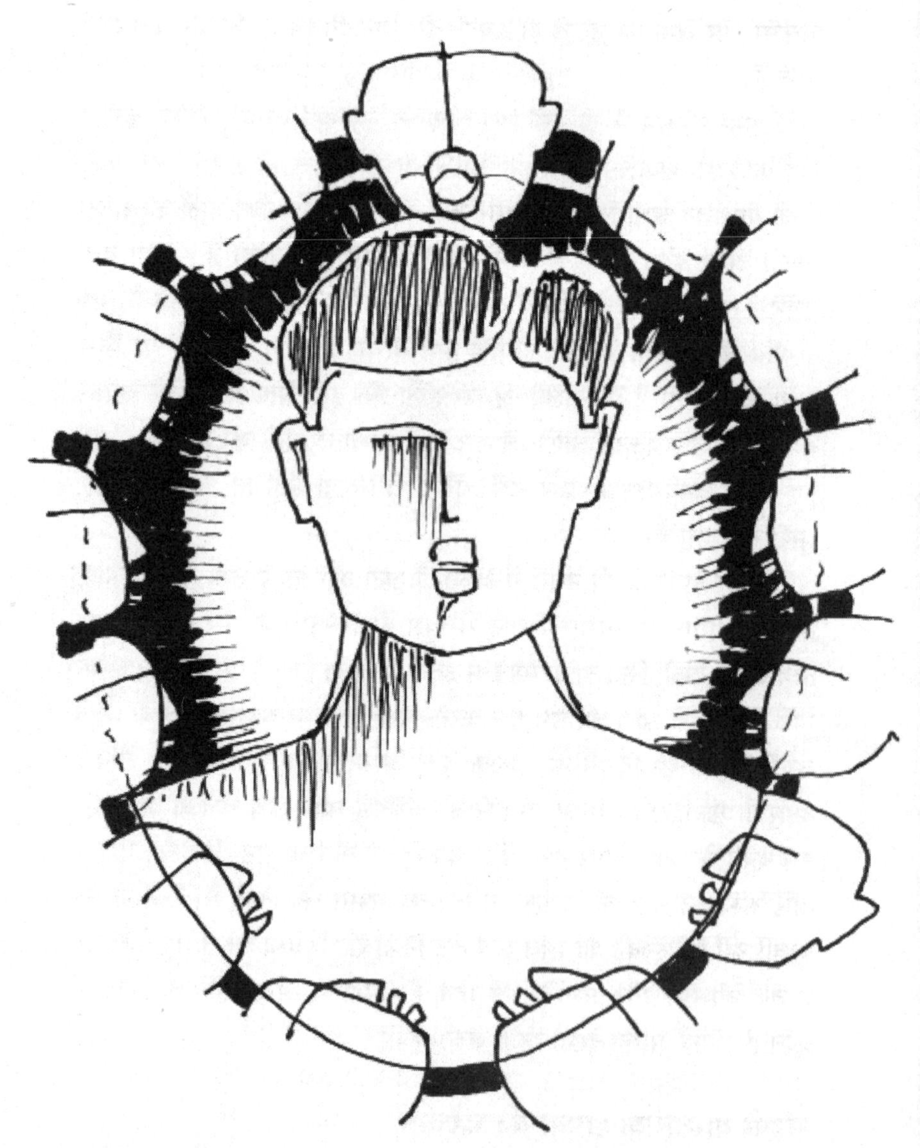

एक पुरानी कहानी है। एक नौजवान ने अपने पिता से कुछ धन लेकर एक दुकान खोली। लेकिन वह नहीं चली। फिर उसने कोई दूसरा धंधा शुरू किया, किंतु उसमें भी सफल नहीं हुआ। आखिरकार, उसने कहीं पर नौकरी करने की ठान ली। रोजगार की तलाश में भटकते रहने के बावजूद उसे कोई काम नहीं मिला। उसका पिता एक साधारण आदमी था। वह बेटे को समझाता रहता था कि तुम बहुत योग्य और बुद्धिमान हो, इसलिए कोई बड़ा सपना देखकर बड़ा काम करने की सोचो। लेकिन वह नौजवान हताश होकर दिहाड़ी मजदूरी करने लगा। पिता ने मरने से पहले बेटे को एक बड़ा सा पत्थर देकर कहा कि जरूरत पड़ने पर उसे बेचकर कुछ खरीदा जा सकता है। साथ में यह भी हिदायत दी कि उस पत्थर को कम-से-कम तीन अलग-अलग दुकानदारों को दिखाकर मोलभाव करे। बेटे ने सोचा कि भला यह पत्थर कौन खरीदेगा? उसकी पत्नी मसाला कूटने और चटनी पीसने जैसे कामों में उस पत्थर का इस्तेमाल करती रही।

एक दिन उस नौजवान ने सोचा कि क्यों न पत्थर को बेचकर थोड़ी-बहुत सब्जी भाजी खरीद ली जाए। वह उसे लेकर सब्जी वाले की दुकान पर गया। पहले तो दुकानदार ने मना कर दिया, परंतु बाद में कहा कि चलो पत्थर के बदले में उतने ही वजन की भाजी दे देता हूँ। तभी उस आदमी को पिता की बात याद आ गई। वह एक पंसारी की दुकान पर चला गया। पंसारी ने देखा कि पत्थर बहुत भारी और मजबूत है। उसने सोचा कि वह सूखे मेवे वगैरह तोड़ने के काम आ जाएगा। उसने बदले में कुछ पैसे देना मान लिया। पास में ही एक सुनार की दुकान थी। वह पत्थर लेकर उसे दिखाने चला गया। जौहरी ने पत्थर को बार-बार ढंग से परखा। आश्चर्य के मारे उसके होश उड़ गए। वह बोला, "मैंने अपने जीवन में इतना बड़ा और कीमती हीरा कभी नहीं देखा। इससे तो पूरा गाँव खरीदा जा सकता है। भला मैं इसकी क्या कीमत लगा सकता हूँ?"

नौजवान को अपने पिता की बात में छुपा हुआ संदेश समझ में आ गया। उसने फालतू पड़े पत्थर के साथ-साथ खुद की क्षमता को भी पहचान लिया। उसने शहर जाकर हीरे को भारी दामों में बेचा। उसने अपनी पूँजी को छुपाकर रखने या खुद पर खर्च कर देने के बजाय एक कोष बना दिया। गाँव की गरीब

जनता उस बैंक से धन उधार लेकर अपने रोजगार-धंधे चलाने लगी। ब्याज मिलने से वह आदमी और ज्यादा मालामाल हो गया। असल में वह आदमी गाँव में किसी की नौकरी या कोई छोटा-मोटा धंधा करने के लिए नहीं बना था। उसके भीतर तो एक सफल बैंकर छुपा बैठा था।

चलिए, मैं अपनी ही बात करता हूँ। अपने बचपन और किशोरावस्था में खुद को ढूँढ़ने की कोशिश और बाहरी असर के बीच चलने वाले अंतर्द्वंद्व की कई कहानियाँ हैं। पढ़ाई में अव्वल रहने से मेरे घर वाले मुझे सबसे प्रतिभाशाली मानकर खूब तारीफ करते थे। मैं भी अपने बारे में वैसा ही सोचता था। मेरे मन में यह बात बसी हुई थी कि मैं पढ़ाई में इतना होशियार हूँ कि परीक्षा में फर्स्ट ही आऊँगा। परंतु पहली बार ग्यारहवीं कक्षा के रिजल्ट से वह भ्रम टूटा, लेकिन तब तक काफी देर हो चुकी थी। मैं केवल सेकंड डिवीजन से पास हो सका था। हालाँकि गणित और विज्ञान में अच्छे नंबर आ जाने से आसानी से इंजीनियरिंग कॉलेज में दाखिला मिल गया था।

फिर एक दूसरे तरह के नशे ने आ घेरा। कॉलेज में जाते ही मेरी पहचान एक अच्छे वक्ता और छात्रनेता के रूप में बन गई थी। छात्रों की समस्याओं के लिए संघर्ष करने तथा उनका हल कर देने से मेरे समर्थकों और खुशामदियों की भीड़ लगी रहती थी। प्रोफेसरों और दूसरे अधिकारियों पर खूब रुतबा चलने लगा था। मैं उसका इस्तेमाल कर अपने दोस्तों को प्रैक्टिकल टेस्ट वगैरह में अच्छे नंबर दिलवा दिया करता था। आखिर नतीजा यह निकला कि मैं खुद कुछ विषयों में फेल होने लग गया। अपने मनमाफिक सामाजिक कार्यों, बड़े-बड़े मुद्दों पर दखलंदाजी करने और कॉलेज की नेतागीरी से मिलने वाली संतुष्टि मेरे लिए एक नशा जैसी हो गई थी।

उन दिनों की एक घटना है। किसी लड़की के छोटे भाइयों ने मुझसे शिकायत की कि कुछ लड़के उनकी बहन से छेड़खानी करते हैं, और उसे तरह-तरह से बदनाम करते हैं। उन्होंने बताया कि उसकी शादी होने वाली है, जिसमें बड़ी अड़चनें आ सकती हैं। उनके घर पहुँचने पर उस लड़की ने रोते हुए मुझे 'भैया' कहकर मदद की गुहार की। उससे मेरे भीतर करुणा के साथ-साथ अहंकार जाग उठा। शायद शहर की दूसरी लड़कियों को इंप्रेस करने की

दबी–छुपी भावना भी रही होगी। तब मेरी परीक्षाओं के दिन थे। लेकिन उन्हें भूलकर मैंने अपने कुछ दोस्तों की मदद से उस लड़की की शादी की तैयारियों से लगाकर बारात का स्वागत, भोज और विदाई तक की पूरी जिम्मेवारी निभाई। परीक्षा में जो होना था, सो हुआ। मैं फेल हो गया।

कुछ समय के बाद जैसे–तैसे पढ़ाई में मन लगाना शुरू किया, तभी देश में बड़ी भारी हलचल शुरू हो गई थी। उस समय की प्रधानमंत्री और सरकार के तानाशाही रवैए के खिलाफ छात्र आंदोलन भड़कने लगा था। भला मैं कहाँ पीछे रहने वाला था? फिर देश में आपातकाल लगा दिया गया था। मेरे कई साथी गिरफ्तार हो गए और मुझे कई दिनों तक छुपते–छुपाते रहना पड़ा था। उन हालातों का मुझ पर गहरा असर हुआ। इस तरह उसी तनावपूर्ण हालत में करीब दो साल बीत गए। यह तो स्पष्ट था कि मुझे इंजीनियर बनकर जीवन नहीं गुजारना। इसलिए मेरे मन में आया कि अपनी असली सफलता हासिल करने के लिए जल्दी से पढ़ाई पूरी कर लेना जरूरी है। आखिर मैंने बचपन की पढ़ाई के नतीजों और मुश्किल कामों की सफलताओं को याद करके अपना पुराना आत्मविश्वास पा लिया। इस तरह कुछ महीनों की मेहनत में ही कई सालों से रुके हुए सारे पेपर पास कर लिये।

इस तरह से फालतू पहचानों की पहली और दूसरी कहानियों से उबरकर तीसरी कहानी गढ़ना शुरू कर दिया। यानी खुद के भीतर की असलियत को पहचानने की मिली–जुली कहानी। बाहर के लोग हमारे बारे में जो भी अच्छा–बुरा कह रहे हों, जरूरी नहीं कि वह वास्तविकता हो। या फिर अपनी सफलता या असफलताओं के आधार पर हम अपने बारे में जो धारणा बना लें, वह सच्ची ही हो, यह भी जरूरी नहीं। जिस समय यह बात समझ में आए, तभी अपनी कमियों या कमजोरियों को पीछे धकेलकर भीतर की क्षमता और सामर्थ्य को निकालकर उनसे तीसरी कहानी गढ़ी जा सकती है।

मेरी अपनी इन तीनों कहानियों के बनने के दौरान अपनी डायरी में लिखा—

"आज तुम सब मुझसे घृणा करते हो, क्रोध करते हो और मूर्ख समझते हो या कहते हो, फिर भी मैं बिल्कुल सही कहता हूँ कि मुझे तुमसे कोई शिकायत नहीं। मैं मानता हूँ कि तुम दोषी नहीं, अपितु मेरे शुभचिंतक हो, जो मेरे लिए गुस्सा या घृणा करते हो। तात्पर्य यह नहीं कि मैं ही दोषी हूँ। जब कोई वस्तु आवश्यकता से अधिक निकट या दूर हो तो स्पष्ट दिखाई नहीं देती। हो सकता है, मेरा हृदय तुम्हारे बहुत निकट आ गया हो या बहुत दूर हो। जब कोई वस्तु बहुत छोटी या बहुत बड़ी हो तो स्पष्ट नहीं दीखती। हो सकता है, मेरा लक्ष्य तुम्हारी कल्पना से भी अधिक विशाल हो या बहुत लघु हो।"

(20 अक्तूबर, 1971 को लिखी गई डायरी के पन्ने से)

इसे सरल शब्दों में यों समझा जाए। कई लोग जो आपके बारे में ठीक से जानते तक नहीं, वे भी दूसरों की कही-सुनी बातों के आधार पर आप पर टीका-टिप्पणी करने में मजा लेते हैं। दूसरी तरफ नजदीकी लोग होते हैं, जो यह समझते हैं कि आपके बारे में सबसे ज्यादा वे ही जानते हैं। अगर आप उनमें से किसी की भी कही गई बातों से प्रभावित हो जाते हैं, तो अपनी पहचान ठीक से नहीं कर पाएँगे। इसलिए उनसे नाराजगी जताने या घृणा करने की बजाय अनदेखा करना ही बेहतर है। मुझे याद है कि अपनी किशोरावस्था में जब मैं देश-दुनिया को गुलामी और अशिक्षा के अँधेरे से मुक्त कराने जैसी बातें करता था तो मेरे ही परिवार के लोग मजाक उड़ाते थे। कई बार जब मैं यही बात अखबारों आदि मैं लिख देता तो वे पाठक, जो मुझे जानते भी नहीं, आलोचना किया करते थे।

जिस घर में मेरा जन्म हुआ और पूरा बचपन बीता, वह खपरैल का था। उसमें बरसात भर पानी टपकता रहता था। हमारे घर में बिजली और पानी का नल नहीं था। बचपन में मेरी पढ़ाई एक छोटे से सरकारी स्कूल में टाट-पट्टी पर बैठकर हुई थी। यह मेरे जीवन की असलियत है, जो मेरी पहचान का हिस्सा है। परंतु उसी

पहचान में से निकले रास्तों पर चलते हुए नई-नई मंजिलें और पहचानें मिलती रहीं। बचपन में मुश्किलों या सुविधाओं से भरा और अच्छा या बुरा कल किसी के बस में नहीं था। लेकिन उसी के आधार पर आज और आने वाले कल अपने मुताबिक ढालने की कोशिश की जा सकती है। अगर सपने, नजरिया और सोच बड़े बना लिए जाएँ, तो खुद को पहचानने का दायरा भी बड़ा हो सकता है। मैं एक सिपाही का बेटा हूँ, साथ ही उस परमपिता परमात्मा की संतान हूँ, जिसके सभी लोग हैं। मैं खपरैल की छत के नीचे जनमा, किंतु वास्तविकता यह भी है कि अनंत ब्रह्मांड के सबसे खूबसूरत स्वर्ग धरती पर पैदा हुआ हूँ, और अनगिनत प्राणियों के परिवार का एक सदस्य हूँ। जिस दिन मैंने धूल भरी टाट-पट्टी पर बैठकर अक्षरों और अंकों को पहचानना सीखा, उसी दिन से मेरे भीतर और बाहर रोशनी के अनगिनत दरवाजे खुलने शुरू हो गए थे। मुझे अपनी इस पहचान पर गर्व है।

महत्त्वपूर्ण बात यह है कि हम खुद अपनी पहचान कब और किस तरह से कर पाते हैं। हम सभी एक सरीखे अहसासों वाले जिंदा इंसान हैं, यही हमारी पहली और बुनियादी पहचान है। हर व्यक्ति इसी एक धरती पर चलता-फिरता है। इसी वायुमंडल से साँस लिए बगैर जी नहीं सकता। एक ही सूरज की रोशनी सभी को जिंदगी देती है। हम सबका सौरमंडल एक ही है और उसमें बहने वाली ऊर्जा की तरंगें सभी को जोड़े रखती हैं। हम सभी के शरीर जन्म लेते और नष्ट हो जाते हैं, लेकिन जीवन चलता रहता है। हम सभी सामाजिक प्राणी हैं। कोई कितना ही संपन्न, शक्तिशाली या विद्वान् क्यों न हो, लेकिन दूसरों के बगैर जीवित नहीं रह सकता। हम एक-दूसरे से अलग नहीं हैं।

□

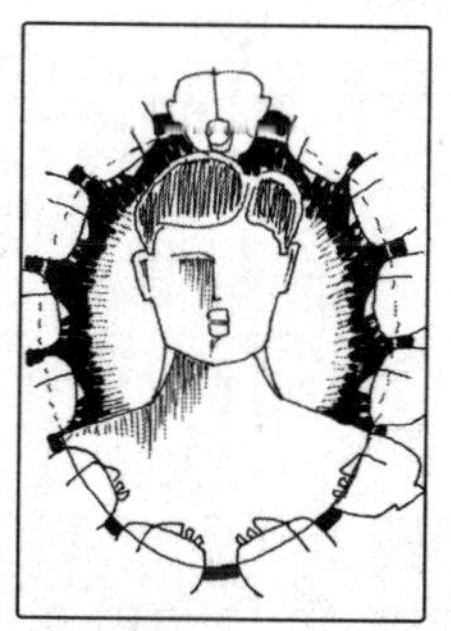

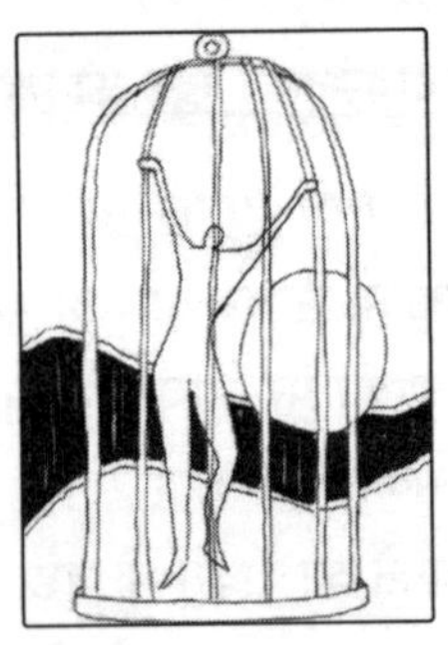

नकली पहचानों के पिंजरे

यह तो तय है कि खुद के बारे में ठीक ढंग से जानने के बड़े फायदे हैं। गुरु, उपदेशक, विद्वान् और मनोवैज्ञानिक यही समझाते आए हैं कि ऐसा कर पाना बहुत पेचीदा और मुश्किल लगता है। यह काम कठिन जरूर है, लेकिन इतना भी नहीं कि इसके लिए गुरुओं और कॉन्सिलरों के चक्कर लगाने पड़ें, या घर-बार और संसार का त्याग करके हिमालय पर जाकर तपस्या करनी पड़े। अगर हम अपनी फालतू पहचानों के पिंजरों से आजाद हो जाएँ, तो बाकी काम आसान हो जाता है। पिंजरे की सलाखें लोहे की हों या सोने की, पिंजरा तो पिंजरा ही होता है। ज्यादातर मामलों में ऐसे पिंजरे हमारे खुद के या दूसरों के द्वारा बनाई गए कहानियाँ होती हैं। अगर उन कहानियों को ठीक से पहचान लिया जाए, तो उनके सींखचों को तोड़ा जा सकता है।

ऐसी कहानियों से आजाद होकर खुद को पहचान सकने के उपाय के बारे में उपनिषद् में एक कथा है। किसी राजा ने जंगल में रहने वाले एक गुरु की बड़ी प्रशंसा सुनी थी। उसने फैसला किया कि राजकुमार को उन्हीं के पास रहकर शिक्षा हासिल करने के लिए भेजा जाए। राजकुमार अपने पर में सवार होकर सेवकों, अंगरक्षकों आदि के साथ उस गुरु की कुटिया तक पहुँचा। उसने दरवाजा खटखटाया। भीतर से आवाज आई, "तुम कौन हो?" नौजवान ने जवाब दिया, "दरवाजा खोलिए। क्या आप नहीं जानते कि मैं कौन हूँ? मैं इस देश का राजकुमार हूँ।" लेकिन बड़ी देर तक दरवाजा नहीं खुला। न ही भीतर कोई हलचल सुनाई दी। गुस्से में तमतमाया हुआ राजकुमार वापस घर लौट गया। उसने पिता से सिफारिश की कि राज्य का अपमान करने के लिए ऐसे

घमंडी आदमी को मृत्युदंड दे दिया जाए, परंतु राजा ने उसे डाँटकर फिर से उसी गुरु के पास भेज दिया।

इस बार राजकुमार ने रास्ते में अपना रथ, हाथी, घोड़े और सभी कर्मचारी वापस भेज दिए। वह अकेला गुरु की कुटिया तक जा पहुँचा। दरवाजा खटखटाने पर फिर से पूछा गया, "तुम कौन हो?" उसने बड़े अदब से अपना नाम बताया। तब भी गुरु ने दरवाजा नहीं खोला। झल्लाया हुआ राजकुमार दुबारा वापस लौट गया। राजा ने उसे समझा-बुझाकर तीसरी बार गुरु के पास भेजा। राजकुमार सोचता रहा कि यदि उसके पिता ने इतना जोर देकर भेजा है, तो उस गुरु में कोई-न-कोई बात जरूर होगी। उसने जंगल जाकर गुरु की कुटिया का दरवाजा खटखटाया। थोड़ी देर बाद भीतर से वही सवाल पूछा गया, "तुम कौन हो?" तब राजकुमार ने जवाब दिया, "मैं नहीं जानता कि मैं कौन हूँ। इसी प्रश्न का उत्तर खोजने आपके पास आया हूँ।" गुरु ने झट से दरवाजा खोल दिया।

राजकुमार ने वहीं रहकर शिक्षा-दीक्षा पूरी की। लौटते वक्त गुरु ने उससे कहा, 'तत्त्वमसि', यानी कि तुम वही हो जो मैं हूँ, जो वह है और जो सब हैं। शिष्य सिर झुकाकर बोला, 'सोऽहम्' अर्थात् सचमुच मैं वही हूँ। इसका व्यावहारिक अर्थ हुआ कि हम सब एक हैं, इसलिए जीवन में जो भी काम किया जाए, वह हर तरह के भेदभाव के बिना सभी की भलाई के लिए हो। भला देश के होने वाले राजा के लिए उससे बड़ी शिक्षा और क्या हो सकती थी?

सोचिए कि अगर वह गुरु पहली बार में ही राजकुमार के लिए दरवाजे खोल देता, तो क्या वह कभी वैसा ही बन पाता? या वही सबकुछ सीख पाता? शायद नहीं। क्योंकि वह अपने दिमाग में राजपरिवार की पहचान का पिंजरा बनाकर उसी में कैद हुआ बैठा था। वह उससे कभी आजाद नहीं हो सकता था। स्वयं को पहचानने का रास्ता कहने को तो रास्ता है, लेकिन असलियत में एक ऐसा बीहड़ है, जिसमें से हर किसी को अपना रास्ता खुद बनाना होता है। उस पर चलते हुए दिल और दिमाग में पहले से लादा गया प्रत्येक बोझ उतारकर फेंकते हुए चलना पड़ता है। महत्त्वपूर्ण बात यह है कि उन्हें छोड़कर आगे बढ़ते रहने की कोशिश में बढ़ने वाले हर कदम के साथ आत्मिक शक्तियों का अनमोल खजाना खुलता जाता है।

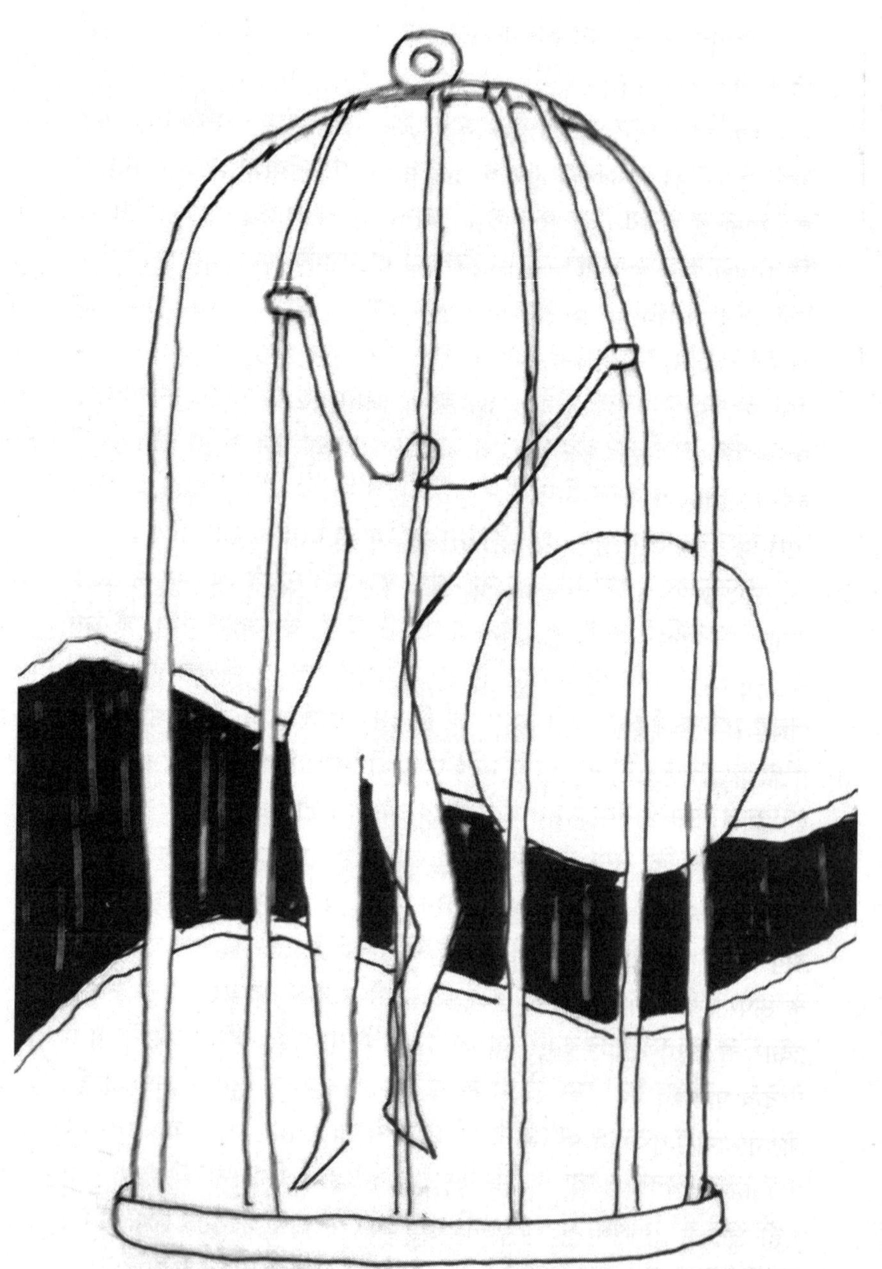

किसी भी रूप में मौजूद हर चीज की कोई-न-कोई पहचान जरूर होती है। मनुष्यों की तो कई-कई पहचानें हैं, जिनमें से कुछ निजी और कुछ सामूहिक होती हैं। किसी का नाम, उम्र, शक्ल, रंग, लंबाई, शरीर की बनावट आदि उसकी निजी पहचानें होती हैं। कई निजी पहचानें जन्म के साथ ही जुड़ी हुई आती हैं, जैसे—माता-पिता, खानदान, जन्मस्थान आदि। कहाँ, कब और किन माता-पिता के यहाँ जन्म लेना है, यह किसी के बस की बात नहीं होती। स्त्री या पुरुष होना या शरीर का रंग और बनावट भी हमारे हाथ में नहीं होते। पहचानों की ऐसी कहानियाँ स्थाई होती हैं, जिन्हें बदला नहीं जा सकता। परंतु जब यही कहानियाँ किसी के घमंड या हीनता की वजह बन जाएँ तो दिमाग की क्षमता को विकसित होने से रोकती हैं। ऐसी भावनाएँ आगे बढ़ने में बाधक होने के साथ-साथ मनुष्य का व्यक्तित्व तक तहस-नहस कर देती हैं। इसके अलावा दूसरों के साथ खुले व्यवहार और रिश्तों में भी रुकावट डालती हैं। लेकिन इनसे भी ज्यादा खतरनाक यह होता है कि इन कहानियों से जुड़ी सोच, समाज में भेदभाव, ऊँच-नीच और असमानता को बढ़ावा देते हैं।

दूसरी तरह की निजी पहचानें खुद की मेहनत से कमाई हुई होती हैं। जैसे—धन-दौलत, पढ़ाई-लिखाई, इज्जत, पुरस्कार और उपलब्धियाँ, पद-पदवियों की ताकत आदि। काम-धंधों को भी इसी श्रेणी में शामिल कर सकते हैं। उनमें हमेशा बदलाव की गुंजाइश और जरूरत बनी रहती है। इनसे उपजी सुपीरियरिटी या इनफीरियरिटी की भावनाएँ बड़ी नुकसानदेह होती हैं। ऐसी कहानियाँ जब तक बाहर रहकर हमारे साथ-साथ चलती रहें, तब तक तो ठीक है, लेकिन जब दिमाग के अंदर घुस जाती हैं, तो परतों की तरह एक के ऊपर एक जमने लगती हैं। वे परतें हमारी आँखों के भीतर और बाहर कई प्रकार के चश्मे चढ़ा देती हैं। जिनकी वजह से न तो हम खुद को ठीक ढंग से देख पाते हैं और न ही दूसरों को। इसलिए दूसरों से वह भी नहीं ले पाते, जो आसानी से मिल सकता है।

अब तीसरी तरह की पहचानों की बात करें, जो न तो कुदरती होती हैं और न ही खुद के द्वारा बनाई हुई। वे सामूहिक होती हैं। उनकी बुनियाद इतिहास, आस्था और भावुकता के साथ-साथ गौरव और सुरक्षा के झूठे अहसास पर

टिकी रहती है। इसलिए वे ही सबसे ताकतवर होती हैं। वे पहचानें धर्म-मजहब, जात-बिरादरी, भाषा, राष्ट्रीयता और देश की सीमाओं की होती हैं। राजनीतिक पार्टियों और विचारधाराओं को भी इसी में शामिल किया जा सकता है। अपने आप पर भरोसा न कर पाने वाले या दूसरों से डरे हुए लोग खुद से भी भागने की कोशिश करते हैं। वे अपने भीतर या बाहर की असलियत का सामना करने या सवाल उठाने की बजाय उससे पलायन करने लगते हैं। ऐसे लोग अपनी सुरक्षा के लिए किसी मजबूत पिंजरे में कैद हो जाना बेहतर समझते हैं। उनके लिए भला मुसलमान, हिंदू, ईसाई, पारसी, यहूदी, अमेरिकी, अफ्रीकी, यूरोपी, ब्राह्मण, राजपूत या दलित और स्त्री या पुरुष जैसी किसी पहचान से बड़ा और आसान पिंजरा दूसरा क्या हो सकता है? अलग-अलग समूहों या समुदायों के ठेकेदारों के लिए ऐसे पिंजरों में साधारण लोगों को कैद करके रखना बहुत फायदेमंद होता है। इसलिए वे उन्हें सुहावना, लुभावना और मजबूत बनाए रखने में कोई कसर नहीं छोड़ते।

अलग-अलग स्थानों पर और अलग-अलग वक्त में उस समय के लोगों ने अपनी समझ, सुरक्षा, फायदों और जरूरतों के हिसाब से ऐसी ढेरों कहानियाँ रची होंगी। वे धीरे-धीरे मनुष्य की पहचानों में बदल गईं। शायद उन लोगों के लिए तब वही उचित और उपयोगी लगा होगा। लेकिन हैं तो वे सब कहानियाँ ही। उन कहानियों से कुछ सबक जरूर सीखे जा सकते हैं, लेकिन उनमें कैद होकर नहीं रहा जा सकता।

ऐसी पहचानें अकसर हमें बाहर के साथ भीतर से कैद भी कर लेती हैं। सबसे ज्यादा मुश्किल यह है कि वे पिंजरे दिमाग के भीतर बन जाते हैं, जो दिखाई नहीं देते। वे इतने असली लगते हैं कि हम उन्हीं को अपनी असलियत मान बैठते हैं। खुद को जानने की कोशिश भी उन्हीं में फँसे रहकर करते हैं। पिंजरों के भीतर जन्म लेने और पलने-पुसने वाले पक्षी अपने पंखों की क्षमता को कभी नहीं पहचान पाते। पीढ़ी-दर-पीढ़ी उन्हीं में जिंदगी गुजारने वाले न तो आजादी का अहसास कर सकते हैं, और न ही अनंत आसमान में उड़ पाने का मजा ले सकते हैं। इसके अलावा अपने-अपने पिंजरों को स्वर्ग मानते रहते हैं। एक-दूसरे से अलग बने रहने में ही भलाई समझते हैं। यहाँ तक कि

आपस में ईर्ष्या, द्वेष, वैमनस्य और नफरत बनाए रखते हैं।

हाल में ही कोविड-19 की महामारी के दौरान कई प्रेरणास्पद कहानियाँ देखने-सुनने को मिली हैं। एक मोहल्ले में हिंदुओं के ज्यादातर परिवार रहते थे। वहीं पर कुछ वर्ष पहले कोई व्यक्ति अपने बड़े से मकान की एक मंजिल किराए पर उठाना चाहता था। एक नौजवान विज्ञापन पढ़कर उसके पास पहुँचा। परंतु उस आदमी ने यह जानकर कि वह एक मुसलमान है, उसे किराए पर मकान नहीं दिया। संयोग से उसे पड़ोस में ही कोई घर किराए पर मिल गया। दुर्भाग्यवश, उन वृद्ध पति-पत्नी को कोरोना हो गया, जिन्होंने अपना मकान देने से मना कर दिया था। मोहल्ले के कई नौजवान मजहब और जात-पाँत का भेदभाव भूलकर कोरोना पीड़ितों की मदद में जुट गए। उनमें वह नौजवान भी था। उन बूढ़े दंपती की हालत बिगड़ती गई। उनके अपने बच्चे और रिश्तेदार भी संक्रमण के डर के मारे उन्हें देखने तक नहीं पहुँचे।

आखिर वही नौजवान काम आया। उसने न केवल उस बूढ़ी महिला को अस्पताल पहुँचाकर भाग-दौड़ करके किसी तरह ऑक्सीजन का इंतजाम किया, बल्कि अपना प्लाज्मा भी दिया। वह तो बच गईं, लेकिन उनके पति की मौत हो गई। अस्पताल वाले उनके शव को लपेटकर श्मशान घाट छोड़ आए। घर का कोई भी सदस्य न तो अस्पताल पहुँचा, न श्मशान। तब उस मुसलमान नौजवान ने हिंदू रीति-रिवाज से दाह-संस्कार किया। इसी तरह की घटनाएँ कई शहरों में हुईं, जहाँ हिंदू या सिख पड़ोसियों ने कोरोना में मरे अनजान मुसलमानों को कब्रिस्तान ले जाकर दफनाया। ऐसी घटनाओं से पता लगता है कि इंसानियत की गरमी से ऐसे पिंजरों की सलाखें पिघल सकती हैं। लेकिन क्या इसके लिए महामारियों, त्रासदियों और युद्धों आदि का इंतजार करने की जरूरत है?

यहाँ यह बात समझना जरूरी है कि ईश्वर की सच्ची उपासना व प्रार्थना, देशभक्ति और परोपकार के काम कभी कोई पिंजरा नहीं बनाते, बल्कि वे तो सभी से भले ही न सही, फिर भी बहुत सारे पिंजरों से आजाद होने में मददगार होते हैं। लेकिन क्या मजहब, जाति, देश इत्यादि से जुड़ी पहचानों को चट्टान खोदकर लिखी गई इबारत की तरह अमिट मान लेना उचित है?

मैंने 30 मई, 1971 को लिखी गई डायरी के पन्ने पर लिखा था—

"यदि मैं तुमसे पूछूँ कि तुम कौन हो? तो तुम शायद यही कहोगे कि मैं विद्यार्थी हूँ, शिक्षक हूँ, दुकानदार हूँ या जो (कुछ) होगे, वह कहोगे। यदि मैं फिर पूछूँ कि तुम कौन हो? तो शायद तुम कहोगे कि मैं ब्राह्मण हूँ, कायस्थ हूँ, मैं ठाकुर हूँ, या जो भी होगे। मैं पुनः यही प्रश्न दोहराऊँ तो तुम शायद कहोगे, मैं अमुक का पुत्र हूँ, अमुक का भाई हूँ, अमुक का पिता हूँ, मामा या चाचा हूँ।

"अब मैं दूसरा प्रश्न पूछूँ कि जो कुछ 'कार्य' तुम करते हो, वह किसके लिए? तो शायद यही उत्तर दोगे—विद्यार्थी होंगे तो सर्विस की बात या धंधे की बात कहोगे। और काम-धंधा करते होगे तो कहोगे कि खुद के लिए, बीवी-बच्चों के लिए अथवा परिवार के लिए करता हूँ।

"यदि तुम मुझसे पहला प्रश्न पूछो कि मैं कौन हूँ, तो मैं दृढ़ता से कहूँगा कि मैं उसी भारत माता की संतान हूँ, जिसकी तुम हो। यदि तुम दुबारा पूछोगे, तो कहूँगा, मैं उसी परमात्मा का बेटा हूँ, जिसके तुम हो।...हम जैसे कुछ लोगों और तुममें यही छोटा सा अंतर है।..तुम व्यक्तिगत (पहचान के) धरातल पर खड़े होकर सोचते हो, और हम ...धरती पर खड़े रहकर मानसिक रूप से भी (संपूर्ण) धरती के (के लिए) ही सोचते हैं।"

सन् 1987 की बात है। मैं पहली बार पाकिस्तान गया था। वहाँ ऐसे कई बच्चों और उनके माता-पिता से मिला, जो ईंट के भट्ठों पर गुलाम बनाकर रखे गए थे। उनके उत्पीड़न की कहानियाँ भी एकदम वैसी ही थीं, जैसी भारत के उन बच्चों की, जिन्हें आजाद कराने के लिए हम कई सालों से संघर्ष कर रहे थे। मैंने अपने एक साथी एहसान उल्लाह खान की मदद से लाहौर के पास भट्ठा मजदूरों की एक सभा की। वहाँ उनसे अपील की कि वे एकजुट होकर अपनी आजादी के लिए आंदोलन करें। उस देश की सरकार से भी माँग की

कि वे बँधुआ मजदूरी और बाल मजदूरी के खिलाफ कानून बनाए। मुझे याद भी नहीं रहा था कि मैं पाकिस्तान में हूँ, जिसके भारत के साथ अच्छे संबंध नहीं हैं, क्योंकि मेरे लिए तो जैसे भारत के बच्चे थे, वैसे ही पाकिस्तान के भी थे। वहाँ की हुकूमत बहुत नाराज हुई, लेकिन गनीमत थी कि कुछ कारणों से मुझे गिरफ्तार नहीं किया गया। उस देश में किसी गैर-मुसलमान और हिंदुस्तानी ने पहली बार इस तरह का काम किया था।

मैं वहाँ से लौटकर भी रुका नहीं। पाकिस्तान में बाल मजदूरी के खिलाफ आंदोलन चलाने और कानून बनवाने के लिए कोशिशें शुरू कर दी थीं। वही काम भारत, नेपाल और बांग्लादेश के बच्चों के लिए भी कर रहा था। मजेदार बात तो यह थी कि जब मैं भारतीय कालीन उद्योग में बच्चों की गुलामी के खिलाफ लड़ रहा था, तब यहाँ के कई उद्योगपति, नेता और मीडिया प्रमुख मुझे पाकिस्तान का दलाल बताते थे। परंतु जब पाकिस्तान के बच्चों के साथ हो रहे जुल्मों के बारे में संयुक्त राष्ट्र संघ में आवाज उठाई, तब पाकिस्तानी राजदूत ने मेरा पुरजोर विरोध करते हुए कहा कि यह आदमी भारतीय खुफिया एजेंसी का एजेंट है। ऐसी बातों से मेरे काम में रुकावटें जरूर आती रही थीं, किंतु मुझे लगता था कि मुझपर ऐसे आरोप लगाने वाले लोग अपने पिंजरों की सलाखें कमजोर होने से डरकर ऐसा कर रहे हैं।

मेरी जिंदगी का मुख्य मकसद दुनिया के सभी बच्चों का बचपन बचाना रहा है। उसके लिए एक बाल-मित्र और करुणामय दुनिया बनाना जरूरी है। अगर मैं अपने मन में राष्ट्रीयता और मजहब वगैरह के पिंजरे बना लूँ तो उसे कभी पूरा नहीं कर सकूँगा। इसीलिए मेरा दिल धरती पर या समाज में खींची गई किसी लकीर या उठाई गई दीवार में भरोसा नहीं करता। शायद इसी सोच के चलते ऐसी कई सफल पहलें संभव हो सकीं, जिन पर कोई आसानी से भरोसा नहीं करता था। बदतर बाल मजदूरी के खिलाफ अंतरराष्ट्रीय कानून के लिए बालश्रम विरोधी विश्व यात्रा की और 'ग्लोबल मार्च अगेंस्ट चाइल्ड लेबर' नाम से अंतरराष्ट्रीय गठबंधन बनाया। उसी तरह हर बच्चे के लिए शिक्षा दिलाने के मुद्दे को दुनिया के राजनीतिक और आर्थिक एजेंडे में शामिल करने के लिए 'ग्लोबल कैंपेन फॉर एजुकेशन' जैसा महागठबंधन बनाया। किसी

भी सामान के उत्पादन में होने वाली बच्चों की गुलामी को रोकने के लिए दुनिया भर में उपभोक्ताओं और उद्योगों को जागरूक करना, उनकी नैतिक जवाबदेही तय कराना और 'गुडवीव' जैसी लेबलिंग व्यवस्था ईजाद करना आदि के पीछे वही मंशा रही है।

हमारा व्यवसाय एक बाहरी पहचान होती है। लेकिन किसी पेशे में रहते-रहते संतोष और सुविधा के आरामगाह (कंफर्ट जोन) बन जाते हैं, जिनसे बाहर निकलना मुश्किल होता है। वे हमारे दिमाग में बनने वाले एक प्रकार के पिंजरे ही हैं। पिज्जा डिलीवरी करने वाले एक नौजवान की कहानी है। वह बहुत ईमानदार, मेहनती, समय का पाबंद और विनम्र था। उसके व्यवहार और स्वभाव के कारण पिज्जा मँगाने वाले ग्राहक उसे बहुत पसंद करते थे। उनमें एक बड़ी अमीर लड़की भी थी। धीरे-धीरे दोनों में प्यार हो गया और बात शादी तक जा पहुँची।

बातचीत को आगे बढ़ाने के लिए लड़की ने उस नौजवान को अपने घर चाय पर बुलाया। वहाँ युवती के पिता ने उससे पूछा, "अगर तुम्हारे लिए कुछ पैसों का इंतजाम कर दिया जाए, तो तुम क्या करोगे?" वह खुश होकर तपाक से बोला, "अपनी पुरानी फटीचर मोटरसाइकिल बदलकर तेज चलने वाली नई मोटरसाइकिल खरीद लूँगा।" वह आदमी मुस्करा दिया और लड़के से पूछा, "अगर तुम्हारे पास इससे भी ज्यादा धन हो तो क्या करोगे?" उसने उत्तर दिया, "मैं किसी पिज्जा कंपनी की फ्रेंचाइजी लेकर एक दुकान खोल लूँगा।" इस पर युवती के पिता ने हँसते हुए फिर से पूछा, "और भी खूब सारे पैसे हुए तब?" नौजवान सोच में पड़ गया। फिर बोला, "तब तो मैं खुद का पिज्जा रेस्तराँ खोलूँगा।" पिज्जा ने उस नौजवान के दिमाग को इतना जकड़ लिया था कि वही उसकी दुनिया बनकर रह गई थी। इसलिए सुविधा और संतोष के आरामगाह से बाहर निकलकर ही बड़े सपने देखे और पूरे किए जा सकते हैं।

बचपन की सामान्य घटनाएँ तक खुद की पहचान बनाने में असर डालती हैं। एक बार मुझे अपने पिताजी के साथ उस गाँव में रहने का मौका मिला, जहाँ वे पुलिस चौकी के इनचार्ज हुआ करते थे। तब तक वे सिपाही के पद

से तरक्की पाकर हेड कांस्टेबल बन चुके थे। मैं काफी छोटा था। फिर भी अच्छी तरह से याद है कि उनके साथ काम करने वाले सिपाहियों और गाँव के लोगों ने मेरे और मेरे बड़े भाई के साथ राजकुमारों जैसा व्यवहार किया था। हमारी खूब खातिर हुई थी। हमें एक छोटी बैलगाड़ी में बैठाकर गाँव भर में घुमाया गया था, जिसमें गद्दे और नई रंग-बिरंगी चादर बिछी थी। उसमें जुते बैलों को भी खूब सजाया गया था। मुझे लगा था कि मैं बहुत खास हूँ।

लगभग साल भर के भीतर ही एक और घटना घटी। मैं अपने माता-पिता के साथ अपनी ननिहाल से लौट रहा था। हम आधी रात को स्टेशन पर रेल का इंतजार कर रहे थे। प्लेटफार्म पर बहुत भीड़-भाड़ थी। इसलिए ट्रेन के रुकते ही पिताजी हमें लेकर सामने के कोच में घुस गए। वह डिब्बा ऊँचे दर्जे का था। हम वहाँ फर्श पर नीचे बैठ गए। उन्होंने कहा कि अगले स्टेशन पर किसी साधारण डिब्बे में चले जाएँगे। ट्रेन चलने के बाद दो आदमी हमारे पास आए। उन्होंने बड़े अपमानजनक तरीके से हमसे बाहर निकल जाने को बोला। मेरे माता-पिता की प्रार्थना के बावजूद वे लोग नहीं माने। आखिर अगले स्टेशन तक हमें अपना सामान कंधों पर उठाए हुए खड़े-खड़े जाना पड़ा था। बाहरी दुनिया की कठोरता के बीच खुद को खोजने में मुझ पर उस रात का बहुत गहरा असर पड़ा था। इस तरह की घटनाओं ने मुझे यह सोचने और सीखने का मौका दिया कि मैं आखिर कौन हूँ?

हममें से ज्यादातर लोगों की पहली पहचान अपने नाम से शुरू होती है। यह नाम माता-पिता, दादा-दादी, नाना-नानी या फिर परिवार अथवा समाज का कोई और प्रतिष्ठित व्यक्ति देता है। ज्यादातर शिशु चार-छह महीने की उम्र के बीच अपना नाम पहचानने लगते हैं, और साल भर के होते ही 'मैं', 'मेरा', 'मुझे' जैसे शब्द बोलना शुरू कर देते हैं। फिर डेढ़ साल का होते-होते खुद से जुड़ी इस पहचान के साथ भावनाएँ भी प्रकट करने लगते हैं। हिंदुओं में अधिकांश उपनाम जातिसूचक होते हैं। मैंने अपनी 15 साल की उम्र में महसूस किया कि जात-पाँत ही समाज में भेदभाव, ऊँच-नीच, और छुआछूत के लिए सबसे ज्यादा जिम्मेदार है।

आखिर मैंने अपना उपनाम 'शर्मा' से बदलकर 'सत्यार्थी' रख लिया

था, जिसका अर्थ होता है—सत्य को जानने की कोशिश करने वाला। शर्मा ब्राह्मण होते हैं, जो सबसे ऊँचा वर्ण माना जाता है। उपनाम बदलते ही जाति और परिवार से जुड़ी कई पहचानें बदल गई थीं। न तो ऊँची जात वाले अपना मानते थे और न मुझे अछूत जात का माना जाता था। एक तरह से अच्छा ही हुआ। खाली स्लेट पर नई इबारत लिखना आसान हो जाता है। इससे मेरे भीतर खुद को खोजते रहने की ललक, नया करने के लिए जोखिम उठाने की हिम्मत और आत्मविश्वास बढ़ने लगा था। उसके अलावा जिन चीजों को अच्छा और उचित समझता था, वैसा करने और बनने का संकल्प भी गाढ़ा हो गया था। इस तरह से मैंने अब अपने पिंजरे की कुछ सलाखें तोड़ीं तो बाकी सलाखें तोड़ने का हौसला और ताकत बढ़ती चली गई।

बड़े सपने देखने वालों को थोड़ी और गहराई में जाकर खुद को ढूँढ़ते रहने की जरूरत होती है। मेरे बचपन की बात है। पिताजी बीड़ी पीते थे। वे बीड़ियाँ सुलगाने के लिए लोहे के एक टुकड़े को सफेद से पत्थर पर जोर से रगड़ते थे। उसमें से आग की कुछ चिनगारियाँ निकलती थीं। फिर वे कच्चे सूत से बुनी गई एक पतली सी रस्सी को उन चिनगारियों के पास ले जाते थे। वह रस्सी तुरंत सुलग जाती थी, जिससे वे बीड़ी जला लेते थे। वह देख-देखकर मेरे मन में बहुत कौतूहल रहता था। वे बीड़ी पीते या सुलगाते वक्त हमें दूर रखते थे। एक बार मैंने उनसे पूछा कि आखिर यह आग कहाँ से निकलती है? उन्होंने बताया था कि सभी चीजों के अंदर आग छुपी होती है, जो दिखती नहीं। कोशिश करने पर उसे बाहर लाया जा सकता है। वही आग दूसरी वस्तुओं के संपर्क में लाने से उनके भीतर छुपी आग को भी बाहर निकाल सकती है। मैं सोचने लगा था कि हम सबके भीतर भी कोई-न-कोई अमूल्य चीज छुपी हुई है, जो दिखती नहीं है, पर कोशिश करने पर बाहर लाई जा सकती है।

मैंने एक जनवरी, 1971 को अपनी डायरी में लिखा था—

"मैं सिर्फ अपना साकार सत्य नहीं, निराकार अस्तित्व भी हूँ।
यदि मैं, तुम नहीं, मैं वह नहीं, तो मैं, मैं भी नहीं।"

परिवार-समाज में अलग-अलग तरह की भूमिका से लोगों की पहचान होती है। ऐसी पहचानें स्थाई नहीं होतीं। अकसर एक ही व्यक्ति कई भूमिकाएँ निभाता है। कोई आदमी बेटे के लिए बाप और बाप के लिए बेटा होता है। एक ही महिला किसी की बहन, किसी की माँ, किसी की पत्नी और किसी और की बेटी हो सकती है। सुबह-शाम मंदिर में पूजा आरती करने वाला पुजारी दिन भर पुलिस ऑफिसर, या पाँचों वक्त की नमाज पढ़ने वाला आदमी वैज्ञानिक या डॉक्टर हो सकता है। ये सभी रोल और जिम्मेवारियाँ अलग-अलग हैं, लेकिन जो उन सभी के भीतर बसा शख्स होता है, वह किसी एक पहचान के पिंजरे में कैद होकर नहीं रह सकता। वह अपनी खुद की एक पहचान बनाए रखता है।

इस बात को किसी नाटक के जरिए समझना आसान रहेगा। हर नाटक में मोटे तौर पर तीन तरह की प्रमुख भूमिकाएँ होती हैं। सबसे पहले उस नाटक की पटकथा लिखने वाला कोई लेखक होता है। दूसरी भूमिका निर्देशक की है। और तीसरी भूमिका उन कलाकारों की होती है, जो नाटक के पात्र बनते हैं।

दर्शक मंच पर चल रहा नाटक देखते हैं। उन्हें उतनी देर के लिए अभिनय करने वाला कोई कलाकार हीरो, कोई विलेन, कोई दुखियारी विधवा, कोई डॉक्टर तो कोई मसखरा ही दिखता है। वे शायद ही उस कहानी के लेखक, निर्देशक या किसी कलाकार की असलियत के बारे में कुछ जानते हों। इसकी जरूरत भी नहीं है। लेकिन फिर भी अधिकांश दर्शक उस कलाकार को जिस रोल में देखते हैं, उसके बारे में अपने मन में वैसी ही छवि बना लेते हैं। सिनेमा के बारे में तो यह बात और भी ज्यादा लागू होती है। लेकिन रोल करने वाला एक्टर भी यही मानने लगे तो बड़ी मुश्किल हो जाएगी। जरा सोचिए कि डॉक्टर

की बेहतरीन भूमिका निभाने वाला कोई एक्टर अपने घर में डॉक्टरी झाड़ने लगे और पत्नी-बच्चों को इंजेक्शन या दवाइयाँ देने लगे, तब क्या होगा? या फिर किसी नाटक में विधवा का रोल करने वाली अदाकारा घर में भी हर रोज माँग का सिंदूर पोंछकर, चूड़ियाँ तोड़कर, सफेद साड़ी पहनकर रोने-चीखने बैठ जाए, तब परिवार कैसे चलेगा? अथवा जेलर की एक्टिंग करने वाला अपने परिवार वालों को कमरों बंद करके मजबूत ताले ठोक दे, तो क्या हो?

ऐसा नहीं होता, क्योंकि हमारे मन में अपनी एक पहचान होती है। इसका मायने यह है कि कोई चाहे तो अपनी बाहर की पहचान से आजाद रह सकता है। यानी कि वह किसी बाहरी पहचान के पिंजरे से छुटकारा पा सकता है। कोशिश करने पर अपने भीतर की असीमित क्षमताओं, संभावनाओं और ताकत को पहचान सकता है। जो लोग दूसरों के द्वारा बनाई गई परंपरागत भूमिकाओं से और खुद के द्वारा बनाए कंफर्ट जोन से बाहर निकलकर अपनी क्षमताओं को पहचान लेते हैं, वे किसी लिखी-लिखाई कहानी के पात्र बनकर नहीं रहते। वे अपनी कहानी में बात-बात पर दूसरों की शिकायत करते रहने वाले, हमेशा दूसरों पर दोष मढ़ने वाले या फिर औरों के आगे रोने-गिड़गिड़ाने वाले पीड़ित के किरदार में नहीं होते, और न ही दूसरों का हक छीनने वाले खलनायक बनते हैं। वे अपनी आत्मकथा खुद रचते हैं। और उसके नायक खुद होते हैं। ऐसे लोगों की कहानियाँ पीढ़ियों के लिए प्रेरणाए बन जाती हैं।

वे किसी नाटक के दर्शक बनकर जिंदगी नहीं गुजारते, बल्कि उनकी सोच, संकल्प और मेहनत से नए प्रकार के नाट्यशास्त्रों की रचनाएँ होती हैं। वे इतिहास पढ़ने या लिखने वाले नहीं, बल्कि इतिहास बनाने वाले होते हैं। □

कहानियों से बाहर की कहानी बनें

मेरे एक मित्र हैं। काफी पढ़े-लिखे हैं। जब कोरोना का पहला दौर शुरू हुआ तो कई महीनों तक वे यह मानने के लिए तैयार नहीं थे कि वह कोई गंभीर महामारी है। इसलिए 6 फुट की दूरी और नाक-मुँह पर मास्क लगाने जैसी चीजों में उनका भरोसा नहीं था। वे आज तक वैसा ही सोचते हैं। उनका यह भी मानना है कि कोविड-19 से हुई मौतों की खबरें देसी-विदेशी मीडिया द्वारा भारत को बदनाम करने की साजिश है। वे बहुत गहराई से मानते हैं कि विश्व स्वास्थ्य संगठन की नसीहतें सिर्फ अफवाहें हैं, क्योंकि वह उस चीन का पिट्ठू है, जिसने जानबूझकर यह वायरस फैलाया है। उन मित्र को गोमूत्र और गाय के गोबर में पूरा भरोसा था, इसलिए वे शुरू में कई महीनों तक वैक्सीन लगवाने को तैयार नहीं थे। वे सोचते थे कि वैक्सीन का व्यापार एक विदेशी षड्यंत्र है। वे बड़ी मुश्किल से तभी राजी हुए, जब उनके कुछ नजदीकी लोगों की कोरोना से मृत्यु हो गई।

वे अभी पूरी तरह स्वस्थ हैं। उनका मानना है कि भारत की लोकतांत्रिक व्यवस्था में चीन जैसे देश से मुकाबला करना और उसे सबक सिखाना असंभव है। हमारे देश की जनता अभी लोकतंत्र के लिए तैयार नहीं हुई है। इसलिए यहाँ ऐसी सरकार होनी चाहिए, जिसमें एक ही नेता के हाथ में पूरी शक्तियाँ हों। वही अपने तरीके से देश को चलाए।

एक दूसरे परिचित की अपनी कहानी है। वे भी बहुत-पढ़े लिखे हैं और मेरे जन्मस्थान विदिशा में एक कॉलेज में प्रोफेसर रह चुके हैं। उम्र के आखिरी पड़ाव में उन्हें पूरा भरोसा है कि दुनिया में कम्युनिज्म आकर रहेगा, क्योंकि वही

अकेली वैज्ञानिक सच्चाई है। वे सज्जन किसी भी देश से आई ऐसी खबर पर अखबार में लाल निशान लगाकर खुश होते हैं, जिसमें साम्यवाद को मिली जरा सी भी सफलता की बात हो, या कोई कम्युनिस्ट नेता कहीं सत्ता हासिल कर सका हो। उन्हें हमारे देश की सरकारों की नीतियों, योजनाओं और कार्यक्रमों में कतई भरोसा नहीं है।

कोरोना के दौरान उनकी भी एक दुविधा थी। कोविड-19 का वैक्सीन लगवाने में उनकी दूसरे किस्म की हिचक थी। वे पश्चिमी देशों के फॉर्मूले से बनी वैक्सीन, 'कोविशील्ड' और भारत की सरकारी कंपनी में बनी 'कोवैक्सीन', दोनों के ही खिलाफ थे। उनका कहना था कि यह सब पूँजीवादी देशों और दवा कंपनियों के मुनाफे के लिए रची गई साजिश है। उन सज्जन के बारे में एक और बात थी। सब जानते हैं कि कोरोना वायरस चीन के वुहान शहर से आया था, फिर भी वे इस विषय में बात करने के लिए तैयार नहीं थे। उनके पोते-पोती बड़ी मुश्किल से अपने जिद्दी दादाजी को जबरन वैक्सीन लगवा पाए थे। अब वे भी स्वस्थ हैं।

आप समझ सकते हैं कि इन दोनों सज्जनों के भीतर उनकी कहानियाँ कितनी रच-बस गई हैं, या यों कहिए कि वे खुद ही अपनी कहानी में रच-बस गए हैं। हालाँकि दोनों की कहानियाँ एक-दूसरे से उलटी हैं, लेकिन वैक्सीन न लगवाने के मामले में उनका रवैया एक जैसा था। यह कोई अजूबे उदाहरण नहीं हैं, बल्कि ऐसे लोगों की संख्या लाखों में, शायद करोड़ों में होगी, जो अपने विचारों से बनी कहानियों को असलियत मानकर उनसे बाहर नहीं निकलना चाहते।

मैंने 21-22 साल की उम्र में विचारों और उनके अवतारों को लेकर एक छोटी कहानी लिखी थी। लगता है कि वह आज भी नई है। सदियों पुरानी बात है। समाज में फैली बुराइयों, अन्याय और पाखंड के खिलाफ किसी महापुरुष के मस्तिष्क से एक विचार ने जन्म लिया। वह एक तलवार की तरह था। उस विचार की नीयत, तर्क और संकल्प उसकी धार थे। उसके असर से कई सालों तक बुराइयाँ कम होती रहीं। लोगों की जिंदगियों में खुशहाली आई। कुछ समय के बाद उसका इस्तेमाल करने वाले आलसी हो गए। वैसे भी विचार की तलवार

को हाथों में लेकर लगातार लड़ते रहना बड़ा मुश्किल और खतरे भरा काम था। उन्होंने उस तलवार को गलाकर ढाल बना लिया और उसी के पीछे छुपकर खुद को बचाने लगे। उससे वे और दूसरे लोग कई साल तक सुरक्षित बने रहे। ढाल के लिए लोगों के मन में इज्जत बढ़ने लगी और पूजा का भाव आने लगा तो उन्होंने उसकी पूजा शुरू कर दी।

भक्त बढ़ने लगे और उनकी आस्था भी गहराने लगी। उसी आस्था और भक्ति में से किसी नए पंथ या मजहब का जन्म हो गया। कुछ सालों के बाद उस पंथ के अनुयायियों ने उस ढाल को गलाकर देवता की मूर्ति की शक्ल दे दी। फिर क्या था! पूजाघर बनने लगे, प्रार्थनाएँ और आरतियाँ रची गईं और पुजारियों की फौज खड़ी हो गई। चमत्कारों के किस्से गढ़े गए। अंधविश्वास फैले। खूब चढ़ावा आने लगा। जिन अन्यायियों और पाखंडियों के खिलाफ विचार की तलवार जनमी थी, वे ही पूजाघरों के ट्रस्टी, पुजारी या सबसे बड़े दानदाता बने हुए हैं। कुल मिलाकर उस महान् विचार का जो हश्र हुआ, वह तो आप जान ही गए। पिछले कुछ हजार सालों में इसी तरह के कई विचार जनमे और अब वे अलग-अलग मत-पंथ बनकर एक दूसरे के दुश्मन होकर झगड़ रहे हैं।

बहुत से लोग इस हालत से परेशान, दुःखी और निराश होने लगे। तभी किसी महापुरुष के मन में उन विचारों की दुर्गति के खिलाफ एक नया विचार जनमा। लोगों को उसमें बड़ी आग और रोशनी नजर आई। उस विचार को मानने वालों ने उसे एक वैचारिक आंदोलन में बदल दिया। उस विचार को लेकर क्रांतियाँ तक हुईं। उनके असर से जनता को फायदा पहुँचा। फिर आंदोलन को चलाए रखने के लिए कई प्रकार की जरूरतें नजर आने लगीं। उनको पूरा करने के लिए कुछ लोगों ने संगठन और बाद में संस्थाएँ बनाईं। चंदे जमा हुए। बैंक खाते भरने लगे। संस्था के अधिकारियों का रोब-रुतबा बढ़ता गया। उनमें से कुछ लोगों ने पार्टियाँ बना लीं और सत्ता में पहुँच गए, तो कुछ अन्य अनुयायियों ने बड़े-बड़े मठ बना लिए। उस विचार को जन्म देने वाले महापुरुष को भी देवता की तरह पूजा जाने लगा। आखिर वह भी एक प्रकार का मजहब या दुकानदारी बनकर रह गया।

जब कोई विचार लोगों के मस्तिष्क में और समाज में एक आकार लेकर

चलने-फिरने लगता है, तो वह कई कहानियों को जन्म देता है। जिन पर बहुत सारे लोग बहुत वक्त तक भरोसा करते हैं, वही कहानियाँ हमारी विचारधाराएँ, मत-मजहब, धर्मशास्त्र, अवतार, ईश्वर के भेजे फरिश्ते, नैतिकता, राष्ट्रीयता और आस्तिकता या नास्तिकता आदि बन जाती हैं। समय के अलग-अलग दौर में और अलग-अलग जगहों पर अपनी-अपनी जरूरतों के हिसाब से ये सब रचे गए थे। लेकिन अब भी दुनिया के ज्यादातर लोगों की जिंदगी की असलियत बने हुए हैं। इन्हें सच्चा या झूठा बताने की काबिलियत मुझ में नहीं है। लेकिन एक बात जरूर जान पाया हूँ। जहाँ तक कोई भी कहानी इंसानियत और अच्छाई के रास्ते पर चलने के लिए चिराग का काम कर सके, वहाँ तक तो ठीक है, लेकिन अगर यह हमारी आँखों पर पट्टी बाँधने लगे तो नए सिरे से सोचने की जरूरत है।

16 जुलाई, 1971 की अपनी डायरी में लिखा था—

"मैं एक ऐसी पुस्तक की बात कर रहा हूँ, जो वाचनालय की एक टेबुल पर रखी थी। जहाँ हरेक पाठक उसे पढ़ सकता था और समझ भी सकता था। इस पुस्तक में खाली (कोरे) पृष्ठों की संख्या भी कम नहीं थी। साथ ही उसी पुस्तक के कोने से एक पेंसिल डोरे (धागे) से बँधी थी। पाठक यदि समय-समय पर उचित, सत्य और तर्कसंगत परिवर्तन चाहते थे, तो उन कोरे पृष्ठों पर कर दिए जाते थे। कोई भी पाठक किसी भी विषय में समयानुसार आवश्यक परिवर्तन करवा सकता था। फलस्वरूप पुस्तक के पन्ने और जिल्द पुरानी हो गई थी। लेकिन पुस्तक फिर भी नई बनी रही—हर पाठक को कुछ-न-कुछ नया दे सकने में समर्थ।

"परंतु मैं ऐसी पुस्तक को भी जानता हूँ, जो एक सुंदर कक्ष में बढ़िया बस्ते से बँधी हुई मूल्यवान तिपाई पर रखी रहती थी। संभव है कि उसकी पाठ्य-सामग्री मूल्यवान रही हो और अभी भी हो। या न भी हो। परंतु उसे पढ़ने की क्या बिसात, महीनों में कभी सुन पाना तक सौभाग्य की बात ही होती थी। लोग दूर से ही उसके दर्शन में आनंद प्राप्त करते रहे।

"लेकिन मैं उस दिन को भी नहीं भूलूँगा, जब समझदार पाठकों द्वारा उसे पढ़ लिया गया। जब लोग (उसे) पढ़ने और समझने लगे, तो कुछ 'बेचारों' को छोड़कर हर व्यक्ति उस पुस्तक की खामियों की चर्चा करता नजर आता था। वास्तव में वह पुस्तक तो बिल्कुल नई रखी थी, पन्नों और जिल्द से। लेकिन वह बहुत पुरानी हो चुकी थी।

"एक बार हम सभी अंतरावलोकन करें। क्या (हम) पहली पुस्तक की श्रेणी में हैं, जिनका जीवन हर सत्य को ग्रहण करने के लिए सदैव तत्पर है? अथवा दूसरी पुस्तक की श्रेणी में, जो उन 'बेचारों' द्वारा पूजे जाने में ही संतुष्ट हैं, और कुछ भी नया नहीं जोड़ना चाहते तथा न ही कोई परिवर्तन करने को तैयार।"

असल में हर चीज एक कहानी होती है। हो सकता है कि उस एक कहानी के भीतर भी कई कहानियाँ छुपी हों। उनमें से कुछ असलियत और कुछ केवल भ्रम हो सकती हैं। समाज में एक-दूसरे के साथ हमारे रिश्ते की ऐसी ही निजी कहानियाँ होती हैं। जब आप किसी पर भरोसा करते हैं, वह आपको अच्छा लगने लगता है या उससे आपको प्यार हो जाता है, तो उसके पीछे आपके मन में बन रही एक कहानी होती है। धीरे-धीरे उस कहानी के समर्थन में कई छोटी कहानियाँ बनती जाती हैं, जो उसे और मजबूत बना देती हैं। इससे उलट जब आप किसी पर भरोसा नहीं कर पाते, उस पर शक या नफरत करते हैं, तो भी उसका आधार कोई-न-कोई कहानी होती है। उस शक को मजबूत करने के लिए हमारा मन कई कहानियाँ गढ़ लेता है। ज्यादातर कहानियाँ कहीं से मिली जानकारियों या खुद के अनुभवों से बनती हैं। यह स्वाभाविक बात है।

जब हम अपने मन में उस कहानी को बार-बार दोहराते हैं, तो उसी के हिसाब से व्यवहार भी करते रहते हैं। वही धीरे-धीरे आदतों और स्वभाव में ढल जाती है। हम खुद को वही समझने लगते हैं। वही हमारे लिए अपनी असलियत बन जाती है, भले ही वह दूसरों के लिए एकदम झूठ हो। और हम सचमुच में वैसे ही बन जाते हैं।

पूर्वग्रह (प्रेजुडिस) की जकड़न

हमारे आश्रम में कमल नाम का एक कार्यकर्ता काम करता है। बचपन में उसके स्कूल में निचली कक्षा में पढ़ने वाला एक विद्यार्थी आजकल आश्रम का मैनेजर है। कमल पढ़ाई-लिखाई में आगे रहता था। लेकिन हाई स्कूल में उसकी दोस्ती कुछ शराबी नौजवानों से हो गई थी। उनमें से एक ठाठबाट से रहने वाला दबंग किस्म का था। कमल नशे को बुरी चीज मानता था। उसके घर के संस्कार बहुत अच्छे थे। इसलिए शुरू-शुरू में उनके कहने पर शराब पीने से मना कर देता था, लेकिन वह बहुत दिनों तक खुद को नहीं रोक पाया। एक बार उसके मन में एक घूँट शराब चखने की इच्छा हो उठी। फिर वह सिलसिला कभी नहीं रुका। बाद में उसने दिल्ली में किसी कंपनी में अच्छी नौकरी कर ली थी। लेकिन शराब की लत ने उसे बरबाद कर दिया। वह शरीर और मन से खोखला होता

चला गया। नौकरी छूट गई। उधारी बढ़ती गई। वह बहुत बीमार रहने लगा। भूखों मरने की नौबत आ गई। पत्नी से झगड़े होने लगे।

आखिर उसका पुराना दोस्त काम आया। उसने कमल (बदला हुआ नाम) को आश्रम में काम पर रख लिया। हमारी कोशिशों से उसने शराब का नशा छोड़ दिया। लेकिन दो कहानियाँ अब तक उसका पीछा नहीं छोड़ रहीं। पहली, स्कूल में मैनेजर से सीनियर होने की अकड़, और दूसरी, नशाखोरी के दिनों में उसकी पत्नी द्वारा किया जाने वाला विरोध और झगड़ा। वह आज तक इन दोनों यादों को अपने अहंकार पर लगी चोटों की तरह सहेजकर रखता है। इनसे नई-नई कहानियाँ उपजती हैं। कमल अपनी पत्नी को नीचा दिखाने के लिए आरोप लगाता रहता है कि उसके किसी आदमी के साथ अनैतिक संबंध रहे हैं। इस तरह खुद की गलतियों को छुपाने के लिए उसने पत्नी के बारे में मन-ही-मन शक का एक कवच तैयार कर लिया। उस शक में उसे इतना भरोसा है कि वह हर चीज को उसी भरोसे के साथ जोड़ता है, क्योंकि वही उसके लिए असलियत है। एक बार तो वह सारी हदें पार करके पुलिस थाने में यह गुहार लगाने चला गया था कि उसका बेटा किसी और का है, इसलिए डीएनए टेस्ट कराया जाए।

इसी प्रकार से आश्रम के मैनेजर के लिए उसकी चिढ़न कई कहानियों को जन्म देती रहती है। मैनेजर बहुत समर्पित और बुद्धिमान कार्यकर्ता है। वह अपने सहयोगियों के साथ बड़ा मित्रता भरा व्यवहार रखता है। उसका एहसान मानना तो दूर, कमल उसे एक घमंडी तानाशाह की तरह मानता है। उसके लिए वही सत्य बन चुका है। कमल की कहानी शराब का स्वाद चखने की उत्सुकता या इच्छा से शुरू हुई, मौजमस्ती करने वाले शराबी दोस्त के गहरे असर से आगे बढ़ी और बरबादी तथा सुधार के कई उतार-चढ़ाव पार करके मनोचिकित्सक के पास जा पहुँची है।

हमारे मस्तिष्क में गढ़ी जा रही हर कहानी विचार और भावना से मिलकर बनती है। अकसर भावनाएँ विचारों में और विचार भावनाओं में बदलते रहते हैं। यह हालत दिमाग में ऐसी गुत्थियाँ पैदा करती है, जो हमें भीतर से बाँध देती हैं। जिसकी वजह से हम असलियत से दूर रह जाते हैं और ठीक-ठीक फैसले भी नहीं ले पाते। प्रकृति ने हमारे मस्तिष्क में एक बड़ी खूबी दी है। वह है

बुद्धि। बुद्धि दिमाग में गढ़ी जा रही कहानी की शुरुआत में एक छलनी का काम करती है। इस छलनी को धो-पोंछकर साफ करते रहना जरूरी है, ताकि विचारों और भावनाओं की गंदगी दिमाग को मैला न कर सके। लेकिन इसे अकसर नजरअंदाज कर दिया जाता है।

सही वक्त पर बुद्धि के फिल्टर का इस्तेमाल करने वाले एक नौजवान की कहानी है। उसका नाम मनन अंसारी है। माइक्रोबायोलॉजी में एम.एससी. करने के बाद वह एक कंपनी में जूनियर साइंटिस्ट है। डॉक्टरेट की तैयारी कर रहा है। वह अभ्रक की खदानों में बाल मजदूरी से छुड़वाया गया था। उसने कई साल तक बाल आश्रम में रहकर पढ़ाई की थी। उसकी जिंदगी की ऐसी तीन स्थितियों का जिक्र कर रहा हूँ, जब वह बहक सकता था। लेकिन उसने अपनी बुद्धि से काम लिया, जिससे वह जीवन में लगातार आगे बढ़ रहा है।

पहली बार हाई स्कूल में उसकी क्लास की एक लड़की उससे बहुत आकर्षित हो गई थी। वह मनन के गाने की बड़ी कायल थी। वह भी उसमें रुचि लेने लगा था। खूब सज-सँवरकर स्कूल जाता था। लेकिन जल्दी ही सँभल भी गया। उसने मुझे बताया था कि तभी उसके मन में कई तरह के खयाल आए, जैसे उसे किन हालातों से आजाद कराया गया था और नसीब ने उस जिंदगी से निकलने का इतना बड़ा मौका दिया है। गरीब माँ-बाप की और उसकी परवरिश पर पैसा खर्च करने वाले 'बचपन बचाओ आंदोलन' की उससे कुछ अपेक्षाएँ हैं। पढ़ाई से मन भटक जाने पर उसका क्या भविष्य होगा? उस लड़की से दोस्ती किसी अंजाम तक तो पहुँचने से रही, आदि।

दूसरी बार और भी अजीब घटना घटी। दिल्ली यूनिवर्सिटी में पढ़ाई के दौरान अचानक उसके फोन पर कुछ अनजान संदेश और वीडिओ आने लगे थे। उनमें दुनिया में मुसलमानों के साथ होने वाले अत्याचारों को दिखाने वाली झूठी-सच्ची भड़काऊ सामग्री होती थी। उसके जरिए नौजवानों के दिमाग में यह जहर घोला जाता था कि इस्लाम खतरे में है, इसलिए हर तरह के बलिदान के लिए तैयार रहना चाहिए। कुछ दिनों के बाद मनन के पास अज्ञात नंबरों से फोन आने लगे। वे लोग उसकी तारीफ करके मिलने की और मदद करने की इच्छा जाहिर करते थे। तब मनन के मन में कई सवाल उठे। बेहद गरीबी और मुश्किलों

के दिनों में किसी मुसलमान नेता या धार्मिक संस्था ने उसकी और उसके परिवार की मदद क्यों नहीं की थी? बचपन में जानलेवा खदानों में गुलामी करने से उन्होंने क्यों नहीं बचाया था? अलग-अलग धर्मों को मानने वालों में कुछ लोग एक-दूसरे के खिलाफ नफरत रखते हैं, लेकिन बाकी सभी कैसे मिल-जुलकर रहते हैं? और क्या नफरत या हिंसा फैलाने से किसी भी धर्म या समूह का बचाव हो सकेगा? इन सवालों की रोशनी में मनन उनके गंदे इरादों को समझ गया। उसने न केवल अपना फोन बदल दिया, बल्कि दूसरे मुस्लिम नौजवानों को भी समाज-विरोधियों की साजिशों से आगाह करने लगा।

तीसरा किस्सा मनन के एम.एससी. की पढ़ाई के दिनों का है। तब उसके और उसके साथ पढ़ने वाली एक लड़की के बीच सचमुच गहरी दोस्ती हो गई थी। वह लड़की दूसरे संप्रदाय की थी। मनन को पता चल गया कि उसका परिवार पैसे वाला और शिक्षित होने के बावजूद संप्रदाय और जात-पाँत के मामले में बहुत पुराने खयालों का है। वह लड़की भी इस बात को जानती थी। भले ही मनन उस मानसिकता के सख्त खिलाफ है, लेकिन यह समझ गया था कि उस वक्त उसका पहला लक्ष्य पढ़ाई पूरी करके वैज्ञानिक बनना है, न कि सांप्रदायिकता की बुराई के खिलाफ मोर्चा खोल लेना। आखिर उन दोनों ने अक्ल से काम लिया और अपने-अपने रास्तों पर वापस लौट गए। बुद्धि न केवल फायदा-नुकसान बताती है, बल्कि उचित-अनुचित, जरूरी-गैर जरूरी के फर्क की पहचान भी कराती है। इसके अलावा यह सुझाती है कि अपने कामों में से पहले दूसरे या तीसरे नंबर पर क्या करना है। साथ ही किसी भी काम की योजना और रणनीति के असफल होने की हालत में दूसरी योजना या रणनीति पहले से ही तैयार रखी जाए।

विचारों का ठहराव खतरनाक

समुद्र में बहुत ताकत होती है। वह बहुत बड़ा और गहरा होता है। जाहिर है, उसमें बहुत ज्यादा पानी होता है। समुद्र होने के बहुत फायदे हैं। बिना चले-फिरे और बगैर किसी मेहनत, संघर्ष या मुश्किलों का सामना करे संतोष भरी जिंदगी चलती है। समुद्र ठहराव में अपने गुण और खासियत होती है, लेकिन

वही उसे सीमाओं में बाँध देती है। इसके बावजूद खारे पानी से भरा हुआ समुद्र मीठे पानी की बहती हुई छोटी सी नदी का मुकाबला नहीं कर सकता। नदी को पलभर के लिए भी चैन नहीं मिलता। उसे बाधाओं, रुकावटों और उतार-चढ़ावों में से गुजरना होता है। यहाँ तक कि पहाड़ों में से चट्टानें तोड़ते हुए अपने रास्ते बनाने पड़ते हैं। नदी का वही संघर्ष और चलते रहने का हौसला उसके पानी में मिठास और शुद्धता भरता है। इस तरह मनुष्यों, पशु-पक्षियों और वनस्पतियों को जीवन बाँटता है।

नदी के अपने रास्ते होते हैं, अपनी रफ्तार होती है, धारा के बहाव में अपना एक संगीत और मस्ती भरा नृत्य होता है। इसीलिए उसमें अपनी एक ताजगी होती है—नयापन होता है। किसी ग्लेशियर या झरने से निकलकर बहने वाली नदी का पानी आमतौर पर साफ और पीने लायक होता है। परंतु अगर वही पानी बहुत दिनों तक किसी गड्ढे में भरा रह जाए तो उसमें सड़ाँध आने लगती है। कीड़े भी पड़ सकते हैं। या फिर वही साफ पानी किसी गटर में गंदगी और मैले के साथ मिलकर बह रहा हो, तो उतना ही जहरीला हो जाता है।

इसी बात को मनुष्यों के मामले में भी देखा जा सकता है। हमारे मन में चलने वाले विचार पानी की तरह होते हैं। वे रुके हुए या बहते हुए हो सकते हैं। मैले या साफ हो सकते हैं। विचारों से ही किसी मनुष्य का व्यक्तित्व बनता है, यानी हम जैसा सोचते हैं, वैसे ही बन जाते हैं। जब तक हम जीवित हैं, तब तक विचार भी जिंदा बने रहते हैं। इसलिए उनका बहुत महत्त्व है।

16 जून, 1971 को मैंने अपनी डायरी में इस बारे में कुछ लिखा था—

"नव्य-नूतन के निर्माण के लिए जीर्ण-शीर्ण (हो चुके) पुरातन को भूमिसात् कर देना आवश्यक है—वह चाहे व्यक्तिगत जीवन से संबंधित हो, चाहे सामाजिक अथवा समग्र राष्ट्रीय परिवेश की बात की जाए। यह मेरी अपनी राय है। परंतु एक भ्रमपूर्ण विडंबना है, जिसे आज हम नूतन कह रहे हैं, क्या क्षण भर बाद भी वह नूतन ही रहेगा? नहीं। हमें मानना ही होगा कि हमारे पीछे लगा पुरातन उसे अपने आँचल में समेट लेगा। इसी संदर्भ में हम पीढ़ियों—पुरानी और नई पीढ़ी—के संघर्ष को देखें।

"सहसत्रों वर्षों से हमें प्रगतिशील बनने का मौका ही नहीं दिया गया। हमें आगे की बात सोचने से रोककर गुजरे जमाने के संस्मरणों से ही बाँधकर रखा गया। फलस्वरूप पीढ़ियों तक हमारे मस्तिष्क भी गुलाम रहे और स्वतंत्र विचार जन्म नहीं ले सके। स्मरणीय रहे कि व्यक्ति, समाज या राष्ट्र का स्वतंत्र रहना एक अलग बात है और विचारों की स्वतंत्रता दूसरी बात।

"सपने की गति अग्रगामी है, जबकि स्मृति पीछे ले जाती है। स्मृति सत्य होती है और सपनों में सिर्फ सत्य के बीज ही छुपे होते हैं। चूँकि स्मृति सत्य है, इसलिए उसे छोड़ने को जी नहीं चाहता। हमारा देश अपनी प्राचीन महानता की दुहाई देने में सबसे आगे है। हमारे भूतकाल की स्मृतियाँ ने चारों ओर से हमारे मस्तिष्क को घेर रखा है। जन्म से ही हमारे संस्कार पूर्णरूपेण पुरातन हैं। कहीं कोई स्वतंत्रता का नामोनिशान नहीं। फलस्वरूप हमें हमारे पुरातन पर इतनी अधिक आसक्ति है कि छोड़ा ही नहीं जाता। उसी मानसिक परतंत्रता का एक उदाहरण है—वर्तमान प्रगतिशीलता। यह प्रगतिशीलता विदेशों का अंधानुकरण है। अपनी ही टूटी-फूटी भग्न परंपराओं की प्रतिमा का अंधानुकरण कर हर बार उस पर नया रंग-रोगन कर लिया जाता है। इन तथाकथित प्रगतिशीलों को थोड़ा कुरेदकर देखा जाए तो वही मान्यताएँ,

वही परंपराएँ, उसी रूप में देखने को मिल जाएँगी। प्रगतिशीलता स्थूल अनुकरण से नहीं, सूक्ष्म विचारों के प्रतिस्थापन से ही संभव है।

"यदि वर्तमान समय में हो रहे वैचारिक विरोध (द्वंद्व) की बात की जाए, तो यह स्पष्ट तौर पर वैचारिक असमानता का प्रतीक है। विचार सतत गतिशील होते हैं, परंतु पारंपरिक विचार प्रक्रिया की वृत्तीय है। हर व्यक्ति का अपना एक वृत्ताकार (सर्क्युलर) वैचारिक परिवेश है। इस वृत्तीय गति से घूमने वाले विचार का केंद्र कल भी जड़ था, स्थिर था, आज भी स्थिर है और कल भी रहेगा। भले ही परिधि बढ़ जाए, व्यास बढ़ जाए, (लेकिन) वह केंद्र पुरातन की ओर ही आसक्त रहता है। विचार के हर बिंदु से उसकी दूरी समान है। यही हमारा आधारभूत रोग है।

"आज की परिस्थितियों ने इस वृत्त को विषमांग (हेटेरोजिनीयस) कर दिया है। वृत्त के अंदर ही कोई बिंदु पुरातन के नजदीक है, तो कोई दूर चला गया, अथवा चला जाना चाहता है। यही तनाव है—द्वंद्व है। वृत्त में यही हालत बने रहने पर परिणाम कुछ भी नहीं रहेगा। यदि यह छोटी इकाई व्यक्तिगत जीवन की समस्या है, तो जीवन भर आंतरिक संघर्ष होता रहेगा। यदि राष्ट्रीय स्तर पर सोचा जाए, तो राज्य में हर ओर अराजकता व अव्यवस्था बढ़ेगी। यही द्वंद्व विध्वंस का प्रतीक है। नव-निर्माण से इसका कहीं कोई संबंध नहीं। अगर नव-निर्माण से किसी चीज का सीधा संबंध है, तो वह है वैचारिक क्रांति।

"इसी पृष्ठभूमि में ऐसी क्रांति को सरलता से परिभाषित किया जा सकता है। वृत्त के किसी एक भाग में ही विचारों को संगृहीत किया जाना चाहिए, यानी विचार एक बिंदु पर केंद्रित किए जाएँ। हालाँकि हमें (इधर-उधर ऐसा) देखने को मिलता है, लेकिन फिर भी असफलता हाथ लगती है। इसका पहला कारण तो यह कि उन (केंद्रित विचारों) की भेदन क्षमता ही कम थी, और दूसरी बात, पुरातन से दूर भागने के लिए विचार-पुंज को बाहर कुदाने की प्रक्रिया गलत है। वास्तव में होना तो यह चाहिए कि पूर्ण

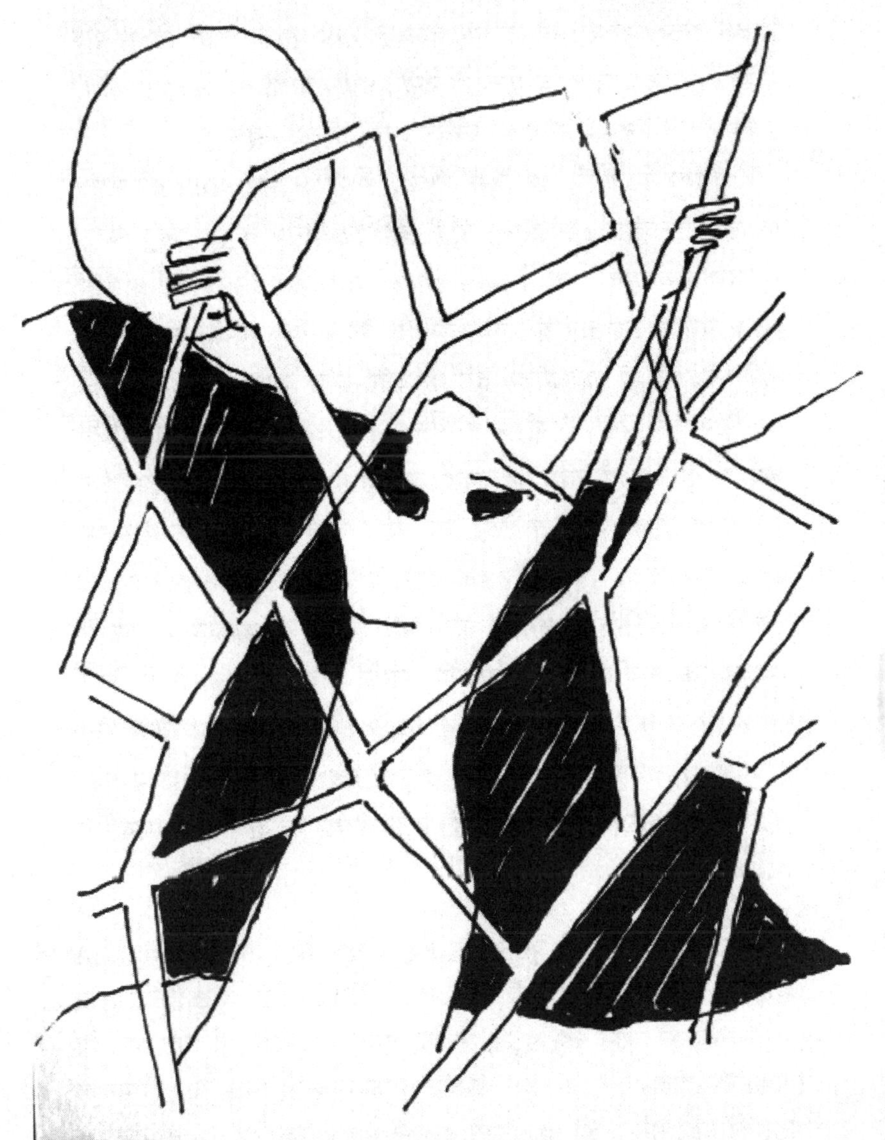

सक्षम विचार-पुंज से केंद्र के ऊपर ही प्रहार किया जाए, जिससे (वह टूटा-फूटा) केंद्र ही नष्ट हो जाना चाहिए।

"निस्संदेह पुरातन महान् था, इसलिए उसके निर्माण में जिन महत्त्वपूर्ण आदर्श तत्त्वों (मूल्यों) का उपयोग हुआ है, उन्हें चुनकर नवीन विचार पुंज में स्थापित किया जाए। वे मूल्य ही हमारी नवीन प्रगति का आधार बनने में सक्षम हैं। लेकिन हमें उनसे भी पूर्ववत् आसक्ति नहीं रखना है।

"प्रश्न उठता है—यह कैसे संभव है? मेरे अनुसार विचार की नवीन पद्धति कुंडलाकार (स्पाइरल) होनी चाहिए। विचार का केंद्रबिंदु सत्य, सनातन आधारभूत तत्त्वों से प्रारंभ होकर कुंडलाकार (स्पाइरल) रूप से बढ़ना चाहिए। इस तरह से आगे बढ़ते हुए विचार-बिंदु की केंद्र से आसक्ति नहीं रहेगी। न तो तात्कालिक तौर पर और न ही कालांतर में विचार की पुरातन से दूरी समान रहेगी। न ही विचार (के आगे बढ़ने) में कहीं कोई अवरोध रहेगा। यहाँ सबसे महत्त्वपूर्ण बात यह है कि इस पद्धति में (सनातन और सार्वभौमिक मूल्यों से भरा) केंद्र नए विचारों को जन्म देने में सक्षम रहेगा। ऐसे विचार पूर्ण स्वतंत्र होने के साथ-साथ अनुशासित और आदर्श (बने) रहेंगे। निरंतर अग्रगामी रहेंगे और कितने ही व्यापक परिवेश में व्यावहारिक कार्य के लिए सक्षम होंगे। इसके अलावा कुंडलाकार में किसी भी स्थान से कोई-न-कोई नवीन व स्वतंत्र विचार निकलकर क्रियाशील हो सकेगा। जबकि वृत्तीय वैचारिक ढाँचे में यह संभव ही नहीं है, क्योंकि उसमें विचार एक ही वृत्त में घूमते हैं। प्रगतिशीलता का आधारभूत उपाय मेरे मतानुसार एकमात्र यही है।"

ऊपर लिखी गई बातें पुराने और नए, सोचने के तरीकों और विचारों के टकराव तथा उसका समाधान ढूँढ़ने के बारे में लिखी गई हैं। कुछ विचार पुराने होने के बाद भी पुराने नहीं पड़ते, जबकि कुछ में नए होने के बाद भी कोई नयापन नहीं होता। अगर हम इस असलियत को ठीक से समझ जाएँ तो मन के भीतर की और समाज की बहुत सारी उलझनें सुलझ सकती हैं। पुरानी चीजों के

लिए लगाव और नए के प्रति आकर्षण मनुष्य का स्वभाव है। इसी लगाव के कारण हम अपने मन में कुछ पुरानी मान्यताओं और धारणाओं का खूँटा गाड़ लेते हैं। फिर उसी के आसपास विचारों का घेरा बनाकर गोल-गोल चक्कर लगाते रहते हैं। कई बार घेरे को घटाते-बढ़ाते जाने में विचारों का दायरा जरूर बढ़ जाता है, लेकिन न तो सोचने का तरीका बदलता है, न ही बीच में गड़ा खूँटा हिल पाता है।

उदाहरण के तौर पर खूँटे से बाँधे गए जानवर ज्यादा-से-ज्यादा वहीं तक गोलाई में घूम सकते हैं, जहाँ तक उनकी रस्सी जाती है। वह उससे परे जा ही नहीं सकता। वही हालत पुरानी मान्यताओं और धारणाओं से बँधे विचारों की होती है।

एक परिवार को प्रियजनों से मिले उपहारों को सहेजकर रखने की आदत थी, यहाँ तक कि मेवे और मिठाई भी। वे लोग उपहारों को बहुत सहेजकर रखते थे। वे डिब्बों की पैकिंग की भी समय-समय पर झाड़-पोंछ करते रहते थे। यहाँ तक कि जरूरत पड़ने पर पुरानी पैकिंग बदलकर उसकी जगह नई चमचमाती पैकिंग लगा देते। उन्होंने कभी यह सोचा ही नहीं कि डिब्बा बदल जाने से सामान की एक्सपायरी डेट नहीं बदल जाती।

एक बार उन्होंने इसी तरह कीमती मेवे का एक डिब्बा नई पैकिंग के साथ किसी मित्र को दे दिया। उस व्यक्ति ने वह मेवा खीर में डालकर खा लिया और पेट खराब हो गया। बेचारे को कई दिनों तक डॉक्टर के चक्कर लगाने पड़ गए।

यही हाल हमारी पुरानी मान्यताओं का है। जैसे उपहारों की कीमत रुपए-पैसे नहीं है, बल्कि उसे देने वाले के स्नेह और सम्मान की भावना होती है। अगर सहेजकर रखने की कोई चीज है तो वह वे मूल्यवान भावनाएँ हैं। पुरानी मान्यताओं और धारणाओं के पीछे कोई ऐसा कीमती संदेश या आदर्श भी हो सकता है, जिसकी एक्सपायरी डेट नहीं होती और जिससे खुद के साथ-साथ सभी का कल्याण होता हो। इसलिए आधुनिकता के चक्कर में ऐसे आदर्शों और मूल्यों को नहीं भूलना चाहिए।

सोचने का तरीका एक ही गोले के चक्कर लगाने की बजाय आगे बढ़ाने वाला होना चाहिए। इसलिए मैंने अपनी डायरी में यह समझाने की कोशिश की है

कि हमारे विचार का तरीका न तो पुराने खूँटे से बँधा हो और न ही आधुनिकता के नाम पर आवारा और उद्दंड होकर दूसरों को नुकसान पहुँचाने वाला बन जाए। इसका एक विकल्प हो सकता है। सोचने का तरीका ऐसा हो, जिसमें विचार अपने भीतर की ऊर्जा और गति से कुंडली बनाते हुए आगे बढ़ते रहें। इस तरीके में बेकार पड़ गए विचार पीछे छूटते चले जाएँगे और नए खुद-ब-खुद जुड़ने लगेंगे। यही एक प्रकार की वैचारिक क्रांति है।

इस बात को एक सच्ची कहानी के जरिए थोड़ा-बहुत समझा जा सकता है। बचपन में मेरे शहर विदिशा में एक राजा हुआ करते थे। उनके पूर्वज पुराने ग्वालियर के महाराजा के अधीन एक बड़े जागीरदार थे, जिन्हें राजा की पदवी दी गई थी। संयोग से उनकी बहुत बड़ी हवेली मेरे घर से मुश्किल से दो-तीन सौ मीटर की दूरी पर थी। उसका ज्यादातर हिस्सा खँडहर हो चुका था। क्योंकि मरम्मत के लिए उनके पास धन नहीं था। फिर भी ठाठ-बाट में कोई कमी नहीं थी। वे एक भले आदमी थे और शहर में उनकी काफी इज्जत थी। हर दशहरे पर उनकी एक शानदार सवारी निकलती थी। वे अपने पुरखों की सोने-चाँदी से सजी पोशाक पहने हुए, गले में मोतियों की माला डाले और सिर पर हीरा जड़ी पगड़ी पहनकर अपने घोड़े पर सवार होकर निकलते थे। उनके आगे-आगे राज का पुराना बैंड और पीछे कुछ खानदानी नौकर-चाकर तथा दो-तीन सौ लोग चलते थे। उनमें से कुछ घुड़सवार होते थे, जो सैनिकों की पुरानी वर्दियाँ पहने रहते थे। मैं भी अपने बचपन में तमाशबीनों में होता था।

मेरे देखते-देखते 10-15 सालों में राजा साहब की सवारी की हालत खस्ता होती चली गई। उनका पुराना घोड़ा मर चुका था, इसलिए एक छोटे से घोड़े पर चढ़कर चलते थे। पीछे चलने वाले सैनिकों की वर्दियाँ फट चुकी थीं। उनके घोड़ों की जगह खच्चरों ने ले ली थी। बैंड की जगह एक आदमी ढोल बजाते हुए चलता था। राजा साहब की शाही पोशाक पुरानी होकर गल चुकी थी, जूतियाँ तक फटी हुई नजर आने लगी थीं। पुरानी चीजों को छोड़ना वे अपनी तौहीन या अधर्म समझते थे। सवारी के पीछे चलने वालों की संख्या 8-10 ही रह गई थी। हवेली का हाथीखाना और घुड़साल खँडहर बन चुके थे।

पुरानी जागीर के कई गाँवों में उनकी सैकड़ों एकड़ की खेती थी, जिसकी पैदावार का ज्यादातर हिस्सा पुश्तैनी सेवक हजम कर जाते थे। उनका एक बेटा था, जो मुझसे निचली कक्षा में पढ़ता था। वे एक दिन मेरे घर आए और मुझसे आग्रह किया कि उनका बेटा गणित और विज्ञान में बहुत कमजोर है, इसलिए कभी-कभी मैं हवेली जाकर उसे पढ़ा दिया करूँ। मैं जाने लगा। हवेली के नौकर-चाकर उसे 'छोटे राजा' कहकर पुकारते थे। धीरे-धीरे उससे मेरी दोस्ती हो गई। उसका मन भी पढ़ने में लगने लगा। मैंने उसे समझाया कि जो लोग किनारे का मोह नहीं छोड़ पाते, वे कभी तैरना नहीं सीख सकते। या फिर जो अपनी पुरानी टूटी-फूटी नाव की बार-बार मरम्मत करके गहरे पानी में चलाते रहते हैं, उनका कभी-न-कभी डूबना तय है। आखिर मरम्मत की भी तो एक सीमा होती है।

कुछ सालों के बाद मुझे पता चला कि उस नौजवान ने पढ़ाई पूरी करके आधुनिक तरीके से खेती करना शुरू कर दिया है। इसके लिए उसने हवेली का फालतू पड़ा हिस्सा और जंग खा रही पुरानी बंदूकों वगैरह को बेच दिया था। वह खुद ज्यादातर वक्त गाँवों में और खेतों पर गुजरता था तथा खूब मेहनत करता था। उसने कई पढ़े-लिखे कर्मचारी भी रख लिए थे। खँडहर पड़े घुड़सालों और हाथीखाने की मरम्मत करवाकर उनमें जीपें, मोटरसाइकिलें और ट्रैक्टर रखे जाने लगे थे। परिवार की जिंदगी बदल गई थी। उसने खेती से हुई अच्छी कमाई से पूर्वजों के बनाए मंदिरों, कुओं और जलाशयों का भी जीर्णोद्धार करा दिया था। उसके राजा साहब पिताजी जिन बूढ़े वफादार नौकर-चाकरों को तनख्वाह तक नहीं दे पाते थे, वह उनके बच्चों और पोते-पोतियों की पढ़ाई का खर्चा तक उठाता था।

एक बार जब मैं विदिशा गया था, तब वह मित्र मुझसे मिलने आया। उन दिनों उसकी उम्र लगभग चालीस साल की होगी। मैंने मजाक में पूछा, "भाई, अब मैं तुम्हें राजा साहब कहकर बुलाऊँ या फिर बचपन की तरह छोटे राजा?" उसने हँसकर जवाब दिया, "अगर मेरे इतिहास से ही मुझे पुकारना चाहते हैं तो फिर मेरे और भी पीछे की पहचान से पुकार लीजिए। इसलिए आप मुझे बंदर या चिंपैंजी कहकर बुला सकते हैं।" मैंने उसे गले लगाकर शाबाशी दी। फिर उसने

मुस्कराते हुए कहा, "मैं पिछले सालों के कलेंडरों को बक्से में बंद करके रख देता हूँ और दीवारों पर नए साल का कलेंडर ही टाँगता हूँ। मैं अपनी पसंद की बहुत पुरानी घड़ी पहनता हूँ, लेकिन हर रोज सवेरे उसमें चाबी भरना कभी नहीं भूलता। और हाँ, अब मुझे किनारे पर बैठे रहना नहीं भाता, बल्कि नदी में तैरने में ही मजा आता है।"

□

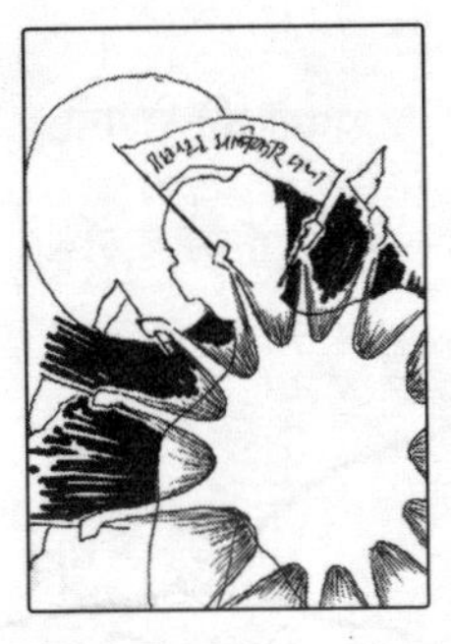

खूब गुस्सा होइए

यह बात पढ़कर चौंकिए मत! सचमुच गुस्सा बहुत कीमती और उपयोगी होता है। गुस्से में बड़ी ताकत होती है। खासकर बड़े-बड़े सपने देखने वालों के लिए तो अपने मन में गुस्से को संजोए रखना और भी ज्यादा जरूरी है।

हम बचपन से सुनते आए हैं कि क्रोध वह आग है, जो सबकुछ जलाकर भस्म कर देती है। क्रोध मनुष्य का सबसे बड़ा शत्रु और विनाश का कारण होता है। माता-पिता, शिक्षक, धर्मगुरु आदि सब यही उपदेश देते हैं कि क्रोध मत करो। वे क्रोध पर काबू रखने के अनगिनत तरीके सुझाते हैं। गुस्से को सबसे बड़ी कमजोरी और पाप माना जाता है। इसके लिए बाबा, फकीर तथा औलियों से लेकर साइकोलॉजिस्ट और मनोचिकित्सक तक तरह-तरह के उपाय और इलाज बताते हैं। इस विषय के ढेरों एक्सपर्ट पैदा हो गए हैं। क्रोध की रोकथाम पर बहुत सी बड़ी-बड़ी किताबें लिखी गई हैं। कॉलेजों के विद्यार्थियों से लेकर कॉर्पोरेट्स, एनजीओ प्रशासनिक सेवाओं और अस्पतालों के चिकित्साकर्मियों तक के बीच एंगर मैनेजमेंट, यानी क्रोध का प्रबंधन करने के कई कोर्स चलाए जाते हैं।

मैंने ऐसा कोई मनुष्य नहीं देखा, जिसे कभी भी गुस्सा न आया हो। यह अलग बात है कि कुछ लोग अपनी समझदारी, बुद्धिमानी, संयम या किसी और तरह से इस भावना को अपने भीतर ही दबा लेते हों। शायद कुछ गिने-चुने योगी, संत और फकीर ही ऐसा कर पाते होंगे। लेकिन यह ज्यादातर सामान्य लोगों के बस की बात नहीं है।

मनुष्य के अंदर की हर भावना में एक ऊर्जा भरी हुई होती है। उसी तरह

क्रोध में भी बहुत बड़ी ऊर्जा है। हम जानते हैं कि ऊर्जा कभी नष्ट नहीं की जा सकती। हाँ, उसका रूप जरूर बदला जा सकता है। अगर ऊर्जा को जोर जबरदस्ती से दबाया जाएगा तो वह कहीं-न-कहीं से फटकर निकल भागेगी या भीतर-ही-भीतर कुलबुलाती रहेगी। क्रोध या दूसरी सभी मनोभावनाओं को दबाने की कोशिशों का यही हाल होता है।

किसी भी तरह की ऊर्जा को दूसरे रूप में बदलना कोई रॉकेट साइंस नहीं है। सभी जानते हैं कि तारों में चुपचाप बह रहा बिजली का करंट बल्ब के भीतर से रोशनी पैदा कर देता है। वही सर्दियों में हीटरों में गरमी बन जाता है और रेफ्रिजरेटरों में ठंडक। बिजली वही है, लेकिन कभी आग बनकर बड़ी-बड़ी इमारतों को राख में बदल सकती है तो कभी उनके भीतर की हवा को बर्फ बना देती है। इलेक्ट्रिकल इंजीनियरिंग का विद्यार्थी होने के नाते मैंने बड़े नजदीक से जाना कि भयानक तूफानों, तेज हवाओं और उफनती नदियों की धारा से बिजली कैसे बनाई जा सकती है। उसी को रोशनी, गरमी, ठंडक आदि के अलावा कारखानों की मशीनों और रेलों की रफ्तार में कैसे चलाया जा सकता है। यहाँ तक कि जिस परमाणु और न्यूक्लियर ऊर्जा से दुनिया को तबाह करने का सामान बना लिया गया है, उसी का रूप बदलकर मानवता की भलाई के बड़े-बड़े काम भी किए जा रहे हैं।

यही बात क्रोध के बारे में लागू क्यों नहीं हो सकती? गुस्से की ताकत को भी समाज की बेहतरी के लिए इस्तेमाल क्यों नहीं किया जा सकता? उसकी ऊर्जा को नए विचारों, नई-नई तरकीबों, नए संकल्पों, नए समाधानों और नए कार्यक्रमों में क्यों नहीं बदला जा सकता? मैं मानता हूँ कि यह जरूर हो सकता है। हर बुराई, अत्याचार, अन्याय, शोषण या भ्रष्टाचार के खिलाफ लड़ने वालों के मन में कहीं-न-कहीं गुस्सा जरूर रहा होगा।

एक मजेदार घटना है। बचपन में मेरे पड़ोस में एक अध्यापक रहते थे। वे सलाह देते थे कि गुस्सा आने पर तुरंत ठंडा पानी पी लेना चाहिए, या जब गुस्सा आ रहा हो तो उस जगह से हट जाना चाहिए। हमारे मोहल्ले के सरकारी नल में कुछ दिनों तक बहुत थोड़ा-थोड़ा पानी आता था, वह भी थोड़ी सी देर के लिए। एक बार कई लोग नल से पहले पानी भर लेने के लिए आपस

में झगड़ रहे थे। सभी एक दूसरे पर गुस्से से तमतमाकर चिल्ला रहे थे। तभी मास्टरजी अपनी साइकिल से वहाँ से गुजरे। उन्होंने एक आदमी से कहा, "भाई, क्यों गुस्सा हो रहे हो? यह तो बहुत बुरी बात है।" वह आगे बढ़कर उनकी साइकिल रोककर बोला, "मास्टरजी, आप कहते रहते हैं कि गुस्सा आने पर तुरंत ठंडा पानी पी लिया करो। मेरे घर में एक बूँद पानी भी नहीं है। आप तो यह भी समझाते हैं कि जहाँ गुस्सा आ रहा हो, उस जगह से कुछ देर के लिए चले जाना चाहिए। अगर मैं यहाँ से चला गया, तो दिन भर प्यासा ही रहना पड़ेगा।"

गुस्से से उपज सकते हैं नए समाधान

मास्टरजी वहाँ से चुपचाप खिसक लिए। शायद उन्हें भी उस आदमी पर गुस्सा आ गया हो। वहाँ मौजूद एक नौजवान उस बातचीत को सुन रहा था। अचानक उसने झगड़ रहे उन लोगों को एक सुझाव दिया कि क्यों न सभी मिलकर नगरपालिका के ऑफिस चलें, जहाँ से इस समस्या का हल हो सकता है। भले ही इसमें आधा दिन खर्च हो जाएगा, लेकिन रोज-रोज की पानी की किल्लत से बच सकते हैं। कुछ लोगों ने उसकी बात का समर्थन किया और कुछ का कहना था कि ऐसा करने से कुछ नहीं होगा। जो नल में से पानी ले चुके थे, वे बाल्टियाँ हाथों में लेकर लौटने लगे। तभी वह नौजवान पानी से भरी हुई अपनी दो बाल्टियाँ लेकर सबको दिखाते हुए बोला, "यों तो मैं सुबह सबसे पहले आकर पानी भर चुका हूँ, लेकिन यह हम सभी की रोज-रोज की समस्या है। इसलिए मेरे मन में और भी ज्यादा गुस्सा है। आप लोग साथ चलें या न चलें, मैं तो नगरपालिका के दफ्तर जा रहा हूँ।" देखते-देखते लगभग सभी उसके साथ चल दिए। दूसरे दिन से नल में पहले की तरह पूरा पानी आने लगा था।

गुस्सा भले ही एकदम निजी भाव हो, लेकिन उसके पैदा होने के कारण और परिणाम बाहरी होते हैं। गुस्सा आने के कई कारण हो सकते हैं। जैसे जब हमारे मन के माफिक कोई काम नहीं होता, किसी बात में अपनी बेइज्जती लगती हो, जब हम हारने या असफल होने लगते हैं और किसी दूसरे को

दोषी समझते हैं, जब कोई जगह, चीज या आदमी हमें पसंद नहीं आता, ट्रैफिक लाइटों पर या रोड पर कोई अपनी कार या मोटरसाइकिल रोककर खड़ा हो जाए, या फिर जिससे हम नफरत या ईर्ष्या करते हैं, उसकी मौजूदगी से ही गुस्सा आ जाता है। इसकी प्रतिक्रिया गाली-गलौज, चीख-चिल्लाहट, बदला, तोड़-फोड़, मारपीट, हिंसा आदि से लेकर हत्या और आत्महत्या तक हो सकती है। हम इस तरह की प्रतिक्रियाओं में न केवल गुस्से जैसी कीमती चीज को बरबाद कर देते हैं, बल्कि खुद का और दूसरों का बड़ा नुकसान कर लेते हैं।

दूसरी तरफ ऐसी परिस्थितियाँ होती हैं, जिनमें सचमुच गुस्सा आना चाहिए। कई बार आता भी है। लेकिन ऐसे गुस्से का संबंध मनुष्य के भीतर की संवेदना और सामाजिक चेतना से है। कल्पना कीजिए कि आपके सामने कोई व्यक्ति किसी अबोध बच्चे या किसी अशक्त वृद्धा के साथ जुल्म कर रहा है, पुलिस का सिपाही किसी निरपराध महिला को पीट रहा हो, कुछ लोग किसी बच्ची के साथ दरिंदगी कर रहे हों, उद्दंड व्यक्ति स्कूल, रेलवे स्टेशन, बस अड्डे या पूजा की जगह पर किसी का अश्लील चित्र बना रहा हो या गंदगी फैला रहा हो, तब आपके मन में जरूर गुस्सा आना चाहिए, लेकिन मर्यादा में रहते हुए।

गुस्सा आने की और भी कई बड़ी और गहरी वजहें होती हैं, जैसे औरतों और बच्चों के साथ सदियों से चल रहा भेदभाव, धर्म के नाम पर पाखंड व अंधविश्वास, जात-पाँत, ऊँच-नीच, सांप्रदायिकता गैर-बराबरी जैसी चीजों को चलाए रखना और बढ़ावा देना तथा समाज, देश और मानवता को नुकसान पहुँचाने वाले काम करना आदि।

8 जुलाई, 1971 की अपनी डायरी में एक घटना लिखी थी—

"एक दिन मैं भगवान् के दर्शन की कामना लेकर एक बड़े सुंदर स्थानीय मंदिर में गया। दूर से ही घड़ियाल, घंटों और भजनों की ध्वनियाँ सुन मन प्रसन्नता से आह्लादित हो उठा। कुछ देर के लिए मैं मई–जून की उस भयानक गरमी को भूल गया, जो सुबह 10–11 बजे के लगभग ही आग बरसा रही थी। उस गरमी का खयाल तो मुझे तब हुआ, जब मंदिर की सीढ़ियों के नीचे बैठे एक चमार (उन दिनों चमड़े का काम करने वालों को बोलचाल की भाषा में यही कहा जाता था) ने मुझे आवाज दी, "बाबूजी, दस पैसे में जूते पर बढ़िया पॉलिश! जब तक आप ऊपर से दर्शन करके आएँगे।"

"वह लगातार भक्तों की जोड़ियों (जूतों) पर पॉलिश किए जा रहा था। बार–बार हाथ से पोंछने के बाद भी उसके माथे का पसीना बूँदें बन करके सड़क की मिट्टी को चूम लेता था। मैं एक क्षण स्तब्ध खड़े रहकर अपने जूते उसे पॉलिश को देकर सीढ़ियों से ऊपर मंदिर में चढ़ गया। मैं भी भक्तों की भीड़ में एक ओर खड़ा हो गया। पुजारीजी ने प्रसाद बाँटा और फिर संगमरमर की मूर्ति के पैर पानी से धोकर चरणामृत बाँटा। दुर्भाग्यवश एक वृद्ध के हाथ से वह अमृत नीचे गिर गया। पुजारी के तेवर बदले और बड़े ही अभद्र शब्दों में उसे दुत्कारा। मैंने सोचा, पानी ही तो था। गिर गया। गिर जाने देते। इतनी अभद्रता कैसी?

"घर आकर भी मेरे मस्तिष्क में एक ही प्रश्न उठा। मेरे देशवासी जब पत्थर के पैरों से लगे पानी का इतना आदर करना जानते हैं, तो तपती दुपहरी में जूते पर पॉलिश करके अपने बच्चों का पेट ईमानदारी से पालने वाले चमार के माथे से गिरती पसीने की बूँदों का मूल्य क्यों नहीं समझ सके? पीछे ले जाने वाली परंपराओं की अपेक्षा आगे बढ़ाने वाले श्रम का मूल्य क्यों नहीं

आँक पाए? पत्थर के पैरों के पानी और मानव के सिर के पानी के मूल्यों का सही ज्ञान क्यों नहीं कर पाए? क्या परमात्मा के बेटों की पूजा करने में हम थक गए, जो पत्थरों को पूजने लगे? तो सैकड़ों वर्षों के पत्थर पूजने में हम क्यों नहीं थके?

"ऐसी साधारण सी घटनाएँ मुझे और आपको अकसर ही देखने में आती हैं। परंतु ऐसी घटनाएँ निरंतर मुझे पत्थरों से दूर और भगवान् के बेटों के निकट ले जा रही हैं। मैं निरंतर भाग रहा हूँ, प्राणिमात्र में रमे परमपिता की सेवा के लिए, पूजा के लिए। लोग कहते हैं कि मैं नास्तिक हो रहा हूँ।"

मुझे उस दिन दो बार बहुत दुःख हुआ और गुस्सा भी आया था। उस शानदार मंदिर के बाहर जूता सुधारने और पॉलिश करने वाले उस आदमी की हालत देखकर और दूसरी बार एक गरीब से दिख रहे बूढ़े भक्त के साथ पुजारी का बुरा बर्ताव देखकर। मैं इससे मिलती-जुलती घटनाएँ देखता था, जिससे मुझे बड़ा गुस्सा आता था। फिर भी मैंने ऐसे लोगों से सीधे तौर पर झगड़ा मोल नहीं लिया, जो उन हालातों के लिए जिम्मेदार थे। इस तरह अपना गुस्सा बरबाद नहीं होने दिया। उसे सँभालकर रखा और धीरे-धीरे उसी ऊर्जा से उनके समाधान करने के रास्ते ढूँढ़ता रहा। अपने भीतर भी, और बाहर भी।

इस तरह क्रोध की ऊर्जा का इस्तेमाल आत्मिक उन्नति के लिए भी किया जा सकता है। जिस तरह मेरे सपने मुझ तक सीमित नहीं रहे, उसी तरह से मेरे गुस्से का दायरा भी बहुत बड़ा है। समाज की बेहतरी के लिए हर तरह की बुराई के खिलाफ एक गुस्सा जरूरी है। ऐसे गुस्से से विध्वंस नहीं, सृजन होता है। अपने भीतर की और दूसरों की बुराइयों को खत्म करके अच्छाई लाई जा सकती है। हिंसा का अंत करके शांति स्थापित की जा सकती है। अकेले आदमी के गुस्से की ऊर्जा भी सीमित रहती है, लेकिन जब वही गुस्सा बहुत सारे लोगों का बन जाता है, तो उसमें से कई गुनी ऊर्जा पैदा हो सकती है। दुनिया के इतिहास में बड़ी-बड़ी क्रांतियों और बदलावों में बाकी बातों के अलावा सामूहिक गुस्से का भी बहुत बड़ा रोल रहा है।

मैंने क्रोध से प्रेरित होकर कई बड़े फैसले लिए और संघर्ष किया। लेकिन उसे किसी बदले, विध्वंस, घृणा और हिंसा के लिए इस्तेमाल नहीं होने दिया। मैं हमेशा से यह मानता रहा कि क्रोध की पूँजी को जमा करके उसे सही मौकों पर सही तरीके से खर्च किया जाए। मैंने बचपन से ही अपने ही घर में मैला ढोने वालों के साथ अछूतों का व्यवहार देखा था। मैं देखता था कि जो महिलाएँ हमारे पाखाने साफ करती हैं, वे सार्वजनिक नल से पानी नहीं पी सकती थीं। मंदिरों में घुस पाना तो दूर, उन्हें सवर्णों की दुकानों से चाय तक ले सकने की मनाही थी। जिन्हें लोग भंगी या चमार कहते थे, उन दलित परिवारों का एक भी बच्चा प्राथमिक कक्षा में मेरे साथ नहीं था। वह सब देखकर मुझे बहुत गुस्सा आता था।

एक बार मैंने अपने शहर विदिशा में छुआछूत खत्म करने के लिए सवर्णों का एक सहभोज रखा। उसमें अछूत मानी जाने वाली कुछ महिलाओं के हाथों भोजन पकवाया, लेकिन हामी भरने के बाद भी कोई भोज में नहीं आया। उल्टा मुझपर ही धर्मभ्रष्ट हो जाने की तोहमत लगा दी। सजा के तौर पर मुझे हरिद्वार जाकर गंगा में नहाकर शुद्धिकरण करने का हुक्म दे डाला। मुझे और भी ज्यादा गुस्सा आया। मैंने बिरादरी के ठेकेदारों के साथ झगड़ा करने की बजाय अपना जातिसूचक नाम बदल डाला था। उसके कारण मुझे वर्षों तक अपनों से ही तिरस्कार झेलना पड़ा था। उससे मेरे भीतर लगातार गुस्से की ऊर्जा जमा होती रही थी। इस तरह से छुआछूत और जात-पाँत के खिलाफ लड़ने की और ज्यादा ताकत मिलती रही।

कई सालों के बाद जब मुझे पता चला कि राजस्थान के सबसे प्रसिद्ध मंदिरों में से एक नाथद्वारा में हरिजनों (दलितों) का घुसना मना है, तब सचमुच मुझे बहुत गुस्सा आया था, क्योंकि वह इंसान और भगवान् दोनों का अपमान था। वह परंपरा 400 साल से चली आ रही थी। इस बात का फरमान एक पत्थर पर खुदवाकर मंदिर की दीवार पर चुनवा दिया गया था। उस इलाके के और बाहर से आने वाले दलित भी मंदिर में घुसकर मूर्ति के दर्शन करने की इच्छा या कल्पना नहीं करते थे। मेरे साथियों और मैंने उस दिन उस परंपरा का विरोध किया। हमने अपने गुस्से को नाथद्वारा कस्बे और आसपास के गाँव में रहने वाले दलितों के गुस्से में बदला। वह काम आसान नहीं था, क्योंकि ज्यादातर

मामलों में सामूहिक गुस्से से भड़की आग के विस्फोट और विध्वंस में बदल जाने का बड़ा खतरा होता है। ऐसी आग को आपको बुझाना भी आसान नहीं होता। इसलिए जरूरी है कि उसे बुद्धि और विवेक के चूल्हे में सुलगाकर रखा जाए और सही मौके पर उसका इस्तेमाल किया जाए।

हमने संविधान में दिए गए अधिकारों और अदालत का सहारा लेकर मंदिर में प्रवेश का आंदोलन चलाया। वहाँ के सवर्ण लोगों ने बहुत विरोध किया। यहाँ तक कि मेरे साथियों और मुझपर जानलेवा हमला तक किया। लेकिन मानवीय गरिमा, शांति और सद्भावना के लिए जलाई गई उस आग में इतनी रोशनी थी कि पूरे देश में हमारे समर्थन में आवाज उठने लगी थी। यहाँ तक कि भारत के राष्ट्रपति महोदय ने खुद हरिजनों को साथ लेकर उस मंदिर में जाने की घोषणा कर दी। आखिरकार उस मंदिर के अधिकारियों और पुजारियों ने हरिजनों के प्रवेश पर लगी रोक को हमेशा के लिए हटा दिया। दीवार के उस पत्थर को भी निकाल दिया गया।

सामाजिक कार्यकर्ता या सोशल मीडिया योद्धा

मैं ऐसे दो नौजवानों की बात कर रहा हूँ, जिनके जन्म से पहले से उनके पिताओं से मेरा दोस्ताना रहा है। उनका किसी राजनीतिक पार्टी या विचारधारा से कोई संबंध नहीं था। वे दोनों मध्यम वर्गीय परिवार अपने-अपने तरीके से समाज की चिंता और भारत से प्यार करने वाले थे। वे बचपन से ही अपने बच्चों को नैतिकता और देशभक्ति की सीख देते रहते थे। आजकल बच्चे बड़े होकर अलग-अलग विश्वविद्यालयों में पढ़ रहे हैं। वे आपस में एक-दूसरे को नहीं जानते। कई सालों के बाद मेरा उनमें से एक से मिलना हुआ। तब वह किशोर था। उसका सपना वैज्ञानिक बनने का था। मैंने देखा कि उसके सोचने-समझने का तरीका बड़ा तार्किक और समझदारी भरा था। वह स्वभाव से गंभीर था। उस लड़के ने सामान्य सी चीजों के द्वारा विज्ञान के कुछ प्रयोग करके भी दिखाए थे। इसी तरह से मुझे दूसरे किशोर से मिलने का मौका मिला था। उसकी याददाश्त गजब की थी। उसे सैकड़ों गजलें और कविताएँ याद थीं। वह बहुत अच्छी पेंटिंग भी बनाता था। वह बड़ा होकर एक प्रसिद्ध गजल गायक बनना चाहता था।

मजेदार बात यह थी कि दोनों ही परिवारों ने मुझसे अपने बच्चों के गुस्सैल होने की शिकायत की थी। मैंने भी हँसकर बोल दिया था कि गुस्सा होना कोई बुरी बात नहीं है, बशर्ते कि वह किसी बुराई या गलत चीज के खिलाफ हो। उससे किसी भी हालत में दूसरों के लिए नफरत और हिंसा का भाव पैदा न हो। वह बात आई-गई होकर रह गई। अभी थोड़े समय के अंतराल में मेरा अलग-अलग मौकों पर उन नौजवानों से मिलना हो गया। अब तक दोनों अपनी-अपनी जगह पर युवा नेता बन चुके हैं।

जो किशोर वैज्ञानिक बनने के सपने देखता था, अब वह राजनीति शास्त्र में एम.ए. कर रहा है। वह प्रसिद्ध कम्युनिस्ट क्रांतिकारी चे ग्वेवारा जैसा लाल सितारे लगा हुआ काले रंग का कैप पहने हुए था। उसके मोबाइल फोन पर भी चे की फोटो थी। उसी तरह की दाढ़ी भी बढ़ा रखी थी। वह बात-बात में 'सर्वहारा', 'बुर्जुआ', 'लामबंदी', 'हिंदुत्व', 'पूँजीवादी व्यवस्था' और 'वर्ग-संघर्ष' जैसे शब्दों का प्रयोग करता था और मार्क्स, लेनिन, माओ, फिदेल कास्त्रो आदि की कहानियाँ तथा कोट्स सुनाता था। दरअसल उसकी दुनिया सिकुड़कर उन्हीं लोगों के बीच में सिमटकर रह गई थी। वह बाकी सभी पार्टियों को सांप्रदायिक और बुर्जुआ मानता है। चेहरे पर थकान होते हुए भी उसे वहाँ की सत्तारूढ़ पार्टी और देश की पूरी राजनीति ही नहीं, धर्म-संस्कृति और इतिहास से बहुत सी शिकायतें, गुस्सा और नफरत थी।

दूसरे नौजवान की कहानी भी कम चिंताजनक नहीं है। वह मेरी पिछली मुलाकात के मुकाबले ज्यादा ऊर्जावान और उत्साही नजर आ रहा था। अब उसके मुँह से दिल को सुकून देने वाली शेरो-शायरी नहीं, बल्कि बात-बात में 'लव जिहाद', 'टुकड़े-टुकड़े गैंग', 'अर्बन-नक्सली', 'राष्ट्र विरोधी' शब्द निकल रहे थे। उसके हावभाव में अहंकार था। उसके दिल में यह बात बहुत घर कर गई थी कि हिंदू समाज का सैकड़ों साल से उत्पीड़न हो रहा है, किंतु अब हिंदू पुनरुत्थान का युग आ गया है। उसके मन में गैर-हिंदुओं के प्रति घोर अविश्वास का भाव था या गहरी नफरत। हालाँकि, पहले नौजवान की तरह वह अभी तक किसी संगठन या पार्टी का सदस्य नहीं बना है।

शिक्षा मौलिक अधिकार

अब भी उनके परिवार वालों को उनसे करीब-करीब एक जैसी ही शिकायतें थीं, जैसे—'देखिए हम इसकी पढ़ाई-लिखाई पर इतना खर्चा उठा रहे हैं, लेकिन अब इसके पास अपने भविष्य की कोई योजना नहीं है', 'इसके साथ के बच्चे तो पढ़ाई में बहुत आगे हैं और उन्हें अच्छी नौकरी मिल जाएगी, लेकिन हमें बहुत चिंता है कि यह आगे जाकर क्या करेगा', 'जब दिनभर सोशल मीडिया पर लगा रहता है या फोन पर किसी-न-किसी से चिल्ल-पों करता है, तो पढ़ाई कब करता होगा ?,' 'देश-दुनिया की बड़ी-बड़ी बातें करता है, लेकिन हमने तो इसे कभी किसी की मदद करते नहीं देखा', 'घर में तो अपने हाथ से पानी का गिलास तक उठाकर नहीं पीता' आदि।

बचपन से ही उन दोनों के दिलों में सपने थे और गुस्सा भी। यानी कि उनके पास बहुत बड़ी दौलत और ताकत थी। यह बहुत महत्त्वपूर्ण और अच्छी बात है कि आज उन नौजवानों की वही ताकत खुद के स्वार्थ के दायरे से बाहर निकलकर बड़े समुदाय के लिए है। मुझे उन लड़कों से थोड़ी सी बातचीत करने से ही अंदाज लग गया था कि उनकी असली दुनिया अपने-अपने व्हाट्सएप ग्रुपों, फेसबुक फ्रेंडस, ट्विटर आदि सोशल मीडिया एप्स पर निर्भर हो गई थी। उनकी सोच, फैसले और व्यवहार उन्हीं से प्रभावित होते थे। सोशल मीडिया के भीतर ही उनके दोस्त थे, और दुश्मन भी। शिक्षक, मार्गदर्शक, गुरु और डॉक्टर सब उसी में थे। इसलिए वे अपने सपनों और गुस्से को उसी के जरिए पूरा कर लेते हैं।

वे भूल रहे हैं कि समाज की सुंदरता विविधताओं से और ताकत एकता से आती है। विज्ञान और टेक्नोलॉजी ऐसे औजार हैं, जो मनुष्य को सच्चाई की तरफ बढ़ने का रास्ता बनाते हैं। लेकिन आज विडंबना यह है कि इंफॉर्मेशन टेक्नोलॉजी और आर्टिफिशियल इंटेलिजेंस के घालमेल का दुरुपयोग झूठ, पाखंड, अलगाव, असहिष्णुता, घृणा और हिंसा फैलाने में किया जा रहा है। फिर भी अच्छी खबर यह है कि दुनिया में बहुत सारे लोग, खासकर युवा अपने अहिंसक और शांतिपूर्ण ढंग से गुस्से का सदुपयोग कर रहे हैं। वे दुनिया की बेहतरी के लिए नए-नए तरीके खोज रहे हैं और बदलाव ला रहे हैं।

आक्रोश का उपयोग करना सीखें

मैं सन् 1999 की एक घटना बता रहा हूँ। तब सोशल मीडिया की तो बात ही छोड़िए, हम साधारण मोबाइल फोन का इस्तेमाल भी नहीं करते थे। हम गुलामी से छुड़ाकर लाए गए बच्चों को मुक्ति आश्रम में रखते थे। उनकी औपचारिक पढ़ाई के लिए पास के बुराड़ी गाँव के सरकारी स्कूल में दाखिला कराने की कोशिश करते थे। इस तरह हमारे कई बच्चे स्कूल जाने लगे थे। एक बार मैं ऐसे कुछ बच्चों को लेकर स्कूल गया। उस दिन शायद मास्टर साहब का मूड खराब था। वह मेरे पहुँचते ही मुझ पर भड़क पड़े, "आप बार-बार ऐसे बच्चों को लेकर मत आया करिए। जब देखिए तब गंदे बच्चों को लेकर यहाँ भरती कराने आ जाते हैं। न तो इन्हें बात करने की तमीज है और न ही ठीक ढंग से कपड़े पहनने का शऊर। यहाँ पर गंदगी भी फैलाते हैं। गाली-गलौज और झगड़े करते हैं। इससे हमारे दूसरे बच्चे भी बिगड़ रहे हैं और स्कूल का वातावरण खराब हो रहा है। मैं अब किसी को एडमिशन नहीं दूँगा।"

उनकी बात सुनकर मुझे बहुत गुस्सा आया। फिर भी मैंने विनम्रतापूर्वक उन्हें समझाने की कोशिश की। लेकिन वे नहीं माने। उन्होंने मुझे पकड़कर बाहर निकालने के लिए स्कूल के चपरासी और कर्मचारियों को बुला लिया। इससे पहले कि वे मेरे साथ हाथापाई करते, मैं बाहर निकलकर स्कूल के दरवाजे पर धरना देकर बैठ गया। मैंने कह दिया कि जब तक मेरे बच्चों का एडमिशन नहीं हो जाता, मैं यहाँ से नहीं भागूँगा। तब तक मुक्ति आश्रम से मेरे 2-3 सहयोगी भी पहुँच चुके थे। मैंने सोचा कि क्यों न अपने कुछ वरिष्ठ साथियों से सलाह-मशवरा कर लिया जाए। मैंने स्कूल के बगल में चाय की दुकान से एक वकील मित्र को फोन किया। वे बोले, "यहाँ धरना देने से कोई फायदा नहीं है। थोड़ी देर बाद आपको पुलिस उठाकर ले जाएगी। असली बात पुलिस की नहीं है, बल्कि यह है कि हमारे देश में ऐसा कोई कानून या संवैधानिक प्रावधान नहीं है, जिसके तहत स्कूल के हेड मास्टर किसी बच्चे के एडमिशन के लिए बाध्य हो। इसलिए बेहतर होगा कि आप वहाँ से चले आएँ।"

मेरे पास उनकी बात मानने के अलावा कोई उपाय नहीं था। बच्चों को शिक्षा का कानूनी अधिकार नहीं होने की बात मुझे मालूम थी। लेकिन उस दिन मेरे भीतर का गुस्सा लबालब भर गया था। उसी गुस्से में से एक नए विचार, नई आशा, नए उपाय, नया संकल्प और नया कार्यक्रम निकला। मैंने फैसला कर लिया कि अब तो नया कानून बनवाकर ही दम लेंगे। लेकिन वह तब तक नहीं हो सकता था, जब तक कि संविधान में शिक्षा को मौलिक अधिकार का दर्जा न मिले। यह और भी बड़ी चुनौती थी। वहीं से एक नए आंदोलन की शुरुआत हो गई थी। हमने देश भर के कई संगठनों को उसमें शामिल किया। प्रत्येक संसद् सदस्य को चिट्ठियाँ लिखकर अपील की। ज्यादातर सांसदों से उनके घर जाकर मिले और अपनी बात समझाई। उनमें से 163 संसद् सदस्य हमारे साथ सहमत हुए और हमारे द्वारा बनाए गए 'शिक्षा के अधिकार के लिए संसदीय फोरम' में शामिल हुए। वे अलग-अलग पार्टियों के थे।

हमने प्रधानमंत्री और विपक्ष के सभी नेताओं से मिलकर संविधान में संशोधन करने के लिए गुहार लगाई। धीरे-धीरे वह एक मुद्दा बन गया था। लेकिन इतने भर से बात नहीं बनी। तब देशभर के सैकड़ों संगठनों को साथ लेकर हमने राष्ट्रव्यापी शिक्षा यात्रा की। यात्रा कन्याकुमारी से शुरू होकर कश्मीर होते हुए दिल्ली में पूरी हुई थी। आखिर हम सफल हुए और साधारण लोगों के गुस्से और संकल्प ने भारत के संविधान को बदलवा दिया। साल भर के अंदर शिक्षा हर बच्चे का मौलिक अधिकार बन गई।

मेरे खयाल से क्रोधित होना तो जिंदा होने की निशानी है। अगर हमारे मन में इंसानियत को कुचलने वाले किसी कुकृत्य को देखकर जरा भी आवेश न आए, तो समझिए कि हमारी आत्मा मरी हुई है। लेकिन यदि हमारा गुस्सा सिर्फ निजी कारणों से है या जिसका परिणाम घृणा विध्वंस और हिंसा है, तो वह आत्महत्या की तरह होता है। इसलिए जरूरी है कि क्रोध सकारात्मक, सात्त्विक और सृजनकारी हो। यह तभी संभव है, जब हम ऐसे मुद्दों पर क्रोध का उपयोग करें, जिनका हल करने पर बड़ी संख्या में लोगों का हित हो सके। यह भी आवश्यक है कि दूसरे लोगों के क्रोध को भी हिंसा और विध्वंस में बरबाद होने

से बचाकर सकारात्मक बदलाव और बड़ी समस्याओं के हल के लिए इकट्ठा करें। इलेक्ट्रिकल इंजीनियरिंग के जमाने में मैंने यह भी सीखा था कि अलग-अलग जगह पैदा की जा रही बिजली को बचाने के लिए एक बेहतर तरीका पावर ग्रिड बनाना होता है। यानी बिजली की बहुत सारी ऊर्जा को इकट्ठा करके वितरित करना।

□

भलाई की फसल

मेरे एक नौजवान सहयोगी हैं। वे पढ़ाई-लिखाई से इंजीनियर हैं। आजकल हमारे संगठन में बच्चों के अधिकार के जानकार के रूप में सरकारी कर्मचारियों और एनजीओ के कार्यकर्ताओं की ट्रेनिंग करते हैं। मुझसे बहुत स्नेह रखते हैं। इसलिए वे अपनी निजी समस्याओं से लेकर कॅरियर और प्रेम संबंधों तक को लेकर होने वाली मानसिक उलझनों के बारे में बेझिझक बात कर लेते हैं।

पिछले दिनों उन्होंने एक पुरानी बहस शुरू कर दी, जो अकसर सामाजिक संगठनों और कॉर्पोरेट जगत् में चलती रहती है। वह यह कि काम में बेहतर परिणाम के लिए व्यावसायिक नजरिया जरूरी है या भावनात्मक ? उनकी टीम में भी वही दुविधा चल रही थी। मैंने उनसे पूछा, "तुम क्या सोचते हो ?"

उन्होंने जवाब दिया, "मेरे खयाल से तो दूसरों की भलाई की भावना के साथ काम करना जरूरी है, लेकिन मेरे कई साथियों का मानना है कि पेशेवर तरीके से ही बेहतर काम हो सकता है और पेशेवर लोग ही ज्यादा तरक्की कर सकते हैं।"

मैंने उन्हें समझाते हुए कहा कि दोनों का अपना महत्त्व है। अलग-अलग जगह पर कहीं भावना की ज्यादा जरूरत होती है, तो कहीं व्यावसायिक बुद्धि की। लेकिन दोनों एक-दूसरे के पूरक हैं। उद्योग और व्यापार वगैरह के पीछे भी एक भावना होती है। वह है, ज्यादा-से-ज्यादा मुनाफा या फायदा उठाना। उत्पादन, बिक्री और मैनेजमेंट के व्यावसायिक तौर-तरीके इसी मकसद को पूरा करने के लिए बनाए जाते हैं।

दूसरी तरफ अपनी जान हथेली पर रखकर सीमा पर लड़ने वाले, या आगजनी और बाढ़ जैसी आपदाओं से जूझने वाले बहादुर जाँबाज एक दूसरी तरह की भावना से प्रेरित होते हैं। वे खुद की परवाह किए बगैर देश की या दूसरों की रक्षा के लिए खुद की जिंदगी न्योछावर करने में जरा भी नहीं हिचकते। हालाँकि हथियार चलाने या दूसरे औजारों और मशीनों आदि के लिए उनकी भी ट्रेनिंग कराई जाती है। एक टीम और अनुशासन में काम करना सिखाया जाता है। एक तीसरा समूह सामाजिक कार्यकर्ताओं का होता है, जो दूसरों की बेहतरी के लिए सीधे तौर पर या समाज में बदलाव लाकर काम करना चाहते हैं। उनके काम के पीछे जो भावना काम करती है, वह है दूसरों की भलाई करना। यानी उन्हें किसी भी प्रकार के अभाव, अत्याचार, अन्याय, भेदभाव और गैर-बराबरी आदि से बचाना। करीब 25-30 साल पहले तक सामाजिक कार्य स्वयंसेवा माना जाता था। धीरे-धीरे वह एक पेशा बन गया है। इसलिए उसमें दूसरों की भलाई की भावना के साथ व्यावसायिकता की मात्रा ज्यादा हो गई।

यह बात सुनकर उन्होंने पूछा, "मैं सोचता हूँ कि ज्यादातर लोग स्वार्थी होते हैं। तो स्वार्थ से छुटकारा कैसे पाया जाए?" मैंने कहा, "स्वार्थी होना कोई बुरी चीज नहीं है। गड़बड़ तभी होती है, जब हमारे स्वार्थ का दायरा छोटा होता है। स्वार्थ में कंजूसी बुरी चीज है।" उन्होंने फिर पूछा, "आप भी कैसी बात कर रहे हैं?" मैंने कहा कि छोटा स्वार्थी सिर्फ खुद की चिंता करता है। केवल अपनी ही भलाई, खुशी, सुख-सुविधा और फायदे के बारे में सोचता है और उन्हें हासिल करने में जुटा रहता है।

स्वार्थ का दायरा थोड़ा सा बड़ा होने पर उसमें भाई-बहन, माता-पिता, पत्नी-पति या दूसरे रिश्तेदार शामिल हो जाते हैं। तब उनकी भलाई में अपनी भलाई नजर आने लगती है। उस दायरे में और ज्यादा फैलाव होने पर दोस्त और जान-पहचान के लोग जुड़ जाते हैं, यानी उनके फायदे और भलाई की चिंता भी होने लगती है। ऐसा होने पर आपस में भरोसा और प्यार, एक-दूसरे की मदद करने की इच्छा, सुरक्षा का भाव और खुशी का अहसास बढ़ने लगता है। अगर यही दायरा बढ़कर अनजाने लोगों को भी अपने अंदर समेट ले, तो वह स्वार्थ नहीं बल्कि परमार्थ, परोपकार या सबकी भलाई की तरह माना जाता है।

मेरे वे नौजवान साथी कहाँ रुकने वाले थे। वे काफी व्यावहारिक हैं। इसलिए उन्होंने मुझसे वैसे ही कुछ और सवाल किए थे। उनसे हुआ वह वार्त्तालाप आगे लिखा गया है। लेकिन पहले इस पर चर्चा करते हैं कि निजी स्वार्थ के दायरे को तोड़कर या फैलाकर उसमें सभी को समेट लेना क्यों उपयोगी है और वैसा करने में क्या अड़चनें हैं। मेरे विचार से बुद्धि, मन, अभिमान, आत्महीनता, आलस्य और डर जैसी रुकावटें पार करके ही हम सभी की भलाई करने के काबिल बन पाते हैं।

मैंने छह सितंबर, 1971 को अपनी डायरी में लिखा था—

"मैंने आज स्थानीय अस्पताल के बरामदे में एक ग्रामीण महिला को रोते देखा। पूछने पर मालूम हुआ कि उसका पति भरती है और उसकी हालत गंभीर होती जा रही है। डॉक्टर ने कुछ दवाइयाँ लिखीं और केवल दही या मट्ठा खाने को बताया। लेकिन वह उन्हें खरीदने में असमर्थ थी। मेरे सामने वह एक चुनौती थी। मैंने (जैसे-तैसे) उसके लिए दही की व्यवस्था कर दी।

"यह तो साधारण बात थी, परंतु रोगी उठने-बैठने तक में अक्षम था और वृद्धा स्वयं भी निर्बल थी। रोगी को सेवा की सख्त आवश्यकता थी। उससे मिलना-जुलना ही मेरे मित्रों और परिचितों के लिए मजाक बन गया था। अब समस्या यह थी कि मैं उसकी शारीरिक सेवा कैसे करूँ? मैं एक-दो दिन टाल गया, परंतु अंतर्द्वंद्व में उलझा रहा। वास्तव में तब तक ऐसा अवसर भी न आया था। लेकिन मैं अंतरात्मा की आज्ञा को न टाल सका। आखिर मैंने उसे ईश्वर मानकर उसकी सेवा की और वह ठीक हो गया।

"वह साधारण सी घटना मुझे कुछ अनुभव छोड़ गई। जब हम कोई कार्य करते हैं, तो लोग पूछते हैं—वह उन सब परंपराओं और मान्यताओं से अलग तो नहीं, जो हम मानते हैं?

हमारी अपनी बुद्धि पूछती है, क्या यह लाभप्रद है?

अभिमान पूछता है, क्या यह लोकप्रिय है?

आलस्य पूछता है, परिश्रम तो नहीं करना पड़ेगा?

भय कहता है, यह सुरक्षित तो है?

आत्महीनता कहती है, लोग क्या कहेंगे?

मन कहता है, करें या नहीं?

लेकिन मेरी आत्मा पूछती है, क्या इसमें परोपकार निहित है?

बस यही एक प्रश्न है, जिसका उत्तर खोजकर वह सबकुछ किया जा सकता है।"

घर-परिवार हो, स्कूल-कॉलेज, ऑफिस हो, अस्पताल, खेल का मैदान, घूमने का पार्क, ट्रेन, बस या कोई भी सार्वजनिक जगह हो, दूसरों के काम आने और मदद करने के लिए तैयार रहने वाले लोग हमेशा अच्छी नजरों से देखे जाते हैं। वे आमतौर पर खुशमिजाज, मिलनसार, उत्साही, विनम्र और जिम्मेदारी उठाने वाले होते हैं। उनका आत्मविश्वास ज्यादा होता है। इसलिए वे अच्छे टीम लीडर बनते हैं। इन गुणों के कारण ऐसे लोग अपने कॅरियर और व्यवसाय में दूसरों से बेहतर साबित होते हैं। इतना ही नहीं, वे दूसरों के मुकाबले शरीर और मन से भी ज्यादा स्वस्थ बने रहते हैं।

कुछ साल पहले अमेरिका में दो अध्ययन हुए थे। एक अध्ययन अलग-अलग समुदायों, आर्थिक हैसियत वालों और इलाकों के 40 परिवारों के बीच किया गया था। उनमें से जो परिवार अपना समय निकालकर एक-दूसरे के लिए भावनात्मक सहारा बनते थे, वे बाकी परिवारों की तुलना में 48 फीसदी से ज्यादा स्वस्थ पाए गए। इसी तरह दूसरा अध्ययन 2000 व्यक्तियों के ऊपर 5 साल तक चलता रहा। वह उनकी रहन-सहन, आदतों और स्वभाव के बारे में था। अध्ययन करने वालों में कई समाजशास्त्री, मनोवैज्ञानिक और डॉक्टर शामिल थे। उसमें पता चला कि अपनी आमदनी का 10 प्रतिशत से ज्यादा धन दूसरों की भलाई में खर्च करने वाले लोग बहुत कम डिप्रेशन, यानी मानसिक अवसाद के शिकार थे।

हमारे संगठन में बहुत से युवक-युवतियाँ वॉलिंटियर्स की तरह आते रहते हैं। उनमें से ज्यादातर हाई स्कूल और कॉलेजों के विद्यार्थी होते हैं। वे अकसर मुक्त बाल मजदूरों के शिक्षा और पुनर्वास के लिए बनाए गए बाल आश्रम या मुक्ति आश्रम में अपनी सेवाएँ देते हैं। उनमें से कुछ दो-तीन महीने तक आश्रम में रुकते हैं। वे बच्चों को अंग्रेजी, गणित या साइंस पढ़ाते हैं। फोटोग्राफी, हैंडीक्राफ्ट, संगीत, पेंटिंग आदि भी सिखाते हैं। कुछ तो अकेले आते हैं और कुछ ग्रुपों में विश्वविद्यालयों या किसी सामाजिक संगठन द्वारा भेजे जाते हैं। ज्यादातर

के लिए वह पहला और नया अनुभव होता है। मैं उन युवाओं का व्यवहार, हाव-भाव और काम करने के तरीके को गौर से देखता था। आश्रम के बच्चों को कुछ-न-कुछ सिखाने, पढ़ाने में ज्यों-ज्यों उनकी रुचि और समय बढ़ता जाता था, त्यों-त्यों उनके व्यक्तित्व में बहुत सकारात्मक बदलाव नजर आने लगता था। ऐसे सैकड़ों उदाहरण हैं।

भलाई में निवेश की आदत

इस तरह हम समझ सकते हैं कि दूसरों की भलाई या भलमनसाहत के लिए बाँटा गया थोड़ा सा समय, थोड़ा सा ज्ञान या थोड़ा सा धन एक्सपेंडिचर (खर्च) नहीं होता, बल्कि एक प्रकार से इंवेस्टमेंट यानी निवेश होता है। उसका रिटर्न यानी प्रतिफल खुद के ऊपर किए जाने वाले किसी भी खर्च से ज्यादा बड़ा, स्थाई और खुशियाँ देने वाला होता है। यों भी कह सकते हैं कि परोपकार के बीजों में से पेड़ उगने और फल लगने में भले ही कितनी देर लग जाए, लेकिन उसके फल बड़े मीठे होते हैं। लेकिन हर भलाई के मामले में ऐसा नहीं होता। जो लोग सिर्फ अपना फायदा और काम निकालने के लिए दूसरे की मदद करते हैं, उससे लाभ जरूर होता है, लेकिन उनका दिल छोटा का छोटा बना रहता है। ऐसे लोग खुद के भीतर भी बड़प्पन और संतोष महसूस नहीं कर सकते। जब कोई मदद या दान बदले में फायदा उठाने की अपेक्षा या नीयत से नहीं किया गया हो, वही हमें बेहतर इंसान बनाता है।

मेरे दिल्ली के ऑफिस में स्टाफ के ज्यादातर सदस्य मीटिंग हॉल में एक साथ बैठकर लंच करते थे। कुछ लोग जरूर अपनी डेस्क पर अकेले या 2-3 के छोटे-छोटे समूहों में बैठकर भोजन कर लिया करते थे। सभी अपने घर से शाकाहारी खाना लेकर आते थे, ताकि मिल-बाँटकर खाया जा सके। कुछ व्यक्ति अपने लंच बॉक्स में ज्यादा मात्रा में भोजन लाते थे, जिससे कि जो कोई घर से खाना न ला पाया हो, वह उसमें से खा सके। या फिर तब, जब दूसरों की पसंद की कोई डिश बनाई हो। दो या तीन व्यक्ति ऐसे भी थे, जो इधर-उधर घूमकर दूसरों की प्लेटों में से थोड़ा-थोड़ा खाना उठाकर काम चला लेते थे।

जो सिर्फ अपनी डेस्क पर अकेले बैठकर लंच करते थे, वे ऑफिस के कामों में शायद ही कभी किसी की मदद करते हों। वे बहुत कम मौकों पर हँसते-खिलखिलाते या सहज भाव में देखे जाते थे। उनके चेहरों पर और बातचीत में काम का दबाव, तनाव और चिंता साफ झलकती थी। वे कई बार बचा हुआ काम घर पर ले जाकर करते थे। कभी खुद का खाना न लेकर आने वालों से बाकी लोग धीरे-धीरे कन्नी काटने लगे थे। पता चला कि ऐसे लोग अकसर दूसरों से पैसा उधार लेकर मुश्किल से ही चुका पाते थे। खुद का काम भी बड़ी चतुराई से दूसरों से निकलवाते रहते थे।

ऐसे कर्मचारी जो घर से ज्यादा खाना बनाकर लाते थे, वे ऑफिस के कामों में दूसरों की सहायता करने में भी आगे रहते थे। ऑफिस के लोग उन पर भरोसा करते थे और उनका सम्मान भी करते थे। वे ज्यादातर वक्त खुश नजर आते थे। वे अपना काम तनाव के बिना, बेहतर और ज्यादा कर लेते थे। इसलिए उनके अधिकारी भी उन्हें पसंद करते थे और उनकी इज्जत करते थे। एक बार ऐसी महिला कर्मचारी बीमार पड़ गई थी। तब उसके घरवालों से भी ज्यादा हमारा पूरा ऑफिस उसकी मदद और सेवा करने में जुट पड़ा था।

इनसे उलट एक और उदाहरण है। हमारे यहाँ एक नौजवान कार्यकर्ता हमेशा युवा महिला कर्मचारियों की मदद के लिए तैयार रहता था। वह काफी हैंडसम, पढ़ा-लिखा और बातचीत में शिष्ट व्यक्ति था। वह अपना काम ढंग से करने के बजाय महिला-मदद में ज्यादा ध्यान देता था। किसी को छींक भी आ जाए तो सर्दी-जुकाम की दवाई लेकर हाजिर रहता था। ऑफिस छूटने के बाद किसी लड़की को टैक्सी की जरूरत हो, या फिर कोई सड़क तक बस पकड़ने के लिए अकेली जा रही हो, श्रीमान जी मौजूद रहते थे। उसे इसमें बड़ी खुशी होती थी। धीरे-धीरे लड़कियाँ उसके उन ढंगों से चिढ़ने लगी थीं। शायद एक-दो उसका फायदा भी उठाती होंगी। लेकिन उसका यह मददगार रवैया ज्यादा दिन नहीं चल सका। कुछ युवतियों ने ऑफिस के अधिकारियों से शिकायत कर दी, आखिर बेचारे को रोजगार से हाथ धोने पड़ गए। इसलिए भलाई के पीछे छुपी नीयत और मकसद को ठीक रखना बड़ा जरूरी है।

साफ नीयत का असर

दूसरों की भलाई का विचार अपने आप में इस बात का सबूत है कि हमारे भीतर भलाई के बीज हैं। लेकिन ऐसे बीज अकसर समाज की नैतिकता, दान-पुण्य और मजहब के गमलों में रोप दिए जाते हैं। गमलों में खिले फूल भी बहुत सुंदर और खुशबूदार होते हैं, कई बार तो जंगली फूलों से भी ज्यादा। लेकिन वे एक सीमा में ही रह सकते हैं। वे सुरक्षित जरूर हो सकते हैं, स्वतंत्र नहीं। सोचिए कि जिन बीजों में बरगद बनने की क्षमता है, उन्हें अगर बोनसाई बनकर रहना पड़े, तो उन पर क्या गुजरती होगी? बाहर से सिखाई गई नैतिकता या पुण्य कमाने की इच्छा से प्रेरित भलाई के काम हमें बोनसाई बना देते हैं। हमारा स्वार्थ बौना रह जाता है, क्योंकि ऐसा काम करने पर हमारे थोड़े से स्वार्थ, थोड़े से अहंकार और थोड़े से लालच को संतुष्टि मिलती है और हम उसी को महसूस करके खुश होते रहते हैं। दूसरी ओर, जो बीज जंगल में वृक्ष, फल और फूल बनते हैं, वे आजाद होते हैं, सबके लिए होते हैं। उनकी नैतिकता बाहर से थोपी हुई नहीं, बल्कि कुदरती होती है। उनकी अपनी होती है। वे मर जाएँगे, लेकिन किसी के मनोरंजन के लिए बोनसाई नहीं बनेंगे।

मैंने 10 मार्च, 1971 को अपनी डायरी के पन्नों पर यह लिखा था—

"एक दिन एक प्रसिद्ध मंदिर के सामने ही राह पर एक अंधा भिखारी बैठा था। मंदिर आने वाले कुछ लोग एक-दो पैसा उसकी टूटी सी कटोरी में डाल देते थे। एक बड़े ही सात्त्विक, धार्मिक, परमार्थी दंपती देवदर्शन हेतु मंदिर आए। राह में अंधे भिखारी को देख उन सज्जन ने बड़े ही उत्साह से आगे बढ़कर एक सिक्का उसकी कटोरी में डाल दिया।

"वे मंदिर (के भीतर) पहुँच भी न पाए थे कि अंधे ने अपना सिर दूसरी ओर घुमाया। उसने अपनी आँखें खोलकर सिक्के को देखा। जिस सिक्के की आवाज सुन (कर) वह जितना खुश हुआ था, अपने (बनावटी) अंधेपन पर उतना ही झुँझलाया। वह सिक्का खोटा था। मंदिर तक पहुँचते-पहुँचते वह उदार महाशय भी प्रसन्न थे। चलो अच्छा हुआ, खोटा सिक्का ठिकाने तो लगा और अंधा भी खुश हो गया होगा।

"आज की दुनिया में कितने सिक्के खरे हैं और कितने खोटे, अनुमान लगाना ही दुष्कर है। कैसी विडंबना है। सर्वत्र खोट ही खोट है, धोखा ही धोखा है। दाता और पात्र दोनों ही तो खोटे हैं, और परस्पर धोखा देने में गौरवान्वित तथा प्रसन्न हैं। कितना आडंबर है और कितनी सी सच्चाई। कितना धोखा है और कितनी सी ईमानदारी। हम संतोष, शांति, आनंद खोज रहे हैं। एक ओर हम ज्ञानचक्षु बंद करके जानबूझकर अंधे बनकर, दाताओं से (कुछ) चाहते हैं। शायद कोई हमारे अंधेपन पर तरस खा जाए। लेकिन दूसरी ओर हम ही हमारी कुछ बुराइयों व कमजोरियों को हमारे पास से (किसी दूसरे के पास) ढकेलना चाहते हैं। लेकिन हम असत्य के सहारे से यह करने पर भावनाओं से दूषित होते जाते हैं। कुछ मिल जाने पर सुखी नहीं हो पाते और (दान) देकर भी नहीं।"

"हम दाता बनकर अपना खोट दूसरों पर थोपकर उपकार का आडंबर

क्यों ओढ़े फिरते हैं? हमारी किसी भी कमजोरी पर हम हीनता का अनुभव करते हैं और दूसरों पर (दीनता) थोपना चाहते हैं। उस कमजोरी या बुराई के खोटे सिक्के को नष्ट कर देना चाहिए।

"हमें फिर से भलाई प्राप्ति की कोशिश करनी चाहिए और दूसरों को बाँटना चाहिए—दाता की तरह नहीं, सेवक की तरह। उपकार के भाव से नहीं, सेवा के भाव से। बुराई हमारी नहीं। हम उसे लेकर नहीं आए। फिर साथ लेकर क्यों जाएँ। हम भलाई साथ लेकर आए थे। फिर साथ लेकर ही क्यों न जाएँ? लेकिन बुराई बाँटने से घटती नहीं, बढ़ती है। और भलाई—वह भी बाँटने से घटती नहीं, बढ़ती है। तो आओ, हम सब भलाई की खेती करें।

"लेकिन स्मरणीय रहे—भलाई भले ही हमारी है, लेकिन (उसे) बाँटने पर गर्व (घमंड) नहीं होना चाहिए। हमारे साथ हम हर भलाई अधूरी लेकर आए थे। प्रभु से ही सद्बुद्धि के हाथ-पैर लेकर भलाई क्रियान्वित हो सकी। भौतिक जगत् में तो हम कुछ भी लेकर नहीं आए। कुछ भी लेकर नहीं जाएँगे। भौतिक जगत् के ये सभी साधन हमें भलाई की खेती करने को (मिले) हैं।"

महाभारत की एक कहानी है। पांडवों ने युद्ध जीतने के बाद युधिष्ठिर को पूरी दुनिया का सम्राट् घोषित करने के लिए राजसूय यज्ञ किया। उस समय के सभी राजा-महाराजा, विद्वान्, साधु, पुजारी, गणयमान्य लोग उनके भोज में शामिल हुए। उनके लिए तरह-तरह के पकवान परोसे गए थे। सभी ने महाराज युधिष्ठिर और पांडवों की बड़ी प्रशंसा की। जब वे लोग पंगत में से उठ गए, तभी एक नेवला अचानक वहाँ बची-खुची जूठन पर आकर लोटने लगा। सब यह देखकर हैरान थे कि उसके शरीर की आधी खाल सोने की थी। पांडवों ने उससे पूछा कि वह खाना खाने की बजाय जूठन पर लोट-पोट क्यों हो रहा है? उसने उत्तर दिया, "मैं सोच रहा था कि धर्मराज युधिष्ठिर के भोज की जूठन लगने से मेरी बाकी खाल भी सुनहरी हो जाएगी, लेकिन ऐसा नहीं हुआ। इसलिए मैं निराश हूँ।" उन्होंने नेवले से पूछा कि तुम्हारी आधी खाल सुनहरी कैसे हुई थी?

उसने बताया, "एक बार मैं एक गरीब ब्राह्मण की झोंपड़ी के पास से गुजर रहा था, जो भिक्षा माँगकर पेट भरता था। उसके परिवार में वह खुद, उसकी पत्नी और बेटा तथा बहू रहते थे। अकाल पड़ा हुआ था। मैं कई दिनों से भूखा था। मुझे उनके घर से रोटी पकने की सुगंध आई। मैं वहीं रुक गया। थोड़ी देर में उस ब्राह्मण की पत्नी एक रोटी बनाकर लाई। शायद उनके पास उतना ही आटा था। उसने रोटी के चार टुकड़े करके सबको एक-एक टुकड़ा बाँट दिया। तभी मैंने सामने खड़े होकर उन सज्जन से कहा कि मैं आपसे ज्यादा भूखा हूँ। अगर कुछ नहीं खाया तो मर जाऊँगा। उन्होंने अपना टुकड़ा मुझे दे दिया। उससे मेरा पेट नहीं भर सका। मैंने दूसरे टुकड़े की माँग कर डाली तो बाकी तीनों में अपना-अपना टुकड़ा देने की होड़ लग गई। आखिर ब्राह्मणी ने जिद करके पहले अपना टुकड़ा मुझे दे दिया। मेरी भूख अब भी नहीं मिटी तो मैंने एक और टुकड़ा माँग लिया। तब उनके पुत्र ने अपना हिस्सा मुझे दे दिया। लेकिन मेरी भूख फिर भी शांत नहीं हुई। आखिर में उस नौजवान की पत्नी ने भी अपना टुकड़ा मुझे खिला दिया। वे चारों भी कई दिनों से भूखे थे, लेकिन मेरा धन्यवाद करके चुपचाप सो गए। तभी मेरा आधा शरीर सोने का हो गया। बाद में मुझे किसी साधु ने कहा कि जब तुम ऐसे ही किसी महान् परोपकारी के यहाँ का खाना खाओगे, तभी बाकी शरीर सोने का बन सकेगा। मैं इसी आस में यहाँ तक आया था।"

नेवले की बात सुनकर युधिष्ठिर सहित सभी का सिर शर्म से झुक गया, क्योंकि उनका यज्ञ और महाभोज उस भूखे ब्राह्मण परिवार की एक रोटी के आगे बहुत छोटा था।

कई बार गलत तरीके अपनाकर भी बड़ी-बड़ी सफलताएँ हासिल हो जाती हैं। परंतु उनकी चकाचौंध के पीछे बहुत सी कालिख छुपी होती है। ऐसी सफलता या जीत की कीमत बहुत से बेकसूर लोगों को चुकानी पड़ती है। चालाकी, झूठ, धोखेबाजी, हेराफेरी और चोरी-चकारी की वह कालिख कामयाब दिखने वाले को चैन से नहीं सोने देती। उसके मन में डर, अविश्वास और आशंकाओं की तलवार लटकी रहती है। इसके अलावा देर-सबेर खुद को भी। इसलिए मैं उसे सपनों को पूरा करने की एक जरूरी शर्त मानता हूँ। हालाँकि, यह काम है बड़ा मुश्किल।

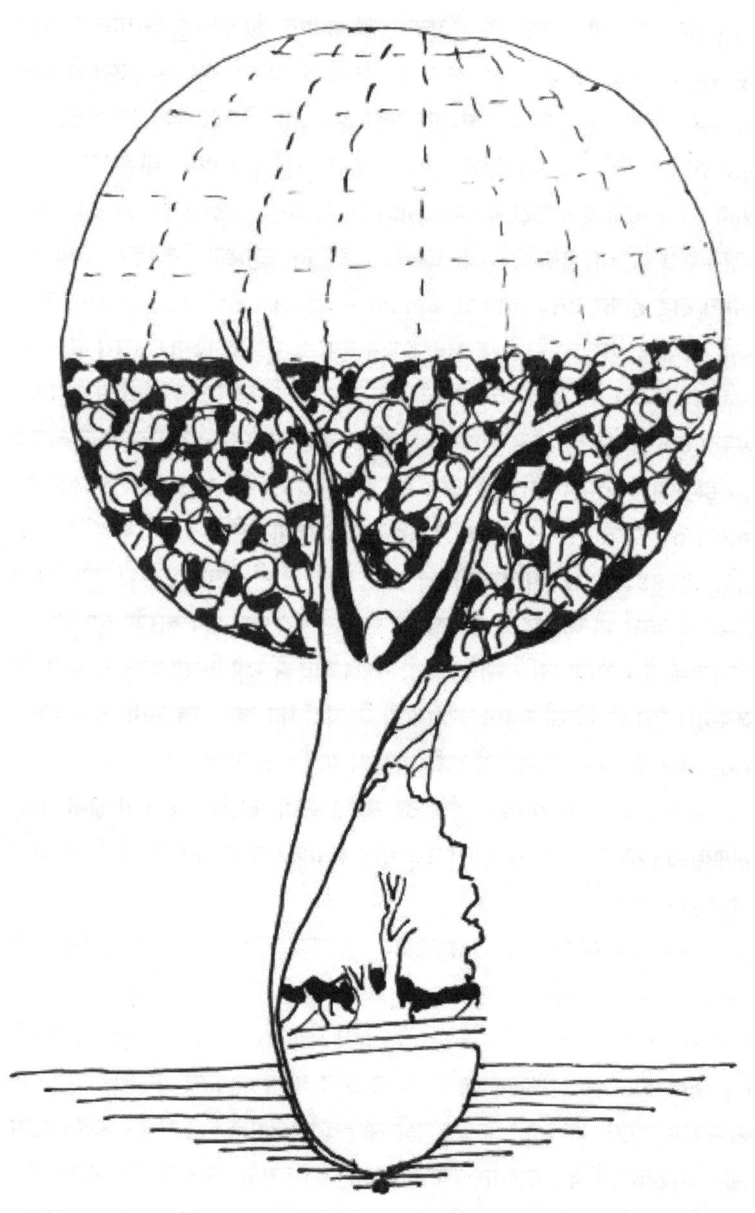

मेरा वास्ता बच्चों के अधिकारों और भलाई के लिए काम करने वाले ऐसे बहुत से संगठनों और लोगों के साथ पड़ा है, जिन्होंने बहुत तेजी से बड़े-बड़े तामझाम खड़े कर दिए थे। उनमें से एक सज्जन की कहानी यहाँ लिख रहा हूँ। वे दिल्ली में एक विदेशी दानदात्री संस्था में बड़े पद पर काम करते थे। विषय की अच्छी खासी जानकारी के साथ-साथ दानदाता संगठनों से भी उनके बड़े अच्छे संबंध थे। शायद इसीलिए उन्होंने वह नौकरी छोड़कर बाल कल्याण के कार्यक्रम चलाने के लिए अपनी संस्था बना ली थी। यह सन् 1990 के आसपास की बात है। कुछ ही महीनों के अंदर उन्होंने शानदार दफ्तर खोलकर व्यावसायिक योग्यता वाले कई लोगों को नियुक्त कर लिया। साथ ही देश के कई भागों में अपने कार्यक्रम चलाने शुरू कर दिए थे। उनसे मेरी बड़ी अच्छी जान-पहचान और मिलना-जुलना था। हम बाल मजदूरी के मुद्दों पर कभी-कभी मिलकर काम करते थे।

उनका देश और विदेश में काफी नाम हो गया था। उनके संगठन की रिपोर्टें, छपी हुई सामग्री, संगोष्ठी और सभाओं में प्रेजेंटेशन बहुत प्रभावशाली होते थे। उनकी संस्था बहुत बड़ी और साधन-संपन्न हो गई थी। फिर कुछ सालों में ऐसी खबरें आने लगीं, जो बहुत हैरान कर देने वाली थीं। जैसे जब किसी विदेशी दानदात्री संस्था का अधिकारी फील्ड विजिट करने के लिए आता था, तो वे उसे गाँव के सीधे रास्ते से ले जाने के बजाय बहुत ऊबड़-खाबड़, टेढ़ी-मेढ़ी पगडंडियों से घुमाकर गाँव तक ले जाते थे। पूरे रास्ते में मेहमान और खुद के फोटो वाले पोस्टर लगवाते थे। उसके स्वागत में जगह-जगह ढोल-नगाड़ों के साथ कुछ किराए के नाचने-गाने वालों को खड़ा कर देते थे। मेहमान को फूलमालाओं से लाद देते थे। इलाके में उनका प्रभाव देखकर मेहमान खुद भी बहुत प्रभावित हो जाते थे। कई सालों तक यह सब चलता रहा था।

एक बार नीदरलैंड की एक संस्था के अधिकारी को दाल में कुछ काला नजर आया। उसने कुछ देसी लोगों को प्रोजेक्ट देखने के लिए उन गाँवों में भेजा, जिनमें बाल कल्याण के बहुत खर्चीले प्रोजेक्ट चल रहे थे। उन्हें बहुत धक्के खाने के बाद भी ऐसे आधे से ज्यादा गाँव नहीं मिले, जिनके नाम पर पैसा दिया जा रहा था। दरअसल उन नामों से पूरे प्रदेश में कोई गाँव था ही नहीं। एक

पुरानी कहावत है कि आप कम लोगों को ज्यादा दिनों तक या ज्यादा लोगों को कम दिनों तक तो बेवकूफ बनाने में सफल हो सकते हैं, लेकिन बहुत से लोगों के साथ बहुत दिनों तक ऐसा नहीं कर सकते। हमारे उन मित्र के साथ भी यही हुआ। अंत में वह संस्था पूरी तरह ठप हो गई। कर्मचारियों की नौकरियाँ जाती रहीं। परंतु सबसे ज्यादा नुकसान उन बच्चों का और उनके माता-पिता को हुआ, जिनको संस्था के माध्यम से कुछ-न-कुछ फायदा जरूर हो रहा था। ऐसे उदाहरणों की भी कमी नहीं है, जहाँ बिल्कुल सही तौर-तरीके अपनाने वाले लोगों ने बड़े-बड़े सपने पूरे किए हैं। हमारे पुराने साथी लक्ष्मण मास्टर को ही ले लीजिए। वे हमारे संगठन के खजाँची हैं। बैंक के चेकों पर उनके दस्तखत से ही सभी की तनख्वाहें और खर्चे निकलते हैं। वे सन् 1983 में दिल्ली के पास पत्थर खदानों में बाल बँधुआ मजदूरी करते थे। सुप्रीम कोर्ट की मदद से आजाद कराए जाने के बाद उन्होंने स्कूल जाकर पढ़ने-लिखने की इच्छा जाहिर की थी। तब उनकी उम्र बारह-तेरह साल की रही होगी। आसपास के बच्चों को पीठ पर बस्ता लेकर स्कूल जाते देख लक्ष्मण के मन में वह सपना पैदा हो गया था। हमने पास के एक स्कूल में उनका दाखिला करा दिया था। लक्ष्मणजी ने मेहनत से पढ़ाई की। तब उनका सपना टीचर बनने का था, जो वे बन गए थे। बाद में अच्छे गुणों के कारण उन्हें हमारे संगठन में अकाउंटेंट बना दिया गया था, जहाँ उन्होंने कई साल तक काम किया।

लक्ष्मण मास्टर मेरे असिस्टेंट से पूछताछ करके संतुष्ट हुए बिना तो खुद मेरा भी बिल पास नहीं करते। किसी और की तो मजाल ही क्या! वे किसी भी पचड़े में पड़ने की बजाय हमेशा अपने काम से काम रखते हैं। कभी भी बहाना बनाना, दूसरों की शिकायत या चुगली करना, किसी में बुराई ढूँढ़ना या उसका अपमान करना उनके स्वभाव में नहीं रहा। वे समय के बड़े पाबंद हैं। वे किसी प्रकार की फिजूलखर्ची और दिखावा नहीं करते। इसीलिए मुश्किल से मुश्किल समय में भी शांत और सहज बने रहते हैं।

आज उनका बड़ा बेटा इंजीनियर है, दूसरा बेटा चार्टर्ड अकाउंटेंट और सबसे छोटा एमबीए कर चुका है। लक्ष्मणजी का कहना है, "मैंने खुद के लिए इतने बड़े सपने कभी नहीं देखे थे, लेकिन अपने बच्चों और उनके दोस्तों को

बड़े सपने देखना सिखाया। हाँ, जिस संगठन ने मुझे गुलामी से आजाद कराकर यहाँ तक पहुँचाया, मैं हमेशा उसकी तरक्की और मजबूती के सपने देखता हूँ। रुपए-पैसों की ईमानदारी के बगैर वह मजबूती नहीं आ सकती। इसलिए मैं एक ही बात सोचता हूँ कि इस मामले में कोई गड़बड़ न हो। मैं उसी में छोटा सा योगदान कर रहा हूँ।" उनका मानना है कि मेहनत, ईमानदारी और सकारात्मक सोच से कुछ भी हासिल किया जा सकता है।

एहसान के अहसास का चमत्कार

अब मैं उन्हीं युवा सहयोगी से हुए सवाल-जवाब पर लौटता हूँ। स्वार्थ के दायरे को बढ़ाने के बारे में मेरी बात सुनने के बाद उन्होंने पूछ लिया, "आखिर यह होगा कैसे?" मैंने कहा, "तुम्हारा सवाल ही गलत है, क्योंकि अपने आप तो यह होने से रहा। तुम्हें पूछना चाहिए कि हम इसे करें कैसे? या और भी बेहतर तरीके से पूछ सकते हो कि "मैं इसे कैसे करूँ?"

वे थोड़े शरमाते हुए बोले कि चलिए, बताइए कि मैं इसे कैसे कर सकता हूँ? मैंने उन्हीं से एक सवाल किया, "यह बताओ कि तुम लगभग 30 साल के हो चुके हो। तुमने इंजीनियरिंग की डिग्री हासिल की है। आज तुम एक अच्छे पद पर काम कर रहे हो। स्वस्थ और खुश हो। बताओ, यह सब किसके कारण संभव हो सका?" उन्होंने झट से जवाब दे दिया कि उनके दादा, माता-पिता, स्कूल और यूनिवर्सिटी के अध्यापकों और उनकी खुद की मेहनत से ही ऐसा हो सका है। मैंने कहा, "यह सब एकदम सच है। लेकिन अभी तुम्हारे माता-पिता छह-सात सौ किलोमीटर दूर रहते हैं। तुम दिल्ली में अपने कमरे में आराम से खाना खाकर बैठे हो। क्या तुम्हीं ने यह सब किया है?"

वे बोले, "मैं कुछ समझा नहीं।"

मैंने फिर से समझाकर पूछा कि जिस कमरे में तुम बैठे हो, भले ही उसका किराया देते हो, लेकिन इसे तुमने नहीं बनाया। शायद तुम्हारे मकान मालिक ने भी नहीं बनाया। हाँ, उसने पैसे जरूर लगाए। किसी मजदूर ने इसकी दीवारें चुनी होंगी। इनमें लगी ईंटें किसी और ने पकाई होंगी। लोहा, सीमेंट बनाने का काम किसी और ने किया होगा। न जाने कितने लोग पुताई-पेंटिंग, शौचालय, पानी,

बिजली, चारपाई, बिस्तर और टेबल-कुरसी जैसी अनगिनत चीजें तैयार करने में लगे होंगे। क्या इनके बगैर तुम्हारा गुजारा चल जाता?

इसी तरह तुमने आज जो खाना खाया है, वह तुमने नहीं, किसी और ने पकाया है। लेकिन उसने भी अन्न, सब्जियाँ, दूध, तेल आदि पैदा नहीं किए। वह तो खेतों में काम करने वाले किसानों ने किया है। तुम जो कपड़े पहनकर बैठे हो, वह किसी और ने सिले हैं। लेकिन उसने भी न तो कपास उगाया, न ही कारखाने में कपड़ा बुना। तुम बचपन से किसी-न-किसी घर में रह रहे हो, खाना खा रहे हो, और कपड़े भी पहन रहे हो। तुम संगठन में अपने अधिकारियों और साथियों के सहयोग से काम करते होगे। स्कूटर, टैक्सी में चलते हो। डॉक्टर से दवाई लेते हो। बताओ, क्या इन सब के बगैर तुम जी सकते थे, पढ़-लिख सकते थे? और अपना कामकाज कर सकते थे?

वे चुपचाप मेरी बात सुनते रहे। फिर बोले कि उन्होंने कभी इस तरह नहीं सोचा था। मैंने कहा कि ऐसे सोचना ही भलाई करने और दूसरों के प्रति जिम्मेदारी निभाने के रास्ते का पहला कदम बन सकता है। आज रात को सोने से पहले ऐसे पाँच लोगों को याद करो, जिन्होंने आज या पिछले हफ्ते भर में कोई भी ऐसे काम किए हों, जिसके बगैर तुम्हारा गुजारा नहीं होता। या फिर उन कामों से तुम्हें कोई लाभ या खुशी मिली हो। इसके लिए मन-ही-मन में उनका आभार जताते हुए धन्यवाद करो। कल या बाद के दिनों में फोन पर या मिलकर ऐसा करोगे तो और भी अच्छा रहेगा।

धीरे-धीरे तुम यह सोचने लगोगे कि बदले में तुम उनके लिए क्या कर सकते हो? ऐसा करने से तुम उनकी जरूरतों, परेशानियों, समस्याओं को समझना और महसूस करने लगोगे। इसके लिए ज्यादा कोशिश भी नहीं करनी पड़ेगी। इसकी शुरुआत जान-पहचान वाले लोगों से होगी, लेकिन जल्दी ही यह अहसास हो जाएगा कि हर रोज और हर वक्त हमारी जिंदगी को चलाए रखने में अनगिनत अनजाने लोगों की मेहनत है। उनका त्याग है। उनके लिए हमारी भी तो कोई जिम्मेदारी है। हमें भी तो उनके लिए कुछ करना चाहिए। हम भी तो उन्हें कुछ लौटा सकते हैं। उनके प्रति एहसान और जिम्मेदारी की इसी भावना से हमारे स्वार्थ का दायरा इतना फैलता जाएगा कि मनुष्य ही नहीं, पशु-पक्षी,

पेड़–पौधे, धरती, हवा, पानी आदि सभी उसमें समा जाएँगे। कृतज्ञता से कर्तव्य और उत्तरदायित्व के रास्ते निकलते हैं। आज मनुष्यता और धरती को बचाने के लिए इन्हीं की सबसे ज्यादा जरूरत है।

□

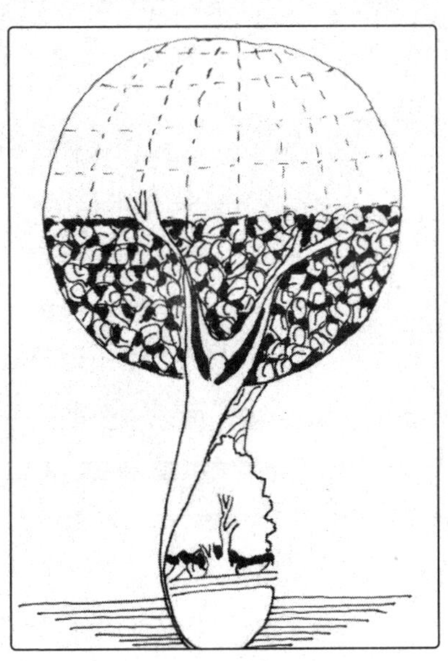

परिशिष्ट

(पूरी डायरी देना संभव नहीं था इसलिए चुनिंदा पन्ने दिए जा रहे हैं)

सपनों की रोशनी

13 फरवरी, 1971

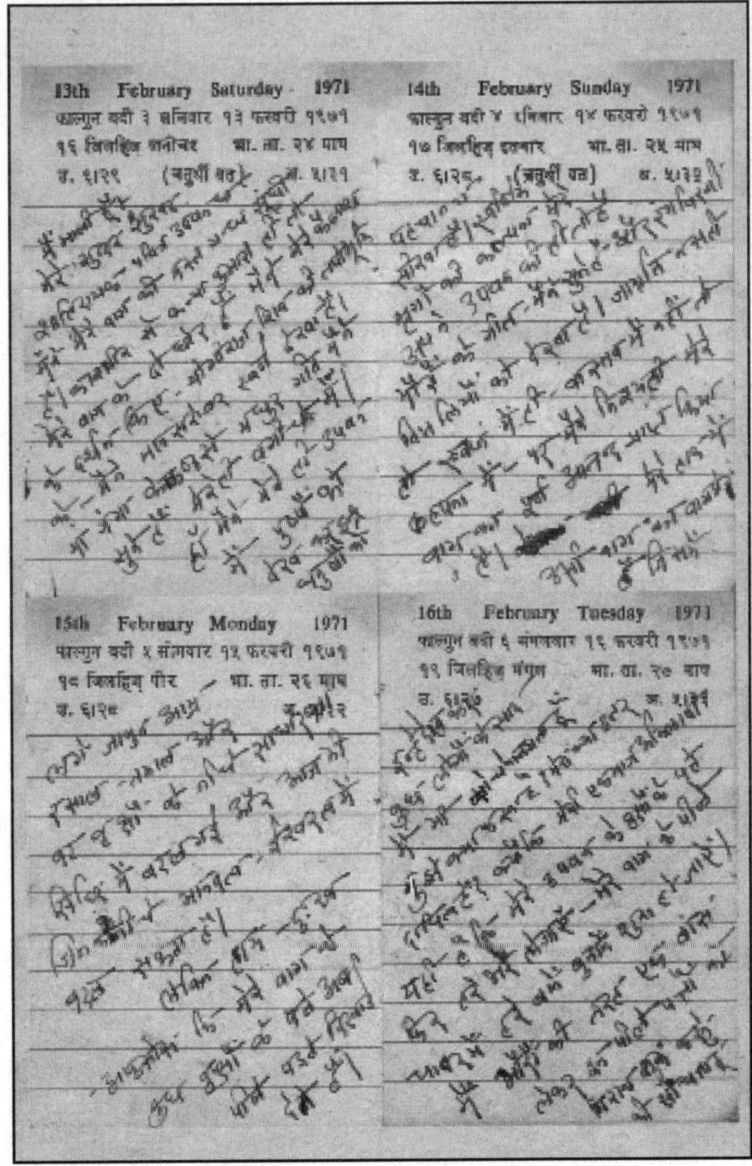

13th February Saturday 1971
फाल्गुन बदी ३ शनिवार १३ फरवरी १९७१
१६ जिलहिज शनीचर भा. ता. २४ माघ

14th February Sunday 1971
फाल्गुन बदी ४ रविवार १४ फरवरी १९७१
१७ जिलहिज इतवार भा. ता. २५ माघ

15th February Monday 1971
फाल्गुन बदी ५ सोमवार १५ फरवरी १९७१
१८ जिलहिज पीर भा. ता. २६ माघ

16th February Tuesday 1971
फाल्गुन बदी ६ मंगलवार १६ फरवरी १९७१
१९ जिलहिज मंगल भा. ता. २७ माघ

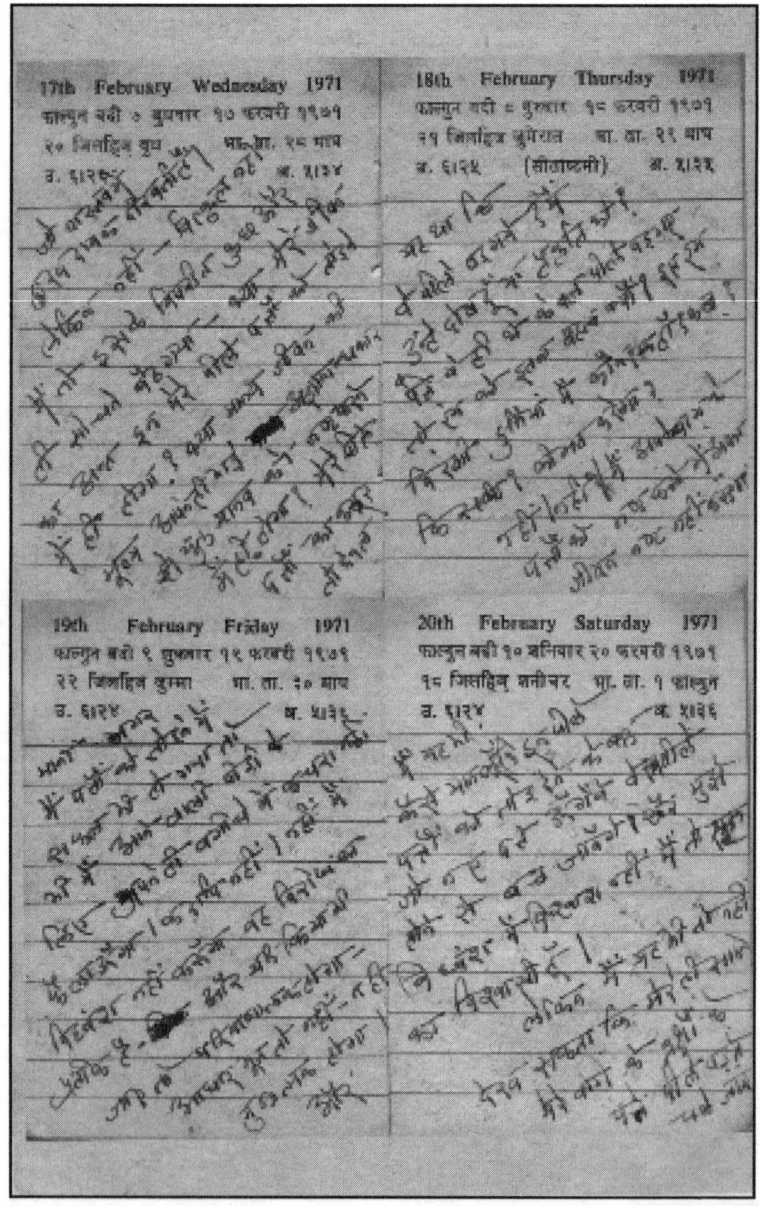

17th February Wednesday 1971
फाल्गुन वदी ७ बुधवार १७ फरवरी १९७१
२० जिलहिज बुध भा.ता. २८ माघ
उ. ६१२५ अ. ३१३४

18th February Thursday 1971
फाल्गुन वदी ८ गुरुवार १८ फरवरी १९७१
२१ जिलहिज जुमेरात भा. ता. २९ माघ
उ. ६१२५ (सीताष्टमी) अ. ३१३५

19th February Friday 1971
फाल्गुन वदी ९ शुक्रवार १९ फरवरी १९७१
२२ जिलहिज जुम्मा भा. ता. ३० माघ
उ. ६१२४ अ. ५१३५

20th February Saturday 1971
फाल्गुन वदी १० शनिवार २० फरवरी १९७१
१८ जिलहिज् शनीचर भा. ता. १ फाल्गुन
उ. ६१२४ अ. ५१३६

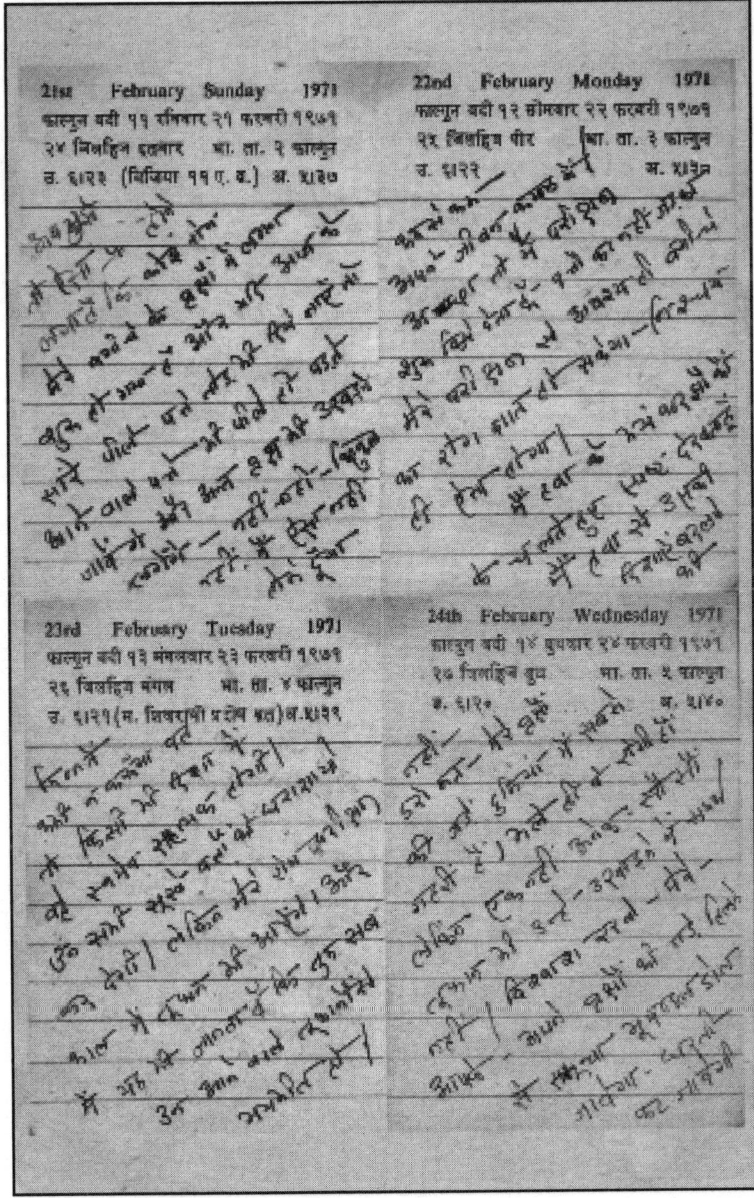

21st February Sunday 1971
फाल्गुन बदी ११ रविवार २१ फरवरी १९७१
२४ जिलहिज इतवार भा. ता. २ फाल्गुन
उ. ६।२३ (विजिया ११ ए. व.) अ. ६।३७

22nd February Monday 1971
फाल्गुन बदी १२ सोमवार २२ फरवरी १९७१
२५ जिलहिज पीर भा. ता. ३ फाल्गुन
उ. ६।२२ अ. ६।३८

23rd February Tuesday 1971
फाल्गुन बदी १३ मंगलवार २३ फरवरी १९७१
२६ जिलहिज मंगल भा. ता. ४ फाल्गुन
उ. ६।२१ (म. शिवरात्री प्रदोष व्रत) अ. ६।३९

24th February Wednesday 1971
फाल्गुन बदी १४ बुधवार २४ फरवरी १९७१
२७ जिलहिज बुध भा. ता. ५ फाल्गुन
उ. ६।२० अ. ६।४०

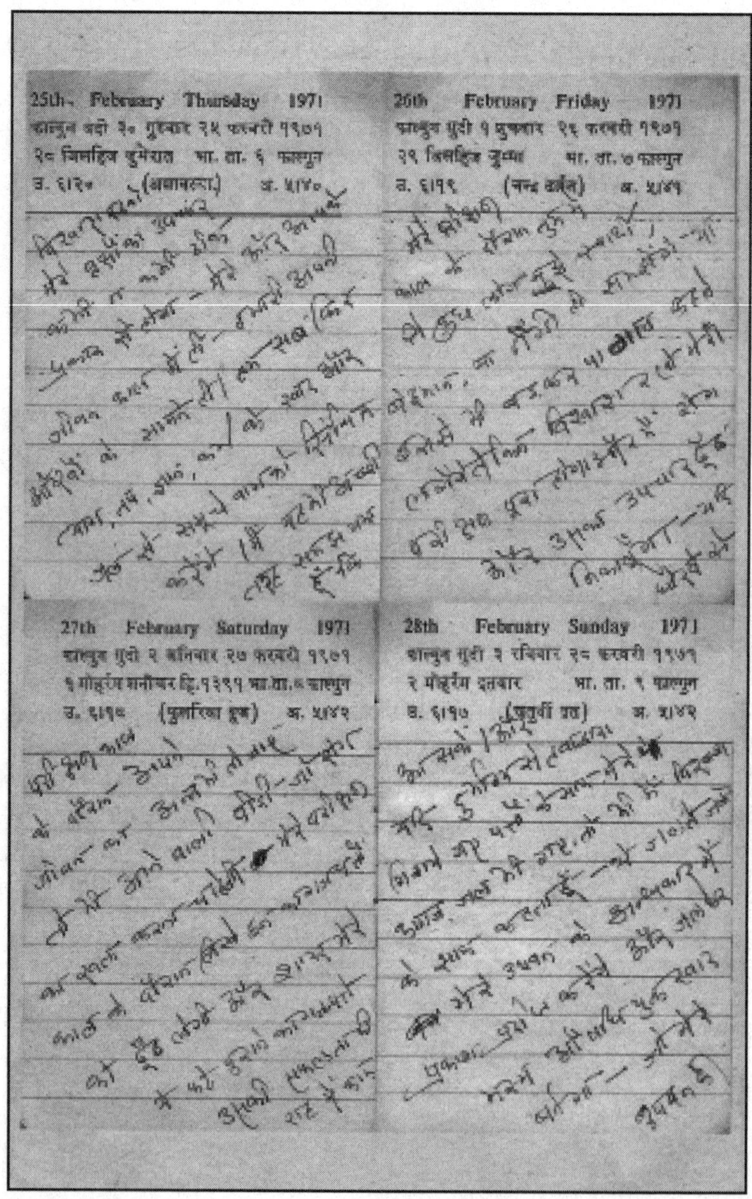

25th February Thursday 1971
फाल्गुन बदी ३० गुरुवार २५ फरवरी १९७१

26th February Friday 1971
फाल्गुन सुदी १ शुक्रवार २६ फरवरी १९७१

27th February Saturday 1971
फाल्गुन सुदी २ शनिवार २७ फरवरी १९७१

28th February Sunday 1971
फाल्गुन सुदी ३ रविवार २८ फरवरी १९७१

अपने सपने-सबके सपने (08 मई, 1971)

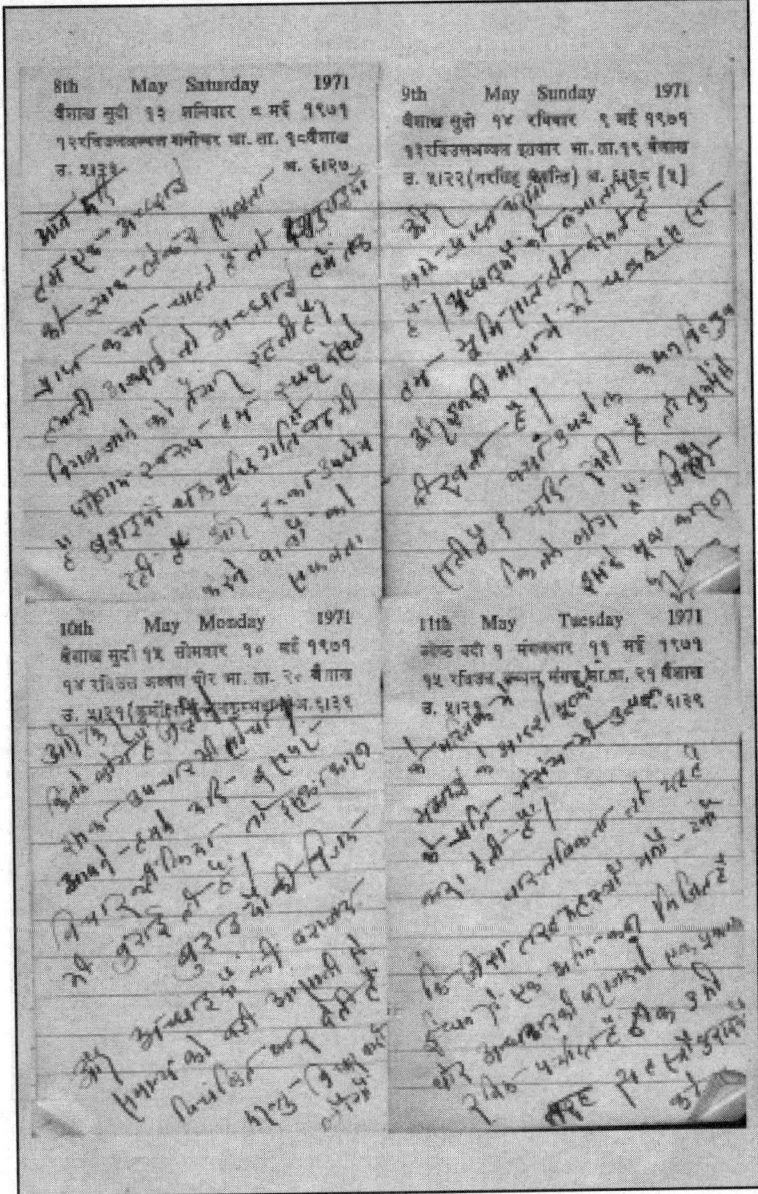

8th May Saturday 1971
बैशाख सुदी १२ शनिवार ८ मई १९७१

9th May Sunday 1971
बैशाख सुदी १४ रविवार ९ मई १९७१

10th May Monday 1971
बैशाख सुदी १५ सोमवार १० मई १९७१

11th May Tuesday 1971
ज्येष्ठ वदी १ मंगलवार ११ मई १९७१

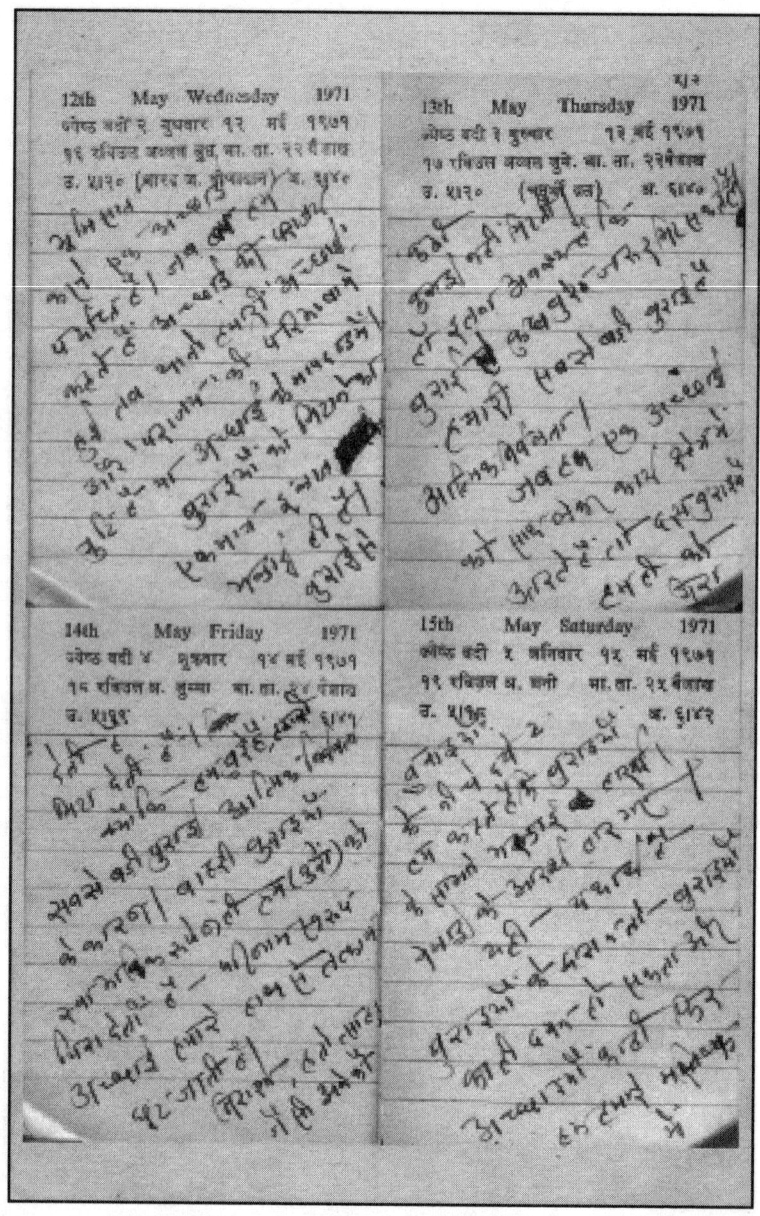

12th May Wednesday 1971

13th May Thursday 1971

14th May Friday 1971

15th May Saturday 1971

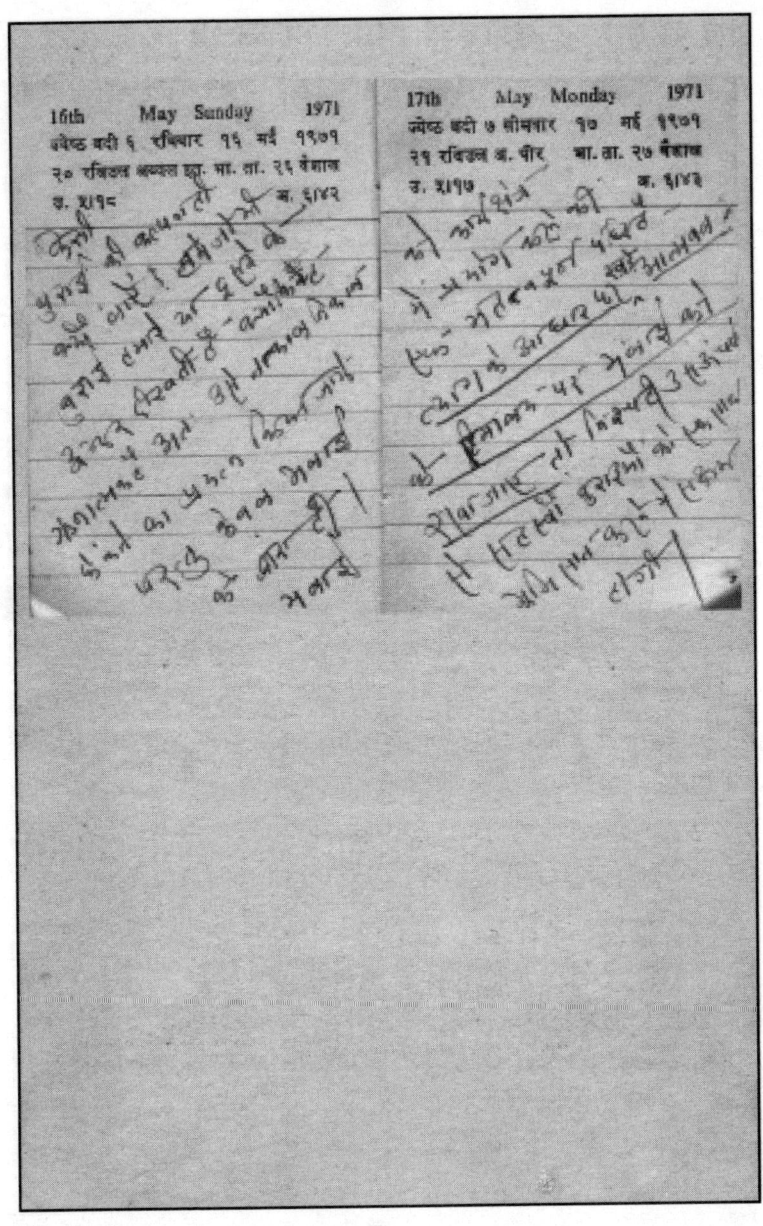

16th May Sunday 1971
ज्येष्ठ बदी ६ रविवार १६ मई १९७१

17th May Monday 1971
ज्येष्ठ बदी ७ सोमवार १७ मई १९७१

खुद पर भरोसा और मजबूत इच्छाशक्ति (28 अप्रैल, 1971)

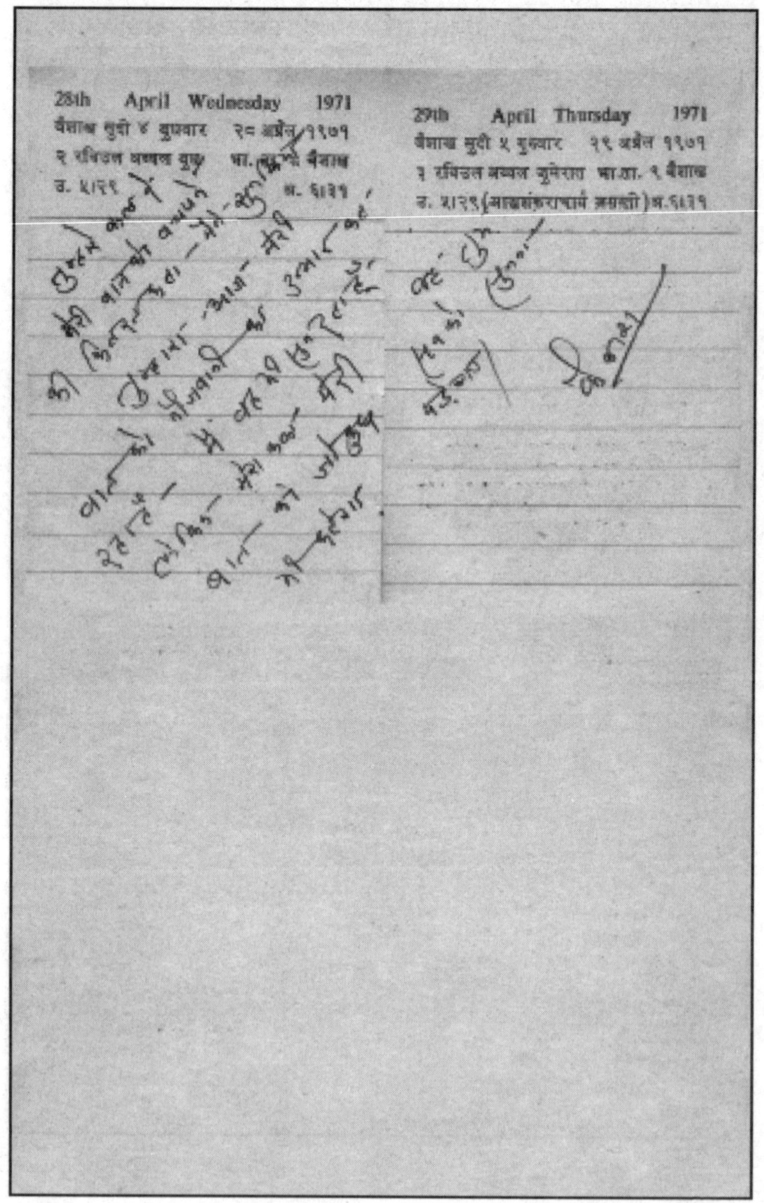

28th April Wednesday 1971
वैशाख सुदी ४ बुधवार २८ अप्रैल १९७१
२ रबिउल अव्वल बुध भा. [illegible] वैशाख
ऊ. ५।२१ म. ६।३१

29th April Thursday 1971
वैशाख सुदी ५ गुरुवार २९ अप्रैल १९७१
३ रबिउल अव्वल जुमेरात भा.ता. ९ वैशाख
ऊ. ५।२१ (आद्यशंकराचार्य जयन्ती) म. ६।३१

खुद पर भरोसा और मजबूत इच्छाशक्ति (18 सितंबर, 1971)

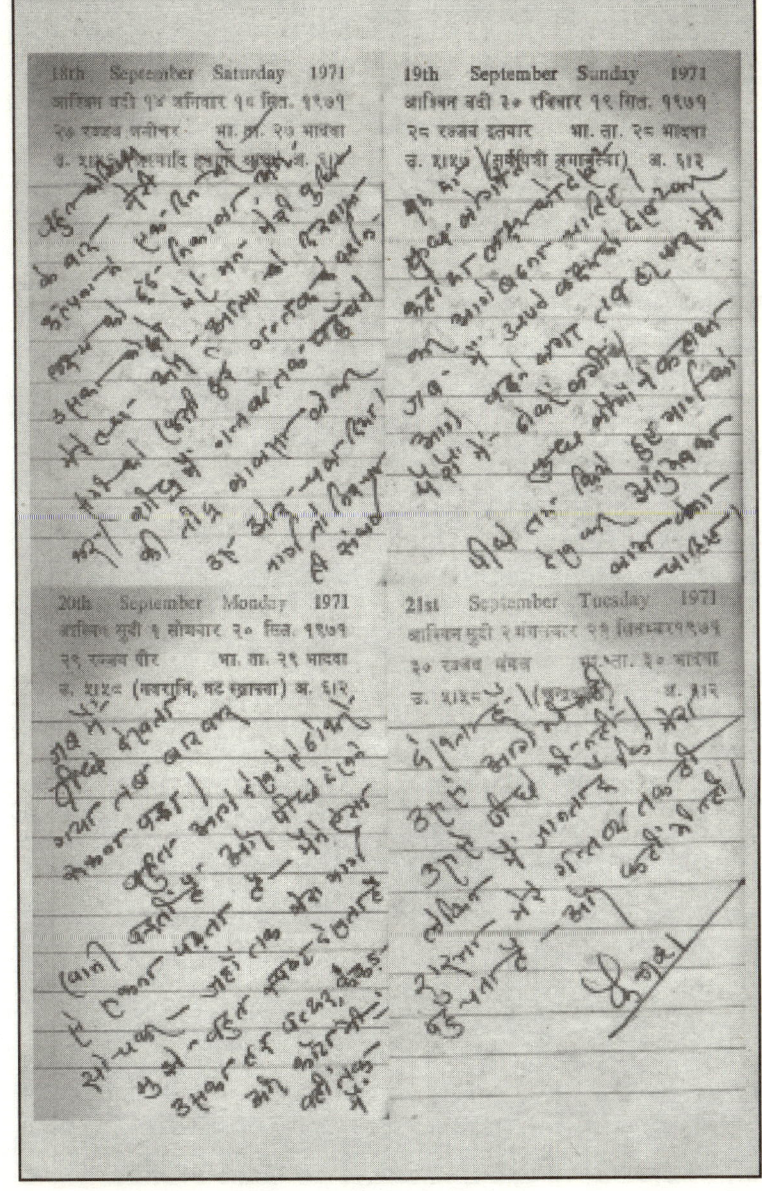

18th September Saturday 1971

19th September Sunday 1971

20th September Monday 1971

21st September Tuesday 1971

आशा की बैटरी (25 मई, 1971)

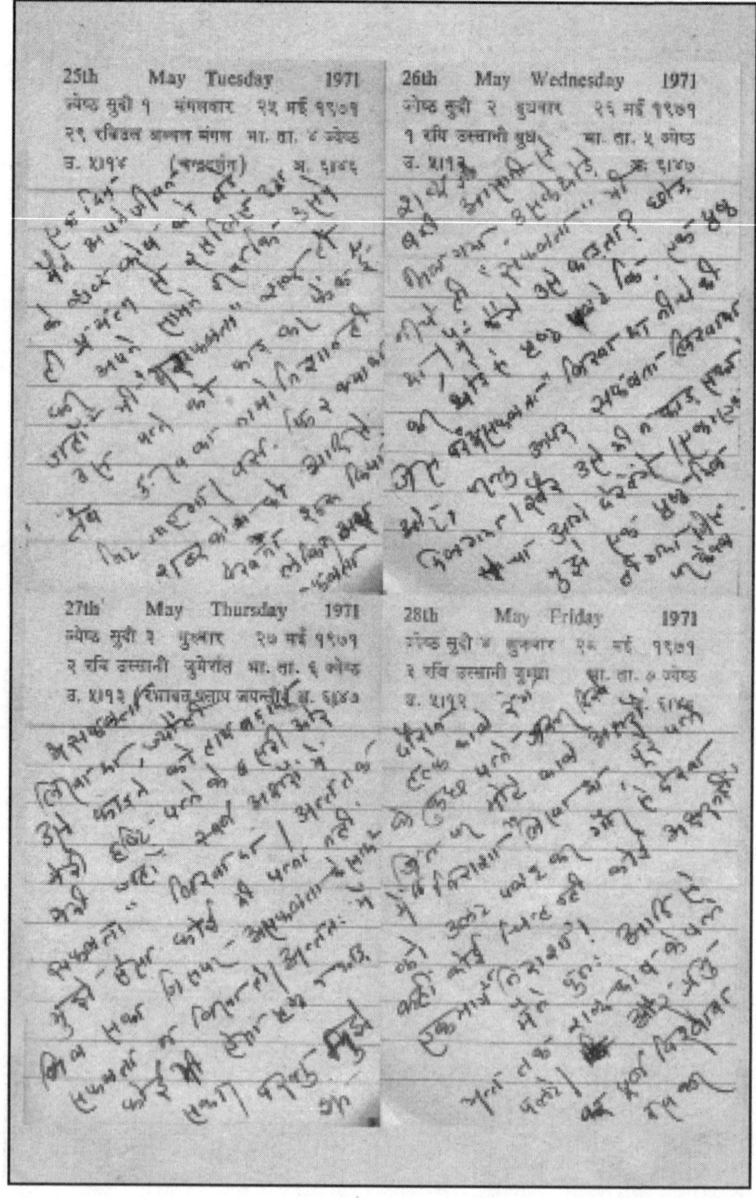

25th May Tuesday 1971

26th May Wednesday 1971

27th May Thursday 1971

28th May Friday 1971

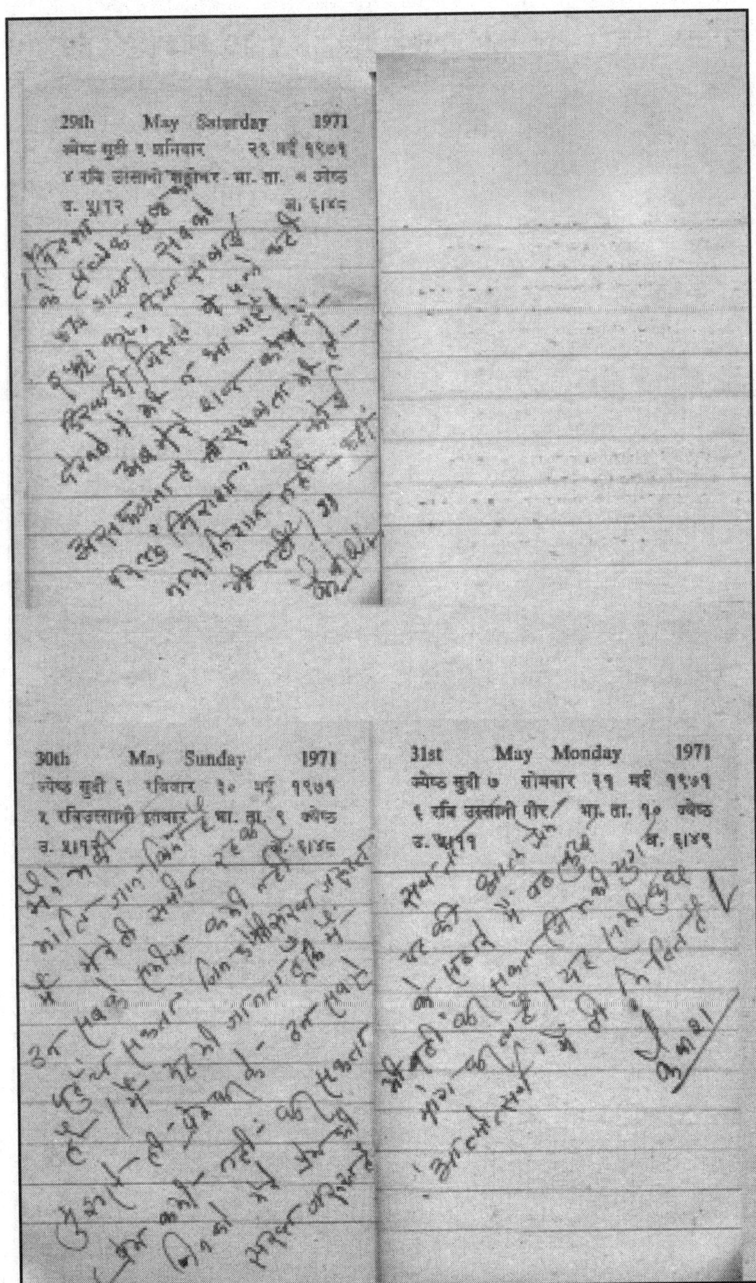

29th May Saturday 1971
ज्येष्ठ सुदी ६ शनिवार २९ मई १९७१

30th May Sunday 1971
ज्येष्ठ सुदी ६ रविवार ३० मई १९७१

31st May Monday 1971
ज्येष्ठ सुदी ७ सोमवार ३१ मई १९७१

नो दायसेल्फ (खुद को जानो) (20 अक्तूबर, 1971)

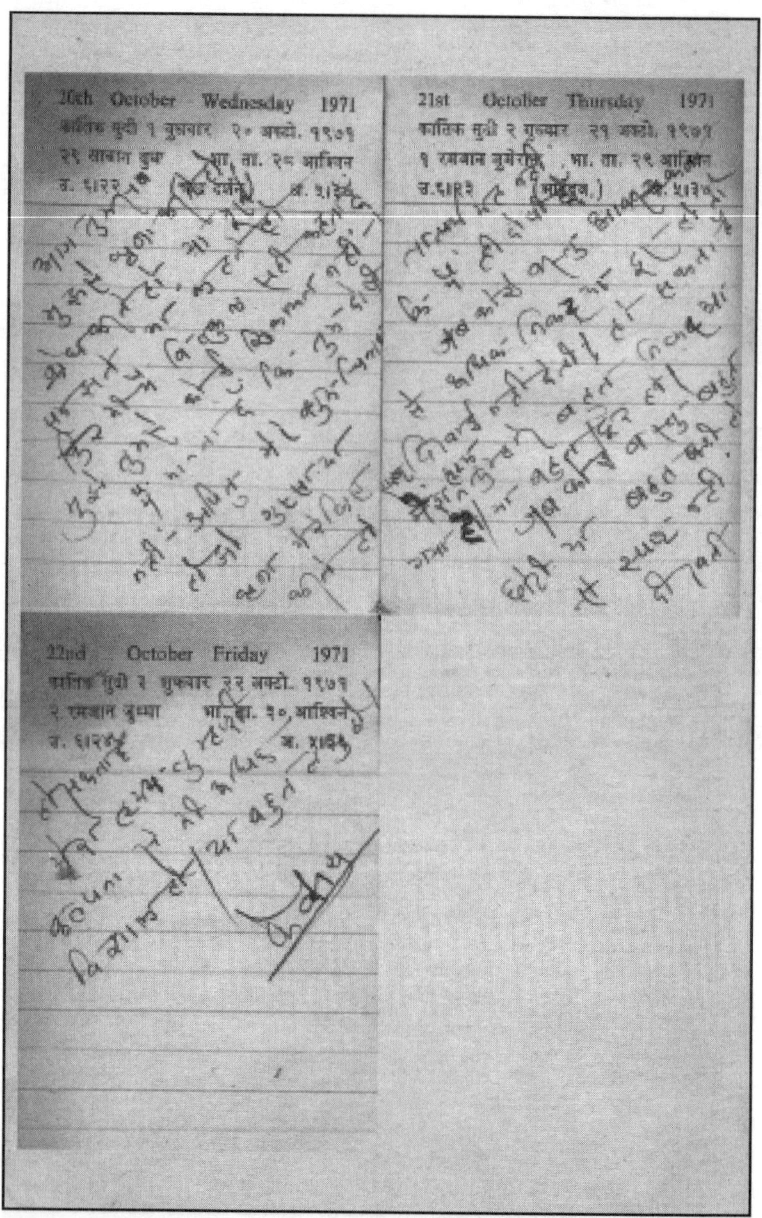

20th October Wednesday 1971
कार्तिक सुदी १ बुधवार २० अक्टो. १९७१

21st October Thursday 1971
कार्तिक सुदी २ गुरुवार २१ अक्टो. १९७१

22nd October Friday 1971
कार्तिक सुदी ३ शुक्रवार २२ अक्टो. १९७१

कहानियों से बाहर की कहानी बनें (16 जुलाई, 1971)

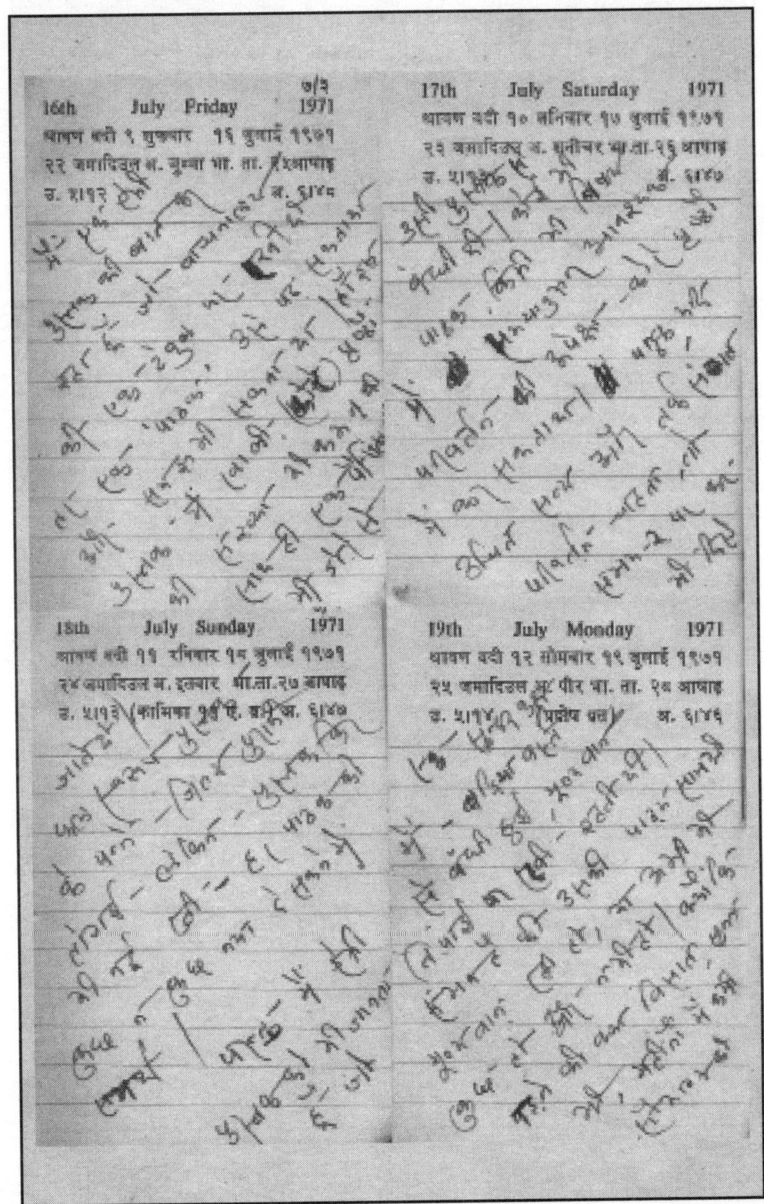

16th July Friday 1971

17th July Saturday 1971

18th July Sunday 1971

19th July Monday 1971

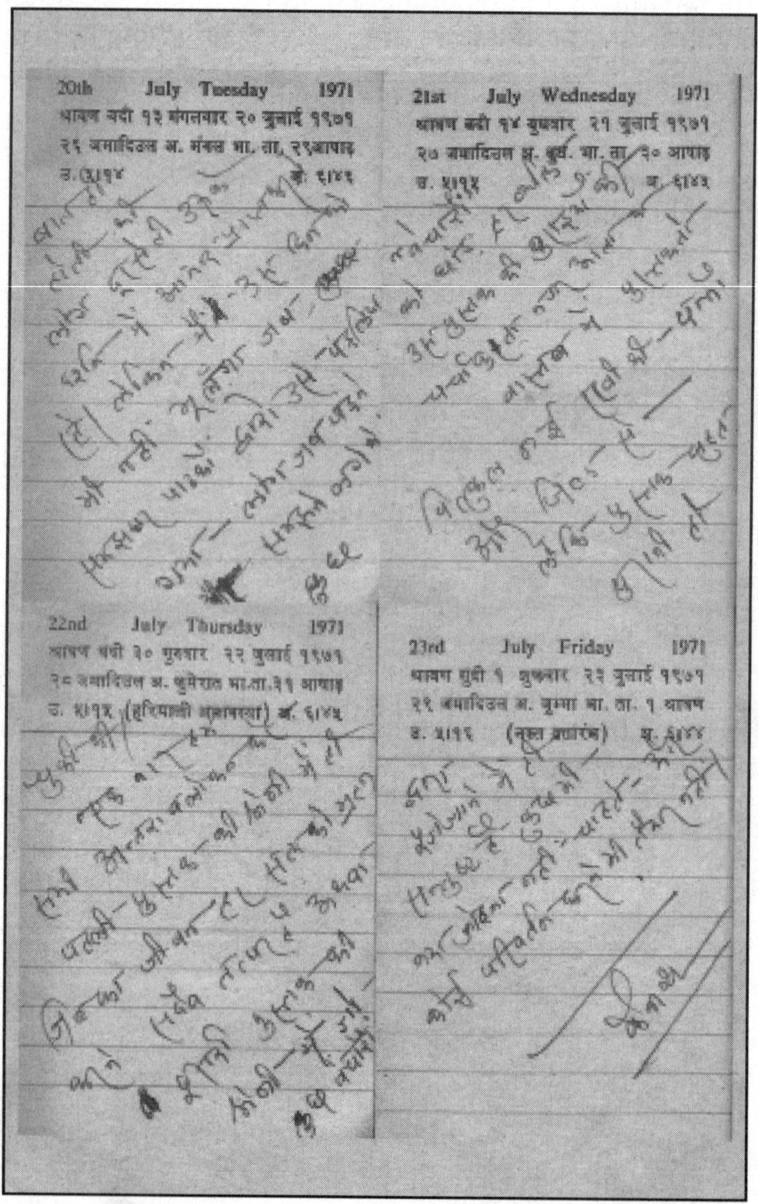

20th July Tuesday 1971
श्रावण वदी १३ मंगलवार २० जुलाई १९७१
२६ जमादिउल अ. मंगल भा. ता. २९ आषाढ़
उ. ५।१४ अ. ६।४६

21st July Wednesday 1971
श्रावण वदी १४ बुधवार २१ जुलाई १९७१
२७ जमादिउल अ. बुध. भा. ता. ३० आषाढ़
उ. ५।१५ अ. ६।४५

22nd July Thursday 1971
श्रावण वदी ३० गुरुवार २२ जुलाई १९७१
२८ जमादिउल अ. जुमेरात भा. ता. ३१ आषाढ़
उ. ५।१५ (हरियाली अमावस्या) अ. ६।४५

23rd July Friday 1971
श्रावण सुदी १ शुक्रवार २३ जुलाई १९७१
२९ जमादिउल अ. जुम्मा भा. ता. १ श्रावण
उ. ५।१६ (नक्त व्रतारंभ) अ. ६।४४

भलाई की फसल (6 सितंबर, 1971)

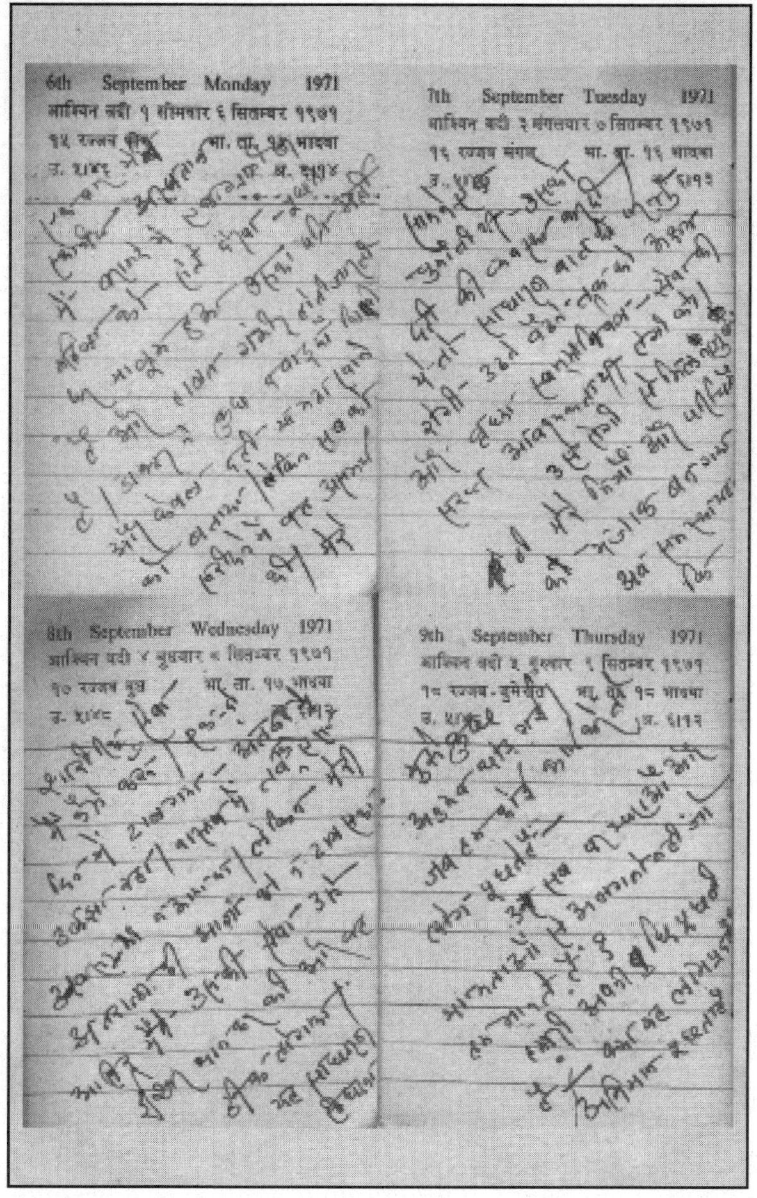

6th September Monday 1971

7th September Tuesday 1971

8th September Wednesday 1971

9th September Thursday 1971

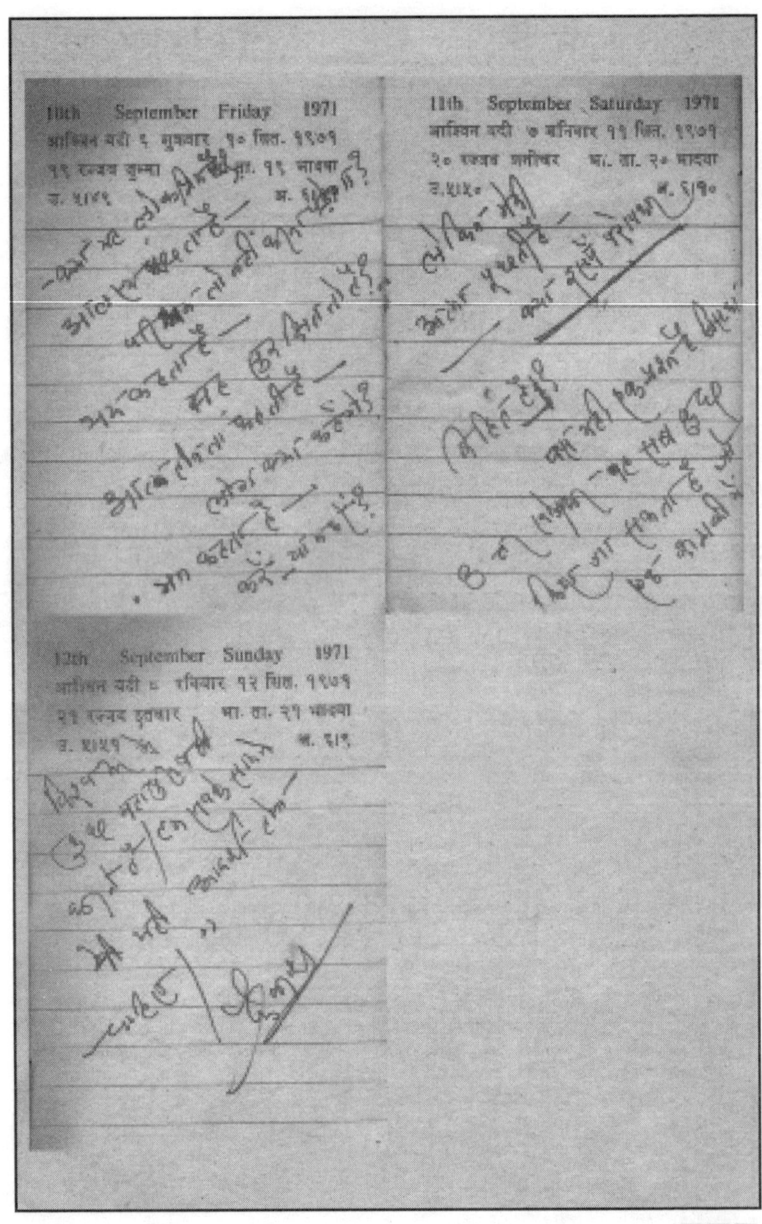

10th September Friday 1971
आश्विन वदी ६ शुक्रवार १० सित. १९७१
१९ रज्जब जुम्मा भा. ता. १९ भादवा
उ. ५१४९ श. ६१८९

11th September Saturday 1971
आश्विन वदी ७ शनिवार ११ सित. १९७१
२० रज्जब शनिवार भा. ता. २० भादवा
उ. ५१५० श. ६१९०

12th September Sunday 1971
आश्विन वदी ८ रविवार १२ सित. १९७१
२१ रज्जब इतवार भा. ता. २१ भादवा
उ. ५१५१ श. ६१९

□□□